MÁS ALLÁ DEL INVIERNO

MÁS ALLÁ
DEL INVIERNO

Isabel Allende

Vintage Español
Una división de Penguin Random House LLC
Nueva York

Para Roger Cukras, por el amor inesperado

Au milieu de l'hiver, j'apprenais enfin qu'il y avait en moi un été invincible.

En medio del invierno aprendí por fin que había en mí un verano invencible.

ALBERT CAMUS,
«Retour à Tipasa» (1952)

Lucía

A fines de diciembre de 2015 el invierno todavía se hacía esperar. Llegó la Navidad con su fastidio de campanillas y la gente seguía en manga corta y sandalias, unos celebrando ese despiste de las estaciones y otros temerosos del calentamiento global, mientras por las ventanas asomaban árboles artificiales salpicados de escarcha plateada, creando confusión en las ardillas y los pájaros. Tres semanas después del Año Nuevo, cuando ya nadie pensaba en el retraso del calendario, la naturaleza despertó de pronto sacudiéndose de la modorra otoñal y dejó caer la peor tormenta de nieve de la memoria colectiva.

En un sótano de Prospect Heights, una covacha de cemento y ladrillos, con un cerro de nieve en la entrada, Lucía Maraz maldecía el frío. Tenía el carácter estoico de la gente de su país: estaba habituada a terremotos, inundaciones, tsunamis ocasionales y cataclismos políticos; si ninguna desgracia ocurría en un plazo prudente, se preocupaba. Sin embargo, nada la había preparado para ese invierno siberiano llegado a Brooklyn por error. Las tormentas chilenas se limitan a la cordillera de los Andes y el sur profundo, en Tierra del Fuego, donde el continente se desgrana en islas heridas a cuchilladas por el viento austral, el hielo parte los huesos y la vida es dura. Lucía era de Santiago, con su fama inmerecida de clima benigno, donde el invierno es húmedo y frío y el verano es seco y ardiente. La ciudad está encajonada entre montañas moradas, que a veces amanecen nevadas; entonces la luz más pura del mundo se refleja en esos picos de cegadora blancura. En muy raras ocasiones cae sobre la ciudad un polvillo triste y pálido, como ceniza, que no alcanza a blanquear el paisaje urbano antes de deshacerse en barro sucio. La nieve es siempre prístina desde lejos.

En su tabuco de Brooklyn, a un metro bajo el nivel de la calle y con mala calefacción, la nieve era una pesadilla. Los vidrios escarchados impedían el paso de luz por las pequeñas ventanas y en el interior reinaba una penumbra apenas atenuada por las bombillas desnudas que colgaban del techo. La vivienda contaba sólo con lo esencial, una mezcolanza de muebles destartalados de segunda o tercera mano y unos cuantos cacharros de cocina. Al dueño, Richard Bowmaster, no le interesaban ni la decoración ni la comodidad.

La tormenta se anunció el viernes con una nevada espesa y una ventolera furiosa que barrió a latigazos las calles casi despobladas. Los árboles se doblaban y el temporal mató a los pájaros que olvidaron emigrar o resguardarse, engañados por la tibieza inusitada del mes anterior. Cuando se inició la tarea de reparar los daños, los camiones de basura se llevaron sacos de gorriones congelados. Los misteriosos loros del cementerio de Brooklyn, en cambio, sobrevivieron al vendaval, como se pudo verificar tres días más tarde, cuando reaparecieron intactos picoteando entre las tumbas. Desde el jueves los reporteros de televisión, con la expresión fúnebre y el tono emocionado de rigor para las noticias sobre terrorismo en países remotos, pronosticaron la tempestad para el día siguiente y desastres durante el fin de semana. Nueva York fue declarado en estado de emergencia y el decano de la facultad donde trabajaba Lucía, acatando la advertencia, dio orden de abstenerse de ir a dar clases. De cualquier forma, para ella habría sido una aventura llegar a Manhattan.

Aprovechando la inesperada libertad de ese día, preparó una cazuela levantamuertos, esa sopa chilena que compone el ánimo en la desgracia y el cuerpo en las enfermedades. Lucía llevaba más de cuatro meses en Estados Unidos alimentándose en la cafetería de la universidad, sin ánimos para cocinar, salvo en un par de ocasiones en que lo hizo impulsada por la nostalgia o por la intención de festejar una amistad. Para esa cazuela auténtica hizo un caldo sustancioso y bien condimentado, puso a freír cebolla y carne, coció por separado verduras, papas y calabaza, y por último agregó arroz. Usó todas las ollas y la primitiva cocina del sótano quedó como después de un bombardeo, pero el resultado valió la pena y disipó la sensación de soledad que la había asaltado cuando empezó el vendaval. Esa soledad, que antes llegaba sin anunciarse, como insidiosa visitante, quedó relegada al último rincón de su conciencia.

Esa noche, mientras el viento rugía afuera arrastrando remolinos de nieve y colándose insolente por las rendijas, sintió el miedo visceral de la infancia. Se sabía segura en su cueva; su temor a los elementos era absurdo, no había razón para molestar a Richard, excepto porque era la única persona a quien podía acudir en esas circunstancias, ya que vivía en el piso de arriba. A las nueve de la noche cedió a la necesidad de oír una voz humana y lo llamó.

—¿Qué estás haciendo? —le preguntó, procurando disimular su aprensión.

—Tocando el piano. ¿Te molesta el ruido?

—No oigo tu piano, lo único que se oye aquí abajo es el estrépito del fin del mundo. ¿Esto es normal aquí, en Brooklyn?

—De vez en cuando en invierno hace mal tiempo, Lucía.

—Tengo miedo.

—¿De qué?

—Miedo sin más, nada específico. Supongo que sería estúpido pedirte que vengas a hacerme compañía un rato. Hice una cazuela, es una sopa chilena.

—¿Vegetariana?

—No. Bueno, no importa, Richard. Buenas noches.

—Buenas noches.

Se tomó un trago de pisco y metió la cabeza bajo la almohada. Durmió mal, despertando cada media hora con el mismo sueño fragmentado de haber naufragado en una sustancia densa y agria como yogur.

El sábado la tempestad había seguido su trayecto enardecido en dirección al Atlántico, pero en Brooklyn seguía el mal tiempo, frío y nieve, y Lucía no quiso salir, porque muchas calles todavía estaban bloqueadas, aunque la tarea de despejarlas había comenzado al amanecer. Tendría muchas horas para leer y preparar sus clases de la semana entrante. Vio en el noticiario que la tormenta seguía sembrando destrucción por donde pasaba. Estaba contenta con la perspectiva de la tranquilidad, una buena novela y descanso. En algún momento conseguiría que alguien viniera a quitar la nieve de su puerta. No sería problema, los chiquillos del vecindario ya se estaban ofreciendo para ganarse unos dólares. Agradecía su suerte. Se dio cuenta de que se sentía a sus anchas viviendo en el inhóspito agujero de Prospect Heights, que, después de todo, no estaba tan mal.

Por la tarde, un poco aburrida del encierro, compartió la sopa con Marcelo, el chihuahua, y después se acostaron juntos en un somier, sobre un colchón grumoso, bajo un montón de mantas, a ver varios capítulos de una serie sobre asesinatos. El apartamento estaba helado y Lucía se tuvo que poner un gorro de lana y guantes.

En las primeras semanas, cuando le pesaba la decisión de haberse ido de Chile, donde al menos podía reírse en español, se consolaba con la certeza de que todo cambia. Cualquier desdicha de un día sería historia antigua el siguiente. En verdad, las dudas le habían durado muy poco: estaba entretenida con su trabajo, tenía a Marcelo, había hecho amigos en la universidad y en el barrio, la gente era amable en todas partes y bastaba ir tres veces a la misma cafetería para que la recibieran como un miembro de la familia. La idea chilena de que los yanquis son fríos era un mito. El único más o menos frío que le había tocado era Richard Bowmaster, su casero. Bueno, al diablo con él.

Richard había pagado una miseria por ese caserón de ladrillos color marrón de Brooklyn, igual que centenares de otros en el barrio, porque se lo compró a su mejor amigo, un argentino que heredó de súbito una fortuna y se fue a su país a administrarla. Unos años más tarde la misma casa, sólo que más desvencijada, valía más de tres millones de dólares. La adquirió poco antes de que los jóvenes profesionales de Manhattan llegaran en masa a comprar y remodelar las pintorescas viviendas, elevando los precios a unos niveles escandalosos. Antes el vecindario había sido territorio de crimen, drogas y pandillas; nadie se atrevía a andar por allí de noche, pero en la época en que llegó Richard era uno de los más codiciados del país, a pesar de los cubos de basura, los árboles esqueléticos y la chatarra de los patios. Lucía le había aconsejado en broma a Richard que vendiera esa reliquia de escaleras renqueantes y puertas desvencijadas y se fuera a una isla del Caribe a envejecer como la realeza, pero Richard era un hombre de ánimo sombrío cuyo pesimismo natural se nutría de los rigores e inconvenientes de una casa con cinco amplias habitaciones vacías, tres baños sin uso, un ático sellado y un primer piso de techos tan altos, que se requería una escalera telescópica para cambiar las bombillas de la lámpara.

Richard Bowmaster era el jefe de Lucía en la Universidad de Nueva York, donde ella tenía contrato de profesora visitante por seis meses. Al término del semestre la vida se le presentaba en blanco; necesitaría otro trabajo y otro lugar donde vivir mientras decidía su futuro a largo plazo. Tarde o temprano volvería a Chile a acabar sus días, pero para eso faltaba bastante y desde que su hija Daniela se había instalado en Miami, donde se dedicaba a la biología marina, posiblemente enamorada y con planes de quedarse, nada la llamaba a su país. Pensaba aprovechar bien los años de salud que le quedaran antes de ser derrotada por la decrepitud. Quería vivir en el extranjero, donde los desafíos cotidianos le mantenían la mente ocupada y el corazón en relativa calma, porque en Chile la aplastaba el peso de lo conocido, de las rutinas y limitaciones. Allí se sentía condenada a ser una vieja sola acosada por malos recuerdos inútiles, mientras que fuera podía haber sorpresas y oportunidades.

Había aceptado trabajar en el Centro de Estudios Latinoamericanos y del Caribe para alejarse por un tiempo y estar más cerca de Daniela. También, debía admitirlo, porque Richard la intrigaba. Venía saliendo de una desilusión de amor y pensó que Richard podría ser una cura, una manera de olvidar definitivamente a Julián, su último amor, el único que había dejado una cierta huella en ella tras su divorcio en 2010. En los años transcurridos desde entonces, Lucía había comprobado cuán escasos pueden ser los amantes para una mujer de su edad. Había tenido algunas aventuras que no merecían ni siquiera mencionarse hasta que apareció Richard; lo conocía desde hacía más de diez años, cuando ella todavía estaba casada, y desde entonces la atrajo, aunque no habría podido precisar por qué. Era de carácter opuesto al de ella y, al margen de cuestiones académicas, tenían poco en común. Se habían encontrado ocasionalmente en conferencias, habían pasado horas conversando sobre el trabajo de ambos y mantenían correspondencia regular, sin que él hubiera manifestado el menor interés amoroso. Lucía se le había insinuado en una ocasión, algo inusual en ella, porque carecía del atrevimiento de las mujeres coquetas. El aire pensativo y la timidez de Richard fueron poderosos señuelos para ir a Nueva York. Imaginaba que un hombre así debía de ser profundo y serio, noble de espíritu, un premio para quien lograra vencer los obstáculos que él sembraba en el camino hacia cualquier forma de intimidad.

A los sesenta y dos años, Lucía todavía alimentaba fantasías de muchacha, era inevitable. Tenía el cuello arrugado, la piel seca y los brazos flojos, las rodillas le pesaban y se había resignado a ver cómo se le iba borrando la cintura, porque carecía de disciplina para combatir la decadencia en un gimnasio. Los senos seguían jóvenes, pero no eran suyos. Evitaba verse desnuda, porque vestida se sentía mucho mejor, sabía qué colores y estilos la favorecían y se ceñía a ellos con rigor; podía comprar un vestuario completo en veinte minutos, sin distraerse ni por curiosidad. El espejo, como las fotografías, era un enemigo inclemente, porque la mostraban inmóvil con sus defectos expuestos sin atenuante. Creía que su atractivo, de tenerlo, estaba en el movimiento. Era flexible y tenía cierta gracia inmerecida, porque no la había cultivado en absoluto, era golosa y holgazana como una odalisca y si hubiera justicia en el mundo, sería obesa. Sus antepasados, pobres campesinos croatas, gente esforzada y probablemente hambrienta, le habían legado un metabolismo afortunado. Su cara en la foto del pasaporte, seria y con la vista al frente, era la de una carcelera soviética, como decía su hija Daniela en broma, pero nadie la veía así: contaba con un rostro expresivo y sabía maquillarse.

En resumen, estaba satisfecha con su apariencia y resignada al inevitable estropicio de los años. Su cuerpo envejecía, pero por dentro llevaba intacta a la adolescente que fue. Sin embargo, a la anciana que sería no lograba imaginarla. Su deseo de sacarle el jugo a la vida se expandía a medida que su futuro se encogía y parte de ese entusiasmo era la vaga ilusión, que se estrellaba contra la realidad de la falta de oportunidades, de tener un enamorado. Echaba de menos sexo, romance y amor. El primero lo conseguía de vez en cuando, el segundo era cuestión de suerte y el tercero era un premio del cielo que seguramente no le tocaría, como le había comentado más de una vez a su hija.

Lucía lamentó haber terminado sus amores con Julián, pero nunca se arrepintió. Deseaba estabilidad, mientras que él, a sus setenta años, todavía estaba en la etapa de saltar de una relación a otra, como un picaflor. A pesar de los consejos de su hija, que proclamaba las ventajas del amor libre, para ella la intimidad era imposible con alguien distraído con otras mujeres. «¿Qué es lo que quieres, mamá? ¿Casarte?», se había burlado Daniela cuando supo que había cortado con Julián. No, pero quería hacer el amor amando, por el placer del cuerpo y la tranquilidad del espíritu. Quería hacer el amor con alguien que sintiera como ella. Quería ser aceptada sin nada que ocultar o fingir, conocer al otro profundamente y aceptarlo de la misma manera. Quería alguien con quien pasar la mañana del domingo en la cama leyendo los periódicos, a quien tomarle la mano en el cine, con quien reírse de tonterías y discutir ideas. Había superado el entusiasmo por las aventuras fugaces.

Se había acostumbrado a su espacio, su silencio y su soledad; había concluido que le costaría mucho compartir su cama, su baño y su ropero y que ningún hombre podía satisfacer todas sus necesidades. En la juventud creía que, sin el amor de pareja, estaba incompleta, que le faltaba algo esencial. En la madurez agradecía la rica cornucopia de su existencia. Sin embargo, sólo por curiosidad pensó vagamente en recurrir a un servicio de citas por internet. Desistió de inmediato, porque Daniela la pillaría desde Miami. Además, no sabría cómo describirse para parecer más o menos atractiva sin mentir. Supuso que lo mismo le sucedía a los demás: todo el mundo mentía.

Los hombres que le correspondían por edad deseaban mujeres veinte o treinta años más jóvenes. Era comprensible, a ella tampoco le gustaría emparejarse con un anciano achacoso, prefería un chulo más joven. Según Daniela, era un desperdicio que ella fuera heterosexual, porque sobraban estupendas mujeres solas, con vida interior, en buena forma física y emocional, mucho más interesantes que la mayoría de los hombres viudos o divorciados de sesenta o setenta que andaban sueltos por ahí. Lucía admitía su limitación al respecto, pero le parecía tarde para cambiar. Desde su divorcio había tenido breves encuentros íntimos con algún amigo, después de varios tragos en una discoteca, o con desconocidos en un viaje o una fiesta, nada que valiera la pena contar, pero la ayudaron a superar el pudor de quitarse la ropa ante un testigo masculino. Las cicatrices del pecho eran visibles y sus senos virginales como los de una novia de Namibia, parecían desconectados del resto de su cuerpo; eran una burla al resto de su anatomía.

El antojo de seducir a Richard, tan excitante cuando recibió su oferta de trabajo en la universidad, desapareció a la semana de ocupar su sótano. En vez de acercarlos, esa convivencia relativa, que los obligaba a encontrarse a cada rato en el ámbito del trabajo, la calle, el metro y la puerta de la casa, los había distanciado. La camaradería de las reuniones internacionales y la comunicación electrónica, antes tan cálida, se había congelado al someterla a la prueba de la cercanía. No, definitivamente no habría romance con Richard Bowmaster; una lástima, porque era el tipo de hombre tranquilo y fiable con el cual no le importaría aburrirse. Lucía era sólo un año y ocho meses mayor que él, una diferencia despreciable, como ella decía si se presentaba la ocasión, pero secretamente admitía que, en comparación, estaba en desventaja. Se sentía pesada y se estaba achicando por una contracción de la columna y porque ya no podía usar tacones demasiado altos sin caerse de bruces; todo el mundo a su alrededor crecía y crecía. Sus estudiantes parecían cada vez más altos, espigados e indiferentes, como las jirafas. Estaba harta de contemplar desde abajo los vellos de la nariz del resto de la humanidad. Richard, en cambio, llevaba sus años con el encanto desgarbado del profesor absorto en las inquietudes del estudio.

Tal como Lucía se lo describió a Daniela, Richard Bowmaster era de mediana estatura, con suficiente cabello y buenos dientes, ojos entre grises o verdes, según el reflejo de la luz en sus lentes y el estado de su úlcera. Rara vez sonreía sin una causa sustancial, pero sus hoyuelos permanentes y el pelo desaliñado le daban un aire juvenil, a pesar de que caminaba mirando el suelo, cargado de libros, doblegado por el peso de sus preocupaciones; Lucía no imaginaba en qué consistían, porque parecía sano, había alcanzado la cima de su carrera académica y cuando se jubilara contaría con medios para una vejez confortable. La única carga económica que tenía era su padre, Joseph Bowmaster, que vivía en una casa de ancianos a quince minutos de distancia y a quien Richard llamaba por teléfono todos los días y visitaba un par de veces por semana. El hombre había cumplido noventa y seis años y estaba en silla de ruedas, pero tenía más fuego en el corazón y lucidez en la mente que nadie; se pasaba el tiempo escribiéndole cartas a Barack Obama para darle consejos.

Lucía sospechaba que la apariencia taciturna de Richard ocultaba una reserva de gentileza y un deseo disimulado de ayudar sin ruido, desde servir discretamente en un comedor de caridad, hasta supervisar como voluntario a los loritos del cementerio. Seguramente Richard debía ese aspecto de su carácter al ejemplo tenaz de su padre; Joseph no le iba a permitir a su hijo que pasara por la vida sin abrazar alguna causa justa. Al principio, Lucía analizaba a Richard en busca de resquicios para acceder a su amistad, pero como no tenía ánimo para el comedor de caridad ni para loros de ningún tipo, sólo compartían el trabajo y ella no pudo descubrir cómo colarse en la vida de ese hombre. La indiferencia de Richard no la ofendió, porque igualmente no hacía caso de las atenciones del resto de sus colegas femeninas o de las hordas de muchachas en la universidad. Su vida de ermitaño era un enigma, quizá el de qué secretos ocultaba, cómo podía haber vivido seis décadas sin desafíos notables, protegido por su caparazón de armadillo.

Ella, en cambio, estaba orgullosa de los dramas de su pasado y para el futuro deseaba una existencia interesante. Por principio desconfiaba de la felicidad, que consideraba un poco kitsch; le bastaba con estar más o menos satisfecha. Richard había pasado una larga temporada en Brasil y estuvo casado con una joven voluptuosa, a juzgar por una foto de ella que Lucía había visto, pero aparentemente nada de la exuberancia de ese país o de esa mujer se le contagiaron. A pesar de sus rarezas, Richard caía siempre bien. En la descripción que le hizo a su hija, Lucía dijo que era liviano de sangre, como se dice en Chile de quien se hace querer sin proponérselo y sin causa aparente. «Es un tipo raro, Daniela, fíjate que vive solo con cuatro gatos. Todavía no lo sabe, pero cuando yo me vaya le tocará hacerse cargo de Marcelo», agregó. Lo había pensado bien. Iba a ser una solución desgarradora, pero no podía acarrear por el mundo un chihuahua anciano.

Richard

Al llegar a su casa por la tarde, en bicicleta si el tiempo lo permitía y si no en metro, Richard Bowmaster se ocupaba primero de los cuatro gatos, animales poco afectuosos, que había adoptado en la Sociedad Protectora de Animales para acabar con los ratones. Había dado ese paso como una medida lógica, sin asomo de sentimentalismo, pero los felinos llegaron a ser sus inevitables compañeros. Se los entregaron esterilizados, vacunados, con un chip injertado bajo la piel para identificarlos en caso de que se extraviaran y con sus nombres, pero, para simplificar, él los llamó con números en portugués: Um, Dois, Três y Quatro. Richard les daba de comer y limpiaba el cajón de arena, luego escuchaba las noticias mientras preparaba su cena en el amplio mesón de múltiples usos de la cocina. Después de comer tocaba el piano un rato, a veces por placer y otras por disciplina.

En teoría, en su casa había un lugar para cada cosa y cada cosa estaba en su lugar, pero en la práctica los papeles, revistas y libros se reproducían como musarañas de una pesadilla. Por la mañana siempre había más que la noche anterior y a veces aparecían publicaciones o páginas sueltas que él nunca había

24

visto ni sospechaba cómo fueron a parar a su casa. Después de comer leía, preparaba clases, corregía pruebas y escribía ensayos de política. Debía su carrera académica a su constancia para investigar y publicar y menos a su vocación de enseñar; por eso la entrega que sus estudiantes le expresaban, incluso después de graduarse, le resultaba inexplicable. Tenía su ordenador en la cocina y la impresora en el tercer piso en una pieza sin uso, donde el único mueble era una mesa para la máquina. Afortunadamente, vivía solo y no tenía que explicar la curiosa distribución de su equipo de oficina, porque pocos entenderían su determinación de hacer ejercicio subiendo y bajando la empinada escalera. Además, así se obligaba a pensarlo dos veces antes de imprimir cualquier tontería, por respeto a los árboles sacrificados para hacer papel.

A veces, en sus noches de insomnio, cuando no lograba seducir al piano y las teclas tocaban lo que les daba la gana, cedía al vicio secreto de memorizar y componer poesía. Para ese fin gastaba muy poco papel: escribía a mano en cuadernos cuadriculados de escolar. Tenía varios llenos de poemas inacabados y un par de libretas de lujo con tapas de cuero donde copiaba sus mejores versos con la idea de pulirlos en el futuro, pero ese futuro nunca llegaba; la perspectiva de releerlos le provocaba espasmos en el estómago. Había estudiado japonés para disfrutar de haikus en su forma original, podía leerlo y entenderlo, pero habría resultado presuntuoso intentar hablarlo. Tenía a honor ser políglota. Aprendió portugués de niño con su familia materna y lo perfeccionó con Anita. Adquirió algo de francés por razones románticas y otro tanto de español por necesidad profesional. Su primera pasión, a los diecinueve años, fue por una francesa ocho años mayor que él a la que conoció en un bar de Nueva York y siguió a París. La pasión se enfrió muy rápidamente, pero por conveniencia vivieron juntos en un altillo del Barrio Latino el tiempo suficiente para que él adquiriera los fundamentos del conocimiento carnal y de la lengua, que hablaba con acento bárbaro. Su español era de libro y de la calle; había latinos por todas partes en Nueva York, pero esos inmigrantes rara vez entendían la dicción del Instituto Berlitz que él había estudiado. Tampoco él los entendía más allá de lo necesario para pedir comida en un restaurante. Aparentemente casi todos los mesoneros del país eran hispanohablantes.

Al amanecer del sábado la tormenta había pasado, dejando a Brooklyn medio hundido en la nieve. Richard despertó con el mal sabor de haber ofendido a Lucía el día anterior al descartar fríamente sus temores. Le habría gustado estar con ella mientras, afuera, el viento y la nieve azotaban la casa. ¿Por qué la cortó en seco? Temía caer en la trampa del enamoramiento, una trampa que había evitado durante veinticinco años. No se preguntaba por qué rehuía el amor, ya que la respuesta le parecía obvia: era su ineludible penitencia. Con el tiempo se había acostumbrado a sus hábitos de monje y a ese silencio interno de los que viven y duermen solos. Después de colgar el teléfono con Lucía tuvo el impulso de llegarse a la puerta del sótano con un termo de té, para acompañarla. Le intrigaba ese temor infantil en una mujer que había tenido bastantes dramas en su vida y parecía invulnerable. Hubiera querido explorar esa brecha en la fortaleza de Lucía, pero lo detuvo un presentimiento de peligro, como si al ceder a ese impulso pisara arenas movedizas. La sensación de riesgo seguía presente. Nada nuevo. De vez en cuando lo atrapaba una ansiedad injustificada; para eso contaba con sus pastillas verdes. En esas ocasiones sentía que iba cayendo de manera irremisible en la oscuridad helada del fondo del mar y no había alguien cerca para tenderle una mano y jalarlo a la superficie. Esas premoniciones fatalistas habían empezado en Brasil por contagio de Anita, que vivía pendiente de signos del más allá. Antes lo asaltaban con frecuencia, pero había aprendido a manejarlas, porque muy rara vez se cumplían.

Las instrucciones que daban por radio y televisión eran de permanecer en casa hasta que fueran despejadas las calles. Manhattan estaba todavía semiparalizado, con el comercio cerrado, pero ya comenzaban a funcionar el metro y los buses. Otros estados estaban en peores condiciones que Nueva York, con viviendas destruidas, árboles arrancados, barrios incomunicados y algunos sin gas ni electricidad. Sus vecinos habían retrocedido dos siglos en pocas horas. En comparación, en Brooklyn habían tenido suerte.

Richard salió a quitar la nieve del automóvil, estacionado frente a su casa, antes de que se convirtiera en hielo y tuviera que rasparlo. Después puso la comida a los gatos y desayunó lo de siempre, avena con leche de almendra y fruta, y se instaló a trabajar en su artículo sobre la crisis económica y política de Brasil, que los próximos Juegos Olímpicos habían puesto en evidencia ante el escrutinio internacional. Debía revisar la tesis de un estudiante, pero lo haría más tarde. Tenía todo el día por delante.

A eso de las tres de la tarde Richard notó que faltaba uno de los gatos. Si él estaba en la casa, los animales se las arreglaban para permanecer cerca. Su relación con ellos era de mutua indiferencia, excepto con Dois, la única hembra, que aprovechaba la menor oportunidad para saltarle encima y acomodarse para que la acariciara. Los tres machos eran independientes y habían entendido desde el principio que no eran mascotas, su deber era cazar ratones. Se dio cuenta de que Um y Quatro se paseaban por la cocina inquietos y que no había rastro de Três. Dois estaba echada encima de la mesa junto a su ordenador, uno de sus lugares favoritos.

Salió a buscar al ausente por la casa, llamándolo con el silbido que los animales reconocían. Lo encontró en el segundo piso tirado en el suelo con espuma rosada en el hocico. «Vamos, Três, levántate. ¿Qué te pasa, chico?» Logró ponerlo de pie y el gato dio unos pasos tambaleantes de ebrio antes de caer. Había rastros de vómito por todos lados, lo que solía ocurrir, porque a veces no digerían bien los huesitos de los roedores. Lo llevó en brazos a la cocina y trató en vano de hacerlo beber agua. En eso estaba cuando a Três se le pusieron rígidas las cuatro patas y le dieron convulsiones; entonces Richard comprendió que eran síntomas de envenenamiento. Repasó rápidamente las sustancias tóxicas que había en su casa, todas bien guardadas. Tardó varios minutos en encontrar la causa debajo del lavaplatos de la cocina. Se había volcado el líquido anticongelante y sin duda Três lo había lamido, porque había huellas de patas. Estaba seguro de haber cerrado bien la lata y la puerta del gabinete, no entendía cómo había ocurrido el accidente, pero eso vendría más tarde. Por el momento, lo más urgente era atender al gato; el anticongelante era mortal.

El tráfico estaba restringido, excepto para emergencias, y ese era exactamente su caso. Buscó en internet la dirección de la clínica veterinaria más cercana que estuviera abierta, que resultó ser una que ya conocía, envolvió al animal en una manta y lo puso en el automóvil. Se felicitó de haberle quitado la nieve por la mañana; si no, estaría atascado, y agradeció que el desastre no hubiera ocurrido el día anterior en medio del vendaval, porque no habría podido moverse de casa. Brooklyn se había convertido en una ciudad nórdica, blanco sobre blanco, los ángulos suavizados por la nieve, las calles vacías, con una extraña paz, como si la naturaleza bostezara. «No se te ocurra morirte, Três, por favor. Eres un gato proletario, tienes tripas de acero, un poco de anticongelante no es nada, ánimo», lo alentaba Richard mientras manejaba con terrible lentitud en la nieve, pensando que cada minuto que perdía por el camino era uno menos de vida para el animal. «Calma, amigo, aguanta. No puedo apurarme porque si patinamos estamos jodidos, ya vamos a llegar. No puedo ir más rápido, perdona…»

El trayecto de veinte minutos en circunstancias habituales le tomó el doble y cuando por fin llegó a la clínica, la nieve había vuelto y Três estaba agitado por nuevas convulsiones y babeando más espuma rosada. Los recibió una doctora eficiente y parca de gestos y palabras, quien no manifestó optimismo respecto al gato ni simpatía por su dueño, cuya negligencia había provocado el accidente, como le dijo a su ayudante en voz baja, pero no tan baja como para que Richard no la oyera. En otro momento él habría reaccionado ante ese comentario de mala leche, pero una oleada intensa de malos recuerdos lo volteó. Se quedó mudo, humillado. No era la primera vez que su negligencia resultaba fatal. Desde entonces se había vuelto tan cuidadoso y tomaba tantas precauciones que a menudo sentía que iba pisando huevos por el camino de la vida. La veterinaria le explicó que podía hacer muy poco. Los exámenes de sangre y orina determinarían si el daño a los riñones era irreversible, en cuyo caso el animal iba a sufrir y más valía darle un fin digno. Debía quedar internado; en un par de días tendría un diagnóstico definitivo, pero le convenía prepararse para lo peor. Richard asintió, a punto de llorar. Se despidió de Três con el corazón en un puño, sintiendo la mirada dura de la doctora en la nuca; una acusación y una condena.

La recepcionista, una joven con el pelo color zanahoria y un anillo en la nariz, se compadeció de él al comprobar cómo temblaba cuando le pasó su tarjeta de crédito para el depósito inicial. Le aseguró que su animalito estaría muy bien cuidado y le señaló la máquina de café. Ante ese gesto de mínima amabilidad, a Richard lo sacudió un sentimiento desproporcionado de gratitud y se le escapó un sollozo que le subió desde lo más profundo. Si le hubieran preguntado qué sentía por sus cuatro mascotas, habría contestado que cumplía con la responsabilidad de alimentarlas y limpiar la caja de arena; la relación con los gatos era sólo cortés, excepto con Dois, que exigía mimos. Eso era todo. Nunca imaginó que llegaría a estimar a esos felinos displicentes como miembros de la familia que no tenía. Se sentó en una silla de la sala de espera, bajo la mirada comprensiva de la recepcionista, a beber un café aguado y amargo, con dos de sus pastillas verdes para los nervios y una rosada para la acidez, hasta que recuperó el control. Debía regresar a su casa.

Las luces del coche alumbraban un paisaje desolado de calles sin vida. Richard avanzaba lentamente, atisbando con dificultad por el medio círculo despejado entre la escarcha del vidrio. Esas calles pertenecían a una ciudad desconocida y por un minuto se creyó perdido, aunque había hecho el mismo trayecto con anterioridad, entre el tiempo inmóvil, el zumbido de la calefacción y el tictac acelerado del limpiaparabrisas; tenía la impresión de que el automóvil flotaba en un ámbito algodonoso y el desconcierto de ser la única alma presente en un mundo abandonado. Iba hablando solo, con la cabeza llena de ruido y pensamientos nefastos sobre los horrores inevitables del mundo y de su vida en particular. ¿Cuánto más iba a vivir y en qué condiciones? Si uno vive lo suficiente, tendrá cáncer de próstata. Si uno vive más, se le desintegra el cerebro. Había alcanzado la edad del susto, ya no le atraían los viajes, estaba amarrado a la comodidad de su hogar, no quería imprevistos, temía perderse o enfermarse y morir sin que nadie descubriera su cadáver hasta un par de semanas más tarde, cuando los gatos hubieran devorado buena parte de sus restos. La posibilidad de ser hallado en medio de un charco de vísceras putrefactas lo aterraba de tal modo, que había acordado con su vecina, una viuda madura con temperamento de hierro y corazón sentimental, que le enviaría un mensaje de texto cada noche. Si él fallaba dos días, ella vendría a echar un vistazo; para eso le había dado una llave de su casa. El mensaje contenía sólo dos palabras: «Vivo todavía». Ella no tenía obligación de responder, pero sufría del mismo temor y siempre lo hacía con tres palabras: «Joder, yo también». Lo más temible de la muerte era la idea de la eternidad. Muerto para siempre, qué horror.

Richard temió que empezara a formarse el nubarrón de ansiedad que solía envolverlo. En esos casos se tomaba el pulso y no lo sentía o sentía que le galopaba. Había sufrido un par de ataques de pánico en el pasado, tan parecidos a un ataque al corazón que terminó hospitalizado, pero no se habían repetido en los últimos años, gracias a las pastillas verdes y porque aprendió a dominarlos. Se concentraba en visualizar el cúmulo negro sobre su cabeza traspasado por potentes rayos de luz, como los de las estampas religiosas. Con esa imagen y unos ejercicios de respiración lograba disipar la nube; pero esta vez no fue necesario recurrir a ese truco porque pronto se rindió ante la novedad de la situación. Se vio desde lejos, como en una película de la cual él no era protagonista, sino espectador.

Hacía muchos años que vivía en un entorno perfectamente controlado, sin sorpresas ni sobresaltos, pero no había olvidado del todo la fascinación de las pocas aventuras de su juventud, como el loco amor por Anita. Sonrió ante su aprensión, porque conducir unas cuantas cuadras con mal tiempo en Brooklyn no era exactamente una aventura. En ese instante adquirió una clara conciencia de lo pequeña y limitada que se había vuelto su existencia y entonces sintió miedo de verdad, miedo de haber perdido tantos años encerrado en sí mismo, miedo de la prisa con que pasaba el tiempo mientras se venían encima la vejez y la muerte. Los anteojos se le empañaron de sudor o de lágrimas; se los quitó de un manotazo y trató de limpiarlos con una manga. Estaba oscureciendo y la visibilidad era pésima. Aferrado al volante con la mano izquierda trató de ponerse los lentes con la derecha, pero los guantes le entorpecieron y los lentes se le cayeron y fueron a dar entre los pedales. Una palabrota se le escapó desde las tripas.

En ese momento, cuando se distrajo brevemente tanteando el suelo en busca de los lentes, un coche blanco que iba delante, confundido entre la nieve, frenó en la intersección de otra calle. Richard chocó contra él por detrás. El impacto fue tan inesperado y apabullante que por una fracción de segundo perdió el conocimiento. Se recuperó de inmediato con la misma sensación anterior de hallarse fuera de su cuerpo, con el corazón disparado, bañado en sudor, con la piel caliente y la camisa pegada a la espalda. Sentía la incomodidad física, pero su mente estaba en otro plano, separada de esa realidad. El hombre de la película seguía escupiendo palabrotas dentro del automóvil y él, como espectador, desde otra dimensión, evaluaba fríamente lo ocurrido, indiferente. Era un choque mínimo, estaba seguro. Ambos vehículos iban muy lentos. Debía recuperar los lentes, bajarse y enfrentarse al otro conductor civilizadamente. Para algo estaban los seguros.

Al descender del automóvil resbaló en el pavimento helado y habría caído de espaldas si no se hubiera aferrado a la puerta. Comprendió que aunque hubiera frenado, también se habría estrellado, porque habría patinado dos o tres metros antes de detenerse. El otro vehículo, un Lexus SC, recibió el impacto por detrás y la fuerza del choque lo impulsó hacia delante. Arrastrando los pies, con el viento en contra, Richard anduvo la corta distancia que lo separaba del otro conductor, quien también había descendido del coche. Su primera impresión fue que se trataba de alguien demasiado joven como para tener licencia de manejar, pero al acercarse más se dio cuenta de que era una muchacha diminuta. Vestía pantalones, botas de goma negras y un anorak demasiado holgado para su tamaño. La capucha le tapaba la cabeza.

—Fue culpa mía. Perdone, no la vi. Mi seguro pagará los daños —le dijo.

La chica le echó una mirada rápida al foco roto y la cajuela abollada y entreabierta. Trató inútilmente de cerrarla, mientras Richard repetía lo del seguro.

—Si quiere llamamos a la policía, pero no es necesario. Tome mi tarjeta, es fácil localizarme.

Ella no parecía oírlo. Visiblemente alterada, siguió golpeando la tapa con los puños hasta convencerse de que no podría cerrarla bien; entonces se dirigió a su asiento lo más deprisa que las ráfagas de viento le permitían, seguida por Richard, quien insistía en darle sus datos. Se metió en el Lexus sin echarle ni una mirada, pero él le tiró su tarjeta en el regazo justamente cuando ella apretaba el acelerador sin alcanzar a cerrar la puerta, que le pegó a Richard y lo dejó sentado en la calle. El vehículo dobló la esquina y desapareció. Richard se puso trabajosamente de pie, frotándose el brazo machucado por la puerta. Concluyó que ese había sido un día calamitoso y que lo único que le faltaba era que el gato se muriera.

Lucía, Richard, Evelyn

Brooklyn

A esa hora de la noche normalmente Richard Bowmaster, que se levantaba a las cinco de la mañana para ir al gimnasio, habría estado en su cama contando ovejas, con Dois tendida a su lado ronroneando, pero los desgraciados acontecimientos del día lo habían dejado de tan mal humor, que se preparó para el tormento del insomnio viendo una tontería en la televisión. Eso le despejaría la mente. Estaba en el momento obligado de la escena sexual, viendo cómo el director luchaba con el guión tan desesperadamente como los actores luchaban en la cama para excitar al público con un erotismo dulzón que sólo rompía el ritmo de la acción. «Vamos, sigan con la historia, carajo», le gritó a la pantalla, añorante de los tiempos en que el cine insinuaba la fornicación con una puerta cerrándose discretamente, una lámpara que se apagaba o un cigarrillo consumiéndose en el cenicero abandonado. En eso lo sobresaltó un timbrazo. Richard miró su reloj, eran las diez menos veinte de la noche; ni los Testigos de Jehová, que desde hacía un par de semanas andaban por el barrio buscando conversos, se atrevían a predicar tan tarde. Extrañado, se dirigió a la puerta, sin encender la luz de la entrada, y atisbó a través del vidrio, pero sólo distinguió un bulto en la oscuridad. Iba a retroceder, cuando un segundo timbrazo lo sobresaltó. En un impulso encendió la luz y abrió la puerta.

Enmarcada por la débil luz de la entrada, con la noche negra a la espalda, estaba la muchacha del anorak. Richard la reconoció al instante. Encogida, con la cabeza hundida entre los hombros y el rostro cubierto por el capuchón, se veía todavía más pequeña que unas horas antes en la calle. Richard murmuró un «¿Sí?» interrogativo y, a modo de respuesta, ella le pasó la tarjeta que él le había tirado al interior de su automóvil, donde figuraba su nombre, su cargo en la universidad y las direcciones de la oficina y de su casa. Se quedó con la tarjeta en la mano, sin saber qué hacer durante un minuto eterno. Por fin, al sentir el viento y la nieve irrumpiendo por la puerta, reaccionó y dio un paso al lado, señalándole a la chica con un gesto que entrara. Cerró la puerta detrás de ella y nuevamente se quedó aturdido observándola.

—No tenía que venir aquí, señorita. Debe llamar directamente al seguro… —balbuceó.

La muchacha no respondió. Plantada en la entrada, sin darle la cara, parecía un pertinaz visitante de ultratumba. Richard insistió en lo del seguro sin que ella reaccionara.

—¿Habla inglés? —le preguntó por último.

Silencio durante varios segundos más. Richard repitió lo mismo en español, porque el tamaño de la visitante le sugirió que seguramente provenía de Centroamérica, aunque también podía ser del sudeste asiático. Ella respondió en un murmullo incomprensible, que sonaba como una gotera monótona. Viendo que la situación se prolongaba demasiado, Richard optó por invitarla a la cocina, donde había mejor luz y tal vez podrían comunicarse. Ella lo siguió mirando el suelo y pisando exactamente donde él lo hacía, como balanceándose en una cuerda floja. En la cocina Richard movió a un lado los papeles de la mesa y le ofreció asiento en uno de los taburetes.

—Lamento mucho haber chocado contra su coche. Espero que no se haya hecho daño —dijo.

En vista de la falta de reacción, tradujo el comentario a su español defectuoso. Ella negó con la cabeza. Richard siguió haciendo el esfuerzo inútil de comunicarse para averiguar por qué estaba en su casa a esa hora. Como el leve accidente no justificaba el estado de terror de la chica, pensó que tal vez estaba huyendo de alguien o de algo.

—¿Cómo se llama? —le preguntó.

Penosamente, tropezando con cada sílaba, ella logró darle su nombre, Evelyn Ortega. Richard sintió que la situación lo desbordaba; necesitaba ayuda urgente para deshacerse de esa visitante inoportuna. Horas más tarde, cuando pudo analizar lo sucedido, habría de sorprenderle el hecho de que lo único que se le ocurrió fue llamar a la chilena del sótano. En el tiempo que se conocían esa mujer había dado muestras de ser una profesional capaz, pero no había razón para suponer que estaba preparada para manejar un inconveniente tan inusual como ese.

A las diez de la noche el teléfono sobresaltó a Lucía Maraz. La única llamada que podía esperar a esa hora era la de su hija Daniela, pero se trataba de Richard para pedirle que subiera con urgencia a su casa. Por fin, después de pasar el día tiritando, Lucía había entrado en calor en la cama y no pensaba dejar su nido para acudir al llamado perentorio del hombre que la había condenado a vivir en un iglú y la noche anterior había desdeñado su necesidad de compañía. No había paso directo del sótano al resto de la propiedad, tendría que vestirse, abrirse camino en la nieve y subir doce peldaños resbaladizos hasta la casa; Richard no merecía semejante esfuerzo.

Una semana antes se había enfrentado con él porque el agua en el plato del perro amanecía congelada, pero ni siquiera ante esa prueba contundente logró que subiera la temperatura. Richard se limitó a prestarle una frazada eléctrica, que había estado sin uso durante décadas y que cuando la enchufó soltó una humareda y se produjo un cortocircuito. El frío era la queja más reciente de Lucía. Antes hubo otras. Por las noches se oía un coro de ratones entre las paredes, pero según su casero eso era imposible, porque sus gatos daban cuenta de los roedores. Los ruidos provenían de cañerías oxidadas y maderas resecas.

—Perdóname por molestarte tan tarde, Lucía, pero necesito que vengas, tengo un problema serio —anunció Richard por el teléfono.

—¿Qué clase de problema? A menos que estés sangrando, tendrás que esperar hasta mañana —replicó ella.

—Una persona latinoamericana histérica ha invadido mi casa y no sé qué hacer con ella. Tal vez tú podrías ayudarla. No le entiendo casi nada.

—Bueno, coge una pala y ven a desenterrarme de la nieve —concedió ella, picada por la curiosidad.

Poco más tarde Richard, arropado como un inuit, rescató a su inquilina y la condujo con Marcelo a su casa, casi tan fría como el sótano. Mascullando sobre su avaricia en el asunto de la calefacción, Lucía lo siguió a la cocina, donde había estado algunas veces de pasada. Cuando recién llegó a Brooklyn lo había visitado con el pretexto de cocinarle una cena vegetariana, pensando ahondar así en la mutua relación, pero Richard resultó ser un hueso duro de roer. Ella consideraba el vegetarianismo como una excentricidad de la gente que nunca ha pasado hambre, pero se esmeró cocinando para él. Richard se comió dos platos sin comentarios, le dio las gracias sin exagerar y nunca retribuyó su atención. En esa ocasión Lucía pudo comprobar cuán austero era el estilo de vida de su casero. Entre unos pocos muebles ordinarios y en dudoso estado, destacaba la contundencia de un lustroso piano de cola. Los miércoles y sábados por la tarde llegaban a la covacha de Lucía los acordes de los conciertos de Richard y otros tres músicos, que se reunían por el placer de tocar juntos. En su opinión, lo hacían muy bien, pero ella tenía un oído pésimo y su cultura musical era insignificante. Había esperado varios meses a que Richard la invitara una de esas tardes a escuchar al cuarteto, pero esa invitación nunca se había presentado.

Richard ocupaba el dormitorio más pequeño de la casa, cuatro paredes con un ventanuco de preso, y la sala del primer piso, convertida en depósito de papel impreso. La cocina, también atiborrada de pilas de libros, se reconocía por el fregadero y una estufa de gas caprichosa, que solía encenderse sin intervención humana, imposible de arreglar, porque ya no existían repuestos.

La persona que anunciaba Richard era una enana. Estaba sentada ante el mesón de madera rústica que hacía las veces de escritorio y mesa de comedor, con los pies colgando del taburete, metida en un anorak amarillo rabioso, con el capuchón sobre la cabeza y calzada con botas de bombero. No daba muestras de histeria, al contrario, estaba como aturdida. Hizo caso omiso de la presencia de Lucía, pero ella se adelantó y le tendió una mano, sin soltar a Marcelo ni perder de vista a los gatos, que lo observaban a corta distancia con los lomos erizados.

—Lucía Maraz, chilena, soy la inquilina del sótano —se presentó.

Del anorak amarillo surgió una temblorosa manita de bebé, que estrechó blandamente la de Lucía.

—Se llama Evelyn Ortega —intervino Richard, en vista de que la aludida permanecía muda.

—Mucho gusto —dijo Lucía.

Silencio durante varios segundos, hasta que Richard intervino de nuevo, carraspeando nerviosamente.

—Choqué con su auto por detrás cuando venía del veterinario. Uno de mis gatos se envenenó con anticongelante. Me parece que está muy asustada. ¿Puedes hablarle? Seguro que te entenderás con ella.

—¿Por qué?

—Eres mujer, ¿no? Y hablas su idioma mejor que yo.

Lucía se dirigió en español a la visitante para averiguar de dónde era y qué le había sucedido. La otra despertó del estado catatónico en que parecía hallarse y se quitó el capuchón, pero mantuvo los ojos fijos en el suelo. No era una enana sino una joven muy baja y delgada, de rostro tan delicado como sus manos, piel color madera clara y pelo negro recogido en la nuca. Lucía supuso que era amerindia, posiblemente maya, aunque en ella no eran muy notorios los rasgos característicos de ese grupo humano: nariz aguileña, pómulos angulosos y ojos almendrados. Richard le indicó a la chica en voz muy alta que podía confiar en Lucía, partiendo de la suposición de que los extranjeros entienden inglés si se les habla a gritos. En ese caso funcionó, porque la muchacha sacó una voz de canario para aclarar que era de Guatemala. Tartamudeaba tan penosamente, que costaba seguir sus palabras; cuando terminaba la frase, ya nadie recordaba el comienzo.

Lucía logró deducir que Evelyn había tomado el coche de su patrona, una tal Cheryl Leroy, sin decírselo porque estaba durmiendo una siesta. Agregó a tropezones que después de que Richard chocara contra ella tuvo que renunciar a regresar a la casa sin mencionar lo que había hecho. No temía a la señora, sino al señor Frank Leroy, su patrón, que tenía muy mal carácter y era peligroso. La chica anduvo dando vueltas de un lado para otro, tratando de encontrar una solución, con la mente en un torbellino. El cierre abollado de la cajuela no ajustaba y en un par de ocasiones se abrió y tuvo que detenerse e improvisar una amarra con el cinturón de su anorak. Pasó el resto de la tarde y parte de la noche estacionada en diferentes puntos de la ciudad, pero se quedaba poco tiempo por temor a llamar la atención o que la nieve acabara por cubrirla. En una de esas paradas vio la tarjeta que Richard le había dado cuando su coche chocó contra el de ella y como último recurso desesperado fue a su casa.

Mientras Evelyn permanecía en el taburete de la cocina, Richard se llevó aparte a Lucía para susurrarle que la visitante tenía problemas mentales o estaba drogada.

—¿Por qué crees eso? —le preguntó ella, también en susurros.

—No puede ni hablar, Lucía.

—Pero ¿no te diste cuenta de que es tartamuda?

—¿Estás segura?

—¡Claro, hombre! Además, está aterrorizada, pobre chiquilla.

—¿Cómo podemos ayudarla? —preguntó Richard.

—Es muy tarde, no hay nada que hacer ahora. ¿Qué te parece que se quede aquí y mañana la acompañamos donde sus patrones y explicamos lo del choque? Tu seguro va a pagar los daños. No tendrán nada de qué quejarse.

—Excepto de que cogió el auto sin permiso. Seguramente la van a echar.

—Lo veremos mañana. Por el momento hay que tranquilizarla —determinó Lucía.

El interrogatorio al que sometió a la muchacha aclaró algunos aspectos de su convivencia con sus empleadores, los Leroy. Evelyn carecía de un horario fijo en esa casa, en teoría trabajaba de nueve a cinco, pero en la práctica pasaba todo el día con el niño que cuidaba y dormía con él para atenderlo si fuera necesario. Es decir, hacía el equivalente de tres turnos normales. Le pagaban en efectivo mucho menos de lo correspondiente, según calcularon Lucía y Richard; parecía un trabajo forzado o una forma ilegal de servidumbre, pero para Evelyn eso era irrelevante. Tenía un lugar donde vivir y seguridad, eso era lo más importante, les dijo. La señora Leroy la trataba muy bien y el señor Leroy sólo le daba órdenes de vez en cuando; el resto del tiempo no le hacía ni caso. El señor Leroy trataba con el mismo desdén a su esposa y a su hijo. Era un hombre violento y todos en la casa, especialmente su mujer, temblaban en su presencia. Si se enteraba de que ella había tomado el automóvil…

—Cálmate, niña, no te va a pasar nada —le dijo Lucía.

—Puedes quedarte a dormir aquí. Esto no es tan grave como crees. Te vamos a ayudar —agregó Richard.

—Por el momento nos hace falta un trago. ¿Tienes algo para tomar, Richard? ¿Cerveza, por ejemplo? —le preguntó Lucía.

—Sabes que no bebo.

—Supongo que tienes hierba. Eso nos ayudaría. Evelyn está muerta de fatiga y yo de frío.

Richard decidió que no era el momento de hacerse el mojigato y sacó de la nevera una caja de lata con bizcochos de chocolate. Por la úlcera y los dolores de cabeza había obtenido un carnet hacía un par de años, que le permitía comprar marihuana de uso medicinal. Partieron uno en tres pedazos, dos para ellos y uno para subirle la moral a Evelyn Ortega. A Lucía le pareció prudente explicarle a la chica las propiedades del bizcocho, pero ella se lo comió confiada, sin hacer preguntas.

—Debes de tener hambre, Evelyn. Con todo este lío seguramente no has cenado. Necesitamos algo caliente —decidió Lucía, abriendo la nevera—. ¡Aquí no hay nada, Richard!

—Los sábados compro para la semana, pero hoy no pude hacerlo por la nieve y el gato.

Ella recordó la cazuela, cuyos restos estaban en su apartamento, pero le faltó valor para salir de nuevo, descender a las catacumbas y regresar manteniendo en equilibrio una marmita por la escalera resbaladiza. Echando mano de lo poco que consiguió en la cocina de Richard, preparó tostadas de pan sin gluten y las sirvió con tazones de café con leche sin lactosa, mientras él se paseaba a lo largo y ancho de la cocina murmurando y Evelyn le acariciaba el lomo a Marcelo con devoción compulsiva.

Tres cuartos de hora más tarde los tres descansaban flotando en una bruma amable junto a la chimenea encendida. Richard se había instalado en el suelo con la espalda contra la pared y Lucía se tendió sobre una manta con la cabeza sobre las piernas de él. Esa familiaridad jamás se habría dado en tiempos normales; Richard no propiciaba el contacto físico y menos con sus muslos. Para Lucía esta era la primera ocasión en varios meses de sentir el olor y el calor de un hombre, la áspera textura de unos vaqueros contra su mejilla y la suavidad de un viejo chaleco de cachemira al alcance de la mano. Hubiera preferido estar con él en una cama, pero bloqueó esa imagen con un suspiro, resignada a saborearlo vestido, mientras imaginaba la remota posibilidad de avanzar con él por el sendero torcido de la sensualidad. «Estoy un poco mareada, debe de ser el bizcocho», decidió. Evelyn se había sentado en el único cojín de la casa, reducida al tamaño de un minúsculo jinete

hípico, con Marcelo en el regazo. El trocito de bizcocho tuvo
en ella el efecto opuesto que en Richard y Lucía. Mientras
ellos reposaban con los ojos entornados, luchando por mantenerse despiertos, Evelyn, eufórica, les contaba tartamudeando
y a borbotones el trágico trayecto de su vida. Resultó que hablaba más inglés de lo que había demostrado al principio,
pero lo perdía si estaba demasiado nerviosa. Podía darse a entender con inesperada elocuencia en *spanglish*, esa mezcla de
español e inglés que es el idioma oficial de muchos de los latinos en Estados Unidos.

Afuera la nieve cubría suavemente el Lexus blanco. En los
tres días siguientes, mientras la tempestad se iba cansando de
castigar a la tierra y se disolvía en el océano, las vidas de Lucía
Maraz, Richard Bowmaster y Evelyn Ortega se verían irrevocablemente entrelazadas.

Evelyn

Guatemala

Verde, un mundo verde, zumbido de mosquitos, gritos de cacatúas, murmullo de juncos en la brisa, fragancia pegajosa de frutas maduras, de humo de leña y de café tostado, humedad caliente en la piel y en los sueños, así recordaba Evelyn Ortega su pequeña aldea, Monja Blanca del Valle. Colores ardientes en los muros pintados, los telares de su gente, la flora y las aves, color y más color, el arco iris completo y más. Y en todas partes, en todo momento, su abuela omnipresente, su mamita, Concepción Montoya, la más decente, trabajadora y católica de las mujeres, según el padre Benito, que lo sabía todo, porque era jesuita y vasco, a mucha honra, como él decía con esa socarronería de su tierra que nadie apreciaba por esos lados. El padre Benito había recorrido mucho mundo y toda Guatemala, y conocía la vida de los campesinos, porque estaba insertado profundamente entre ellos. No habría cambiado esa vida por nada. Amaba su comunidad, su gran tribu, como la llamaba. Guatemala era el país más hermoso del mundo, decía, el jardín del Edén mimado de Dios y maltratado por la humanidad, y agregaba que su aldea favorita era Monja Blanca del Valle, que debía su nombre a la flor nacional, la más blanca y pura de las orquídeas.

46

El sacerdote había sido testigo de las matanzas de indígenas en los años ochenta, la tortura sistemática, las fosas comunes, los poblados convertidos en ceniza, donde ni los animales domésticos sobrevivían; de cómo los soldados, con las caras tiznadas para no ser reconocidos, derrotaban cada intento de rebelión y cada chispazo de esperanza de otros seres tan pobres como ellos con el fin de preservar las cosas como siempre habían sido. Lejos de endurecerlo, eso le ablandó el corazón. A las imágenes atroces de ese pasado, él sobreponía el espectáculo fantástico del país que amaba, la variedad infinita de flores y pájaros, los paisajes de lagos, bosque y montañas, los cielos inmaculados. La gente lo aceptaba como uno de ellos, porque en verdad lo era. Decían que estaba vivo por milagro de la Virgen de la Asunción, patrona nacional, ¿qué otra explicación cabía?, porque se rumoreaba que había escondido a guerrilleros y le habían oído mencionar la reforma agraria desde el púlpito; por mucho menos que eso a otros les habían cortado la lengua y arrancado los ojos. Los desconfiados, que nunca faltan, mascullaban que de la Virgen, nada, que el cura debía de ser de la CIA, estaba protegido por los narcos o era oreja de los militares, pero no se atrevían a insinuarlo donde él pudiera oírlos, porque el vasco, con su esqueleto de faquir, podía romperles la nariz de un bofetón. Nadie tenía más autoridad moral que ese sacerdote de acento duro, de otra parte. Si él respetaba a Concepción Montoya como a una santa, por algo sería, pensaba Evelyn, aunque de tanto convivir, trabajar y dormir con esa abuela, le parecía más humana que divina.

Después de que Miriam, la madre de Evelyn, se fuera al norte, esa abuela invencible se había hecho cargo de ella y de sus dos hermanos mayores. Evelyn apenas había nacido cuando su padre emigró en busca de trabajo. Nada concreto supieron de él durante varios años, hasta que les llegaron rumores de que se había instalado en California, donde tenía otra familia, pero nadie pudo confirmarlo. Evelyn tenía seis años cuando la madre desapareció a su vez sin despedirse. Miriam huyó de madrugada, porque la determinación no le alcanzó para abrazar a los hijos por última vez. Temía que le fallaran las fuerzas. Eso les explicaba la abuela a los chiquillos cuando preguntaban, y agregaba que gracias al sacrificio de su madre podían comer todos los días, ir a la escuela y recibir encomiendas con juguetes, zapatillas Nike y golosinas desde Chicago.

El día que Miriam se fue estaba marcado en el calendario de Coca-Cola de 1998, desteñido por el tiempo, que todavía estaba clavado en la pared de la choza de Concepción. Los hijos mayores, Gregorio, de diez, y Andrés, de ocho, se cansaron de esperar a que Miriam volviera y se conformaron con las tarjetas postales y con oírle la voz entrecortada en el teléfono de la oficina de correos en Navidad o para sus cumpleaños, disculpándose porque una vez más rompía la promesa de ir a verlos. Evelyn siguió creyendo siempre que un día su madre volvería con dinero para hacerle una casa decente a la abuela. Los tres niños habían idealizado a la madre, pero ninguno tanto como Evelyn, quien no recordaba bien su aspecto ni su voz, pero los imaginaba. Miriam les mandaba fotografías, pero cambió mucho con los años, engordó, se teñía el pelo con rayas amarillas, se afeitó las cejas y se pintaba otras en la mitad de la frente, que le daban un aire de perpetua sorpresa o espanto.

Los Ortega no eran los únicos sin madre ni padre; dos tercios de los niños de la escuela estaban en la misma situación. Antes sólo los hombres emigraban en busca de trabajo, pero en los últimos años también las mujeres se iban. Según el padre Benito, los emigrados mandaban varios miles de millones de dólares anuales para mantener a sus familias, contribuyendo de paso a la estabilidad del gobierno y a la indiferencia de los ricos. Pocos terminaban la escuela; los niños partían en busca de trabajo o acababan metidos en drogas y pandillas, mientras las niñas quedaban embarazadas, salían a trabajar y algunas eran reclutadas para la prostitución. La escuela contaba con muy pocos recursos y de no ser por los misioneros evangélicos, que competían deslealmente con el padre Benito porque recibían dinero de afuera, le hubiera faltado hasta cuadernos y lápices.

El padre Benito solía instalarse en el único bar del pueblo con una cerveza que le duraba la noche entera, a conversar con los otros parroquianos sobre la despiadada represión contra los indígenas, que duró treinta años y abonó el terreno para el desastre. «Hay que sobornar a todo el mundo, desde los políticos más encumbrados hasta el último guardia civil, y para qué vamos a hablar de la delincuencia y el crimen», se quejaba tendiendo a la exageración. Siempre había alguien que le insinuaba por qué no volvía a su país, si no le gustaba Guatemala. «Pero qué dices, infeliz, ¿no he dicho mil veces que este es mi país?»

A los catorce años Gregorio Ortega, el hermano mayor de Evelyn, abandonó definitivamente la escuela. Sin nada que hacer, vagaba con otros chicos por las calles con los ojos vidriosos y el cerebro envuelto en brumas por inhalar goma, gasolina, disolvente de pintura y lo que pudiera conseguir, robando, peleando y molestando a las muchachas. Cuando se aburría iba a plantarse en la carretera a pedirle un aventón a algún camionero, así llegaba a otros pueblos, donde nadie lo conocía, y cuando regresaba traía dinero mal habido. Si lograba agarrarlo, Concepción Montoya le propinaba enérgicas zurras, que el nieto aguantaba porque todavía dependía de ella para comer. A veces los policías lo cogían en una redada de chiquillos drogados, le daban una paliza memorable y lo encerraban en una celda a pan y agua, hasta que en una de sus pasadas por allí en su ruta itinerante, el padre Benito lo rescataba. El cura era un optimista impenitente y contra cualquier evidencia de lo contrario, mantenía su fe en la capacidad humana para regenerarse. Los policías le entregaban al muchacho con una última patada en el trasero, asustado y cubierto de magulladuras y piojos. El vasco lo metía en su camioneta a punta de insultos y lo llevaba a saciar el hambre en la única taquería del pueblo, mientras le profetizaba con su truculencia de jesuita una vida espantosa y una muerte temprana si seguía con su conducta de mal parido.

Las zurras de la abuela, la cárcel y las amonestaciones del cura no le sirvieron de escarmiento a Gregorio. Siguió a la deriva. Los vecinos que lo conocían desde la infancia le hacían el quite. Si no tenía unos quetzales a su disposición iba donde su abuela cabizbajo, fingiendo humildad, a comer los mismos frijoles, chiles y maíz de cada día en esa casa. Concepción tenía más sentido común que el padre Benito y pronto abandonó el intento de predicarle virtudes inalcanzables a su nieto; el chico no tenía cabeza para los estudios ni ganas de aprender un oficio; no había trabajo honrado en ninguna parte para los de su condición. Tuvo que decirle a Miriam que su hijo había dejado los estudios, pero evitó herirla con la verdad completa, porque desde lejos la madre podía hacer muy poco. Rezaba de rodillas por las noches con sus otros nietos, Andrés y Evelyn, para que Gregorio sobreviviera hasta los dieciocho años, cuando haría el servicio militar obligatorio. La abuela despreciaba con toda el alma a las Fuerzas Armadas, pero tal vez la conscripción podría enderezar a ese nieto descarriado.

Gregorio Ortega no alcanzó a recibir los beneficios de las oraciones de su abuela o de las velas encendidas en la iglesia en su nombre. Cuando le faltaban pocos meses para ser llamado al servicio militar, logró que la MS-13, mejor conocida como Mara Salvatrucha, la más feroz de las pandillas, lo aceptara. Debió hacer el juramento de sangre: lealtad con sus camaradas antes que nada, antes que la familia, mujeres, drogas o dinero. Pasó por la prueba rigurosa de los aspirantes: una paliza monumental propinada por varios miembros de la mara para probar su temple. El rito de iniciación lo dejó más muerto que vivo, le rompió varios dientes y lo tuvo orinando sangre durante dos semanas, pero una vez repuesto obtuvo derecho al primer tatuaje característico de los MS-13. Con el tiempo, a medida que acumulara crímenes y ganara respeto, esperaba acabar como los miembros más fanáticos, con el cuerpo entero y la cara cubiertos de tatuajes. Había oído que en la prisión de Pelican Bay, en California, había un salvadoreño ciego, porque se hizo tatuar el blanco de los ojos.

En sus treinta y tantos años de existencia la mara, originada en Los Ángeles, había extendido sus tentáculos al resto de Estados Unidos, México y Centroamérica, con más de setenta mil miembros dedicados al asesinato, extorsión, secuestro, tráfico de armas, de drogas y de seres humanos, con tal reputación de crueldad, que solían ser usados por otras pandillas para los trabajos más sucios. En Centroamérica, donde gozaban de mayor impunidad que en Estados Unidos o México, los pandilleros marcaban su territorio dejando a su paso cuerpos irreconocibles. Nadie se atrevía con ellos, ni la policía ni los militares. Los vecinos del barrio sabían que el nieto mayor de Concepción Montoya se había unido a la MS-13, pero lo comentaban en susurros a puerta cerrada para no atraer una venganza. Al principio le hicieron el vacío a la abuela desafortunada y a sus otros nietos; nadie quería líos. Desde los tiempos de la represión estaban habituados al miedo y les costaba imaginar que se pudiera vivir de otra manera; la MS-13 era otra plaga, otro castigo por el pecado de existir, otro motivo para andar con cautela. Concepción enfrentó el repudio con la frente alta, sin darse por aludida del silencio a su alrededor en la calle o en el mercado, donde iba los sábados a vender sus tamales y la ropa usada enviada por Miriam desde Chicago. Pronto Gregorio se fue de la zona, dejaron de verlo por un tiempo y entonces el temor que inspiraba en el pueblo se fue aflojando. Había otros problemas más urgentes. Concepción prohibió a los niños mencionar al hermano mayor. «No se debe convocar a la desgracia», les advertía.

Un año más tarde, cuando Gregorio regresó por primera vez, traía dos dientes de oro, la cabeza rapada y tatuajes de alambre de púas en el cuello y de números, letras y calaveras en los nudillos. Parecía haber crecido algunos centímetros y donde antes había huesos y pellejo de mocoso, ahora había músculos y cicatrices de pandillero. Había encontrado una familia y una identidad en la Salvatrucha, no tenía que andar mendigando, podía tomar lo que quisiera: dinero, drogas, alcohol, armas, mujeres, todo al alcance de la mano. Apenas se acordaba de los tiempos de humillación. Entró en el hogar de su abuela pisando fuerte y anunciándose a voz en cuello. La encontró desgranando maíz con Evelyn, mientras Andrés, que había crecido muy poco y no representaba sus años, hacía sus deberes escolares en el otro extremo de la única mesa de la casa.

Andrés se puso de pie de un salto, boquiabierto de susto y admiración por su hermano mayor. Gregorio lo saludó con un empujón afectuoso y lo arrinconó con fintas de boxeador, luciendo los tatuajes de las manos empuñadas. Después se acercó a Evelyn con la intención de abrazarla, pero se detuvo antes de tocarla. En la mara había asimilado la desconfianza y el desprecio por las mujeres en general, pero su hermana era una excepción. A diferencia del resto de las hembras, ella era buena y pura, una niña que no se había desarrollado todavía. Pensó en los peligros que la acechaban sólo por haber nacido mujer y se felicitó por la protección que podía darle. Nadie se atrevería a hacerle daño, porque tendría que vérselas con la mara y con él.

La abuela logró sacar la voz para preguntarle a qué había venido. Gregorio la estudió con expresión desdeñosa y al cabo de una pausa demasiado larga respondió que había venido a pedirle la bendición. «Que Dios me lo bendiga —balbuceó la mujer, como les decía todas las noches a sus nietos antes de irse a dormir, y agregó en un murmullo—: y que Dios me lo perdone.»

El muchacho sacó un fajo de quetzales del bolsillo de sus anchos vaqueros, sujetos precariamente a la altura del pubis, y se lo pasó a su abuela con orgullo, su primera contribución al presupuesto familiar, pero Concepción Montoya se negó a recibir los billetes y le pidió que no regresara, porque era un mal ejemplo para sus hermanos. «¡Vieja malagradecida de mierda!», exclamó Gregorio, tirando el dinero al suelo. Se fue escupiendo amenazas y habrían de pasar varios meses antes de que volviera a ver a su familia. En las raras ocasiones en que pasaba por la aldea, esperaba a sus hermanos disimulado en alguna esquina para evitar ser reconocido, preso de la misma inseguridad que fue su cruz en la infancia. Había aprendido a esconder esa inseguridad; en la mara todo era ostentación y machismo. Interceptaba a Andrés y Evelyn en el tumulto de chiquillos saliendo de la escuela, los cogía de un ala y los arrastraba a un callejón sombrío para darles dinero y averiguar si sabían algo de la madre. La consigna en la pandilla era desprenderse de los afectos, cortar el sentimentalismo de un solo hachazo; la familia era una atadura, una carga, nada de recuerdos ni nostalgias, hacerse hombre, los hombres no lloran, los hombres no se quejan, los hombres no aman, los hombres se las arreglan solos. Lo único que vale es el coraje; la honra se defiende con sangre, el respeto se gana con sangre. Pero a pesar suyo, Gregorio seguía unido a sus hermanos por el recuerdo de los años compartidos. Le prometió a Evelyn una fiesta para sus quince años sin fijarse en gastos y le dio una bicicleta a Andrés. El chico la escondió de su abuela durante semanas, hasta que a ella le llegaron los chismes y lo obligó a confesar la verdad. Concepción le dio una tunda de cachetadas por aceptar regalos de un pandillero, aunque fuera su hermano, y al día siguiente vendió la bicicleta en el mercado.

La mezcla de pavor y veneración que Andrés y Evelyn sentían por Gregorio se tornaba timidez paralizante en su presencia. Las cadenas con cruces colgando al cuello, los lentes verdes de aviador, las botas americanas, los tatuajes que proliferaban como peste en su piel, su fama de matón, su vida loca, su indiferencia por el dolor y la muerte, sus secretos y delitos, todo los maravillaba. Hablaban del hermano aterrador en cuchicheos prohibidos, lejos de los oídos de la abuela.

Concepción temía que Andrés siguiera los pasos del hermano, pero el chico carecía del temperamento de pandillero, era demasiado listo, prudente y poco amante de la bulla; su sueño era irse al norte y prosperar. Su plan consistía en ganar dinero en Estados Unidos y vivir como mendigo, ahorrando para llevarse a Evelyn y a su abuela. Les daría una buena vida allí. Iban a viajar con un coyote responsable que les consiguiera pasaportes con las visas y los certificados de vacuna contra hepatitis y tifus, que a veces pedían los gringos. Iban a vivir con su madre en una casa de cemento con agua y electricidad. Lo primero sería emigrar. El viaje a través de México, a pie o en los techos de los trenes de carga, era una prueba de fuego, había que enfrentarse con asaltantes armados de machetes y policías con perros. Caerse del tren significaba perder las piernas o la vida y quien lograra cruzar la frontera podía perecer de sed en el desierto estadounidense o baleado por los rancheros, que salían a cazar migrantes como si se tratara de liebres. Eso contaban los chicos que habían hecho el viaje y volvían deportados en el «Bus de las Lágrimas», famélicos, con la ropa hecha jirones y extenuados, pero no derrotados. Se reponían en pocos días y volvían a irse. Andrés conocía a uno que lo había intentado ocho veces y se estaba preparando para partir de nuevo, pero a él le faltaba valor para eso. Estaba dispuesto a esperar, porque su madre le había prometido que iba a conseguirle un coyote apenas terminara la escuela, antes de ser llamado a la conscripción.

La abuela estaba cansada de oír hablar del plan de Andrés, pero Evelyn se recreaba en los menores detalles, aunque no deseaba una vida en otra parte. Sólo conocía su aldea y la casa de su abuela. El recuerdo de su madre seguía intacto, pero ya no vivía pendiente de las tarjetas postales o las esporádicas llamadas por teléfono. No tenía tiempo para soñar. Se levantaba al amanecer para ayudar a la abuela, ir al pozo a buscar agua, mojar el suelo de tierra apisonada para evitar el polvo suelto, poner leña en la cocina, calentar frijoles negros, si habían sobrado del día anterior, y hacer las tortillas de maíz, freír torrejas de plátanos, que se daban en el patio, y colar el café azucarado para la abuela y Andrés; también había que alimentar a las gallinas y al cochino y colgar la ropa remojada desde la noche anterior. Andrés no participaba en esas labores, eran cosa de mujeres; él se iba a la escuela antes que su hermana a jugar al fútbol con otros chicos.

Evelyn se entendía con su abuela sin palabras, en una danza de gestos repetidos y tareas domésticas metódicas. Los viernes las dos comenzaban el trabajo a las tres de la madrugada preparando el relleno de los tamales y el sábado envolvían la masa en hojas de plátano, los cocinaban y los llevaban a vender en el mercado. Como cualquier dueño de negocio, por pobre que fuera, la abuela pagaba cuota de protección a los pandilleros y delincuentes que operaban impunemente en la región y a veces también a los guardias civiles. Era una suma mínima, como correspondía a sus míseros ingresos, pero se la cobraban con amenazas y si no pagaba le tiraban los tamales a la acequia y le propinaban unas cuantas bofetadas. Entre los ingredientes para los tamales y la cuota, le quedaba tan poca ganancia que apenas alcanzaba para dar de comer a los nietos. Sin las remesas de Miriam, serían indigentes. Los domingos y días de guardar, si tenían la suerte de contar con el padre Benito, la abuela y la nieta iban a barrer la iglesia y arreglar las flores de la misa. Las beatas del pueblo le regalaban golosinas a Evelyn. «*Va'a*, qué bonita se nos está poniendo la Evelyn. Escóndala, doña Concepción, *pa'que* ningún hombre sin corazón se la malogre», decían.

El segundo viernes de febrero, el cuerpo de Gregorio Ortega amaneció clavado en el puente sobre el río, cubierto de sangre seca y excrementos, con un cartón al cuello con las temibles iniciales MS, de todos conocidas. Las moscas azules ya habían iniciado su asqueroso banquete mucho antes de que llegaran los primeros curiosos y tres uniformados de la Policía Nacional Civil. En las horas siguientes el cuerpo comenzó a heder y a eso del mediodía la gente se fue retirando, ahuyentada por el calor, la podredumbre y el miedo. Sólo quedaron cerca del puente los policías esperando órdenes, un fotógrafo aburrido enviado de otro pueblo para cubrir el «hecho de sangre», como lo llamó, aunque no representaba ninguna novedad, y Concepción Montoya con sus nietos, Andrés y Evelyn, los tres silenciosos e inmóviles.

—Llévese a los patojos, abuela, este no es espectáculo para ellos —le ordenó el que parecía mandar a los otros policías.

Pero Concepción estaba plantada como árbol viejo en la tierra. Antes había visto crueldades como esa, le habían quemado vivos al padre y a dos hermanos en la guerra, creía que ya ninguna ferocidad humana podía sorprenderla, pero cuando una vecina llegó corriendo a avisarle de lo que había en el puente, se le cayó la paila de las manos, desparramando en el suelo la masa de harina de los tamales. Llevaba un buen tiempo esperando que su nieto mayor terminara en prisión o muerto en una pelea, pero nunca esperó un final como ese.

—Vamos, vieja, sal de aquí, antes de que me enoje —insistió el jefe de los policías, empujándola.

Por fin Andrés y Evelyn se sacudieron el estupor, tomaron a su abuela por los brazos, le arrancaron del suelo las piernas y se la llevaron a trompicones. Concepción había envejecido de súbito, arrastraba los pies, encogida como una anciana. Iba mirando el suelo, bamboleando la cabeza y repitiendo: «Que Dios me lo bendiga y me lo perdone, que Dios me lo bendiga y me lo perdone».

Al padre Benito le tocó la triste tarea de llamar a la madre de Gregorio para informarle de la desgracia de su hijo y tratar de consolarla por teléfono. Miriam sollozaba sin entender lo ocurrido. Por instrucciones precisas de Concepción, el cura no le dio los detalles, sólo le dijo que se trataba de un accidente relacionado con el crimen organizado, como tantas muertes al azar perpetradas a diario; Gregorio era otra víctima casual de la violencia desatada. Era inútil que acudiera al entierro, dijo, porque no llegaría a tiempo, pero se necesitaba dinero para el cajón, un sitio en el cementerio y otros gastos; él se haría cargo de darle a su hijo sepultura cristiana y decir misas por la salvación de su alma. Tampoco le dijo a Miriam que el cuerpo estaba en un depósito a sesenta kilómetros de distancia y sólo se lo entregarían a la familia después del informe policial, lo que podía demorar meses, a menos que se pagara algo bajo la mesa, en cuyo caso nadie se acordaría de la autopsia. Para eso serviría una parte del dinero. Esa ingrata gestión también le tocaría a él.

El cartón colgado al cuello de Gregorio, con las iniciales de la Mara Salvatrucha, decía por el reverso que así mueren los traidores y sus familias. Nadie supo en qué consistió la traición de Gregorio Ortega. Su muerte era una advertencia a los miembros de la pandilla, en caso de que a alguno le estuviera flaqueando la lealtad, una burla a la Policía Nacional Civil y sus alardes de controlar el crimen, y una amenaza a la población. El padre Benito se enteró del mensaje en el cartón por uno de los policías y consideró su obligación informar a Concepción Montoya del peligro en que estaba su familia. «¿Y qué quiere que hagamos, pues, padre?», fue la respuesta de la mujer. Decidió que Andrés debía acompañar a Evelyn de ida y vuelta a la escuela y en vez de acortar camino por el sendero verde de los platanales debían ir bordeando la carretera, aunque eso le agregaba veinte minutos al trayecto, pero Andrés no tuvo que obedecerle, porque su hermana se negó a volver a la escuela.

Para entonces ya era evidente que la visión del hermano en el puente le había enredado el pensamiento y la lengua a Evelyn. Ese año la chiquilla iba a cumplir quince, se le insinuaban algunas curvas de mujer y empezaba a superar su timidez. Antes del asesinato de Gregorio se atrevía a intervenir en las clases, se sabía las canciones de moda y era una más entre las niñas en la plaza ojeando a los muchachos con fingida indiferencia. Pero a partir de ese viernes de espanto perdió el apetito y la capacidad de hilvanar sílabas de corrido; tartamudeaba tanto que ni a su abuela le alcanzaba el cariño para tratar de entenderla.

Lucía

Lena, su madre, y Enrique, su hermano, fueron los dos pilares de la infancia y juventud de Lucía Maraz, antes de que el golpe militar le arrebatara al hermano. Su padre murió en un accidente de tráfico cuando ella era muy chica y fue como si nunca hubiera existido, pero la idea de un padre quedó flotando entre sus hijos como una niebla. Entre los pocos recuerdos que Lucía tenía, tan difusos que tal vez no eran recuerdos sino escenas evocadas por su hermano, ella estaba en el zoológico, sobre los hombros de su padre, aferrada con las dos manos a su cabeza de cabello negro y duro, paseando entre las jaulas de los monos. En otro recuerdo igualmente vago, ella estaba en un carrusel a horcajadas sobre un unicornio y él, de pie a su lado, la sostenía por la cintura. En ninguno de esos momentos aparecían su hermano o su madre.

Lena Maraz, que había amado a ese hombre desde los diecisiete años con abnegación incuestionable, recibió la trágica noticia de su muerte y alcanzó a llorarlo sólo unas horas antes de descubrir que la persona a quien acababa de identificar en un hospital público, donde le mostraron el cuerpo cubierto con una sábana sobre una mesa metálica, era un desconocido y su matrimonio un fraude monumental. El mismo oficial de carabineros a quien le tocó avisarle de lo ocurrido, regresó más tarde acompañado de un detective de Investigaciones a hacerle preguntas que parecían crueles, dadas las circunstancias, y sin relación con el accidente. Debieron repetirle la información dos veces antes de que Lena entendiera lo que pretendían decirle. Su marido era bígamo. A ciento sesenta kilómetros de distancia, en una ciudad de provincia, había otra mujer tan engañada como ella, que creía ser la esposa legítima y madre de su único hijo. Su marido había llevado una doble vida durante años, amparado por su trabajo de viajante, buen pretexto para ausencias prolongadas. Como se había casado primero con Lena, la segunda relación carecía de validez legal, pero el hijo había sido reconocido y llevaba el apellido del padre.

El duelo de Lena se transformó en un huracán de resentimiento y celos retrospectivos, pasó meses revisando el pasado en busca de mentiras y omisiones, atando cabos para explicar cada acción sospechosa, cada palabra falsa, cada promesa rota, dudando hasta de la forma en que habían hecho el amor. En su afán de averiguar sobre la otra mujer, viajó a provincia para espiarla y pudo comprobar que era una joven de aspecto anodino, mal vestida y con lentes, muy diferente a la cortesana que había imaginado. La observó de lejos y la siguió en la calle, pero no se le acercó. Semanas más tarde, cuando la mujer la llamó por teléfono para pedirle que se juntaran a hablar de la situación, ya que las dos habían sufrido igual y los hijos de ambas compartían el mismo padre, Lena la cortó bruscamente. Nada tenían en común, le dijo; los pecados de ese individuo sólo a él pertenecían y seguramente los estaría pagando en el purgatorio.

El rencor la estaba consumiendo en vida, pero en algún momento se dio cuenta de que su marido seguía hiriéndola desde la tumba y la propia rabia la estaba destruyendo más que la traición. Entonces optó por una solución draconiana: cortó al infiel de su vida de un hachazo, destruyó todas las fotografías de él que tenía a mano, se desprendió de sus objetos, dejó de ver a los amigos comunes y evitó todo contacto con la familia Maraz, pero mantuvo el apellido, porque era el de sus hijos.

Enrique y Lucía recibieron una explicación elemental: el papá había fallecido en un accidente, pero la vida continuaba y era malsano pensar en los ausentes. Debían pasar hoja; bastaba con incluirlo en sus oraciones para que su alma descansara en paz. Lucía sólo podía imaginar su aspecto por un par de fotos en blanco y negro que su hermano salvó antes de que Lena las descubriera. En ellas el padre aparecía como un hombre alto, delgado, de ojos intensos y cabello engominado. En una de las imágenes se veía muy joven, con uniforme de la Marina, donde había cursado estudios y trabajado como ingeniero de sonido durante un tiempo, y en la otra, años más tarde, estaba con Lena y con Enrique de pocos meses en brazos. Había nacido en Dalmacia y emigrado a Chile con sus padres en la infancia, como Lena y centenares de otros croatas que ingresaron al país como yugoslavos y se establecieron en el norte. Conoció a Lena en un festival folclórico y el descubrimiento de cuánta historia tenían en común alimentó la ilusión del amor, pero eran fundamentalmente diferentes. Lena era seria, conservadora y religiosa; él era alegre, bohemio e irreverente;

ella se ceñía a las reglas sin cuestionarlas, era trabajadora y ahorrativa; él era holgazán y derrochador.

Lucía creció sin saber nada de su padre, porque el tema era tabú en su casa; Lena nunca lo prohibió, pero lo eludía con los labios apretados y el ceño fruncido. Los hijos aprendieron a tragarse la curiosidad. En muy pocas ocasiones Lena se refirió a ese marido, pero en sus últimas semanas de vida pudo hablar de él y responder a las preguntas de Lucía. «De mí sacaste el sentido de la responsabilidad y la fortaleza; a tu padre puedes agradecerle que te dio simpatía y rapidez mental, pero ninguno de sus defectos, que eran muchos», le dijo.

En su infancia, la ausencia del padre fue para Lucía como una pieza cerrada en la casa, una puerta hermética que guardaba a saber qué secretos. ¿Cómo sería abrir esa puerta? ¿A quién encontraría en esa pieza? Por más que mirara atentamente al hombre de las fotografías, no lograba relacionarse con él, era un extraño. Cuando le preguntaban por su familia, lo primero que decía con expresión compungida, para escabullirse de un probable interrogatorio, era que su papá había muerto. Eso provocaba lástima —la pobre niña era medio huérfana— y nadie preguntaba más. Secretamente envidiaba a Adela, su mejor amiga, hija única de padres separados, mimada como una princesa por su padre, un médico dedicado a trasplantes de órganos vitales, que viajaba constantemente a Estados Unidos y le traía muñecas que hablaban en inglés y los zapatos de charol rojo de Dorothy en *El mago de Oz*. El médico era puro cariño y risa, llevaba a Adela y Lucía al salón de té del hotel

Crillón a tomar helados en copas coronadas de crema, al zoológico a ver a las focas y al Parque Forestal a andar a caballo, pero los paseos y los juguetes eran lo de menos. Los mejores momentos de Lucía eran cuando iba de la mano del padre de su amiga en público fingiendo que Adela era su hermana y ambas compartían a ese papá de cuento. Deseaba con fervor de novicia que ese hombre perfecto se casara con su mamá y ella pudiera tenerlo de padrastro, pero el cielo dejó de lado ese deseo, como tantos otros.

En esa época Lena Maraz era una mujer joven y bella, de hombros cuadrados, cuello largo y ojos desafiantes color espinaca, a quien el padre de Adela nunca se atrevió a cortejar. Sus trajes severos de chaqueta masculina y sus blusas castas no disimulaban sus formas seductoras, pero su actitud imponía respeto y distancia. Le habrían sobrado pretendientes si los hubiera permitido, pero se aferró a la viudez con arrogancia de emperatriz. Las mentiras de su marido sembraron en ella una desconfianza inextinguible por el género masculino en su totalidad.

Enrique Maraz, tres años mayor que su hermana, alimentaba algunos recuerdos idealizados o inventados de su padre, que compartía en susurros con Lucía, pero con el tiempo esa nostalgia fue disipándose. No le interesaba el padre de Adela con sus regalos gringos y sus copas de helado en el hotel Crillón. Quería uno propio y a su medida, alguien a quien parecerse cuando fuera mayor, alguien a quien reconocer al mirarse al espejo cuando llegara el tiempo de afeitarse, alguien que le enseñara las cosas fundamentales de la virilidad. Su madre le repetía que él era el hombre de la casa, responsable de ella y su hermana, porque el papel de los hombres es proteger y cuidar. Una vez se atrevió a preguntarle cómo se aprende eso sin un padre y ella le respondió secamente que improvisara, porque aunque su padre estuviera vivo, no le serviría de ejemplo. Nada podría aprender de él.

Los hermanos eran tan diferentes entre sí como lo habían sido sus padres. Mientras Lucía se perdía en los laberintos de una imaginación febril y una curiosidad inagotable, siempre con el corazón en la mano llorando por el sufrimiento humano y los animales maltratados, Enrique era todo cerebro. Desde chico manifestó un ardor proselitista que al principio causaba risa y después se convirtió en un fastidio; nadie soportaba a ese chiquillo demasiado vehemente, con aires de superioridad y complejo de predicador. En su época de boy scout anduvo durante años con el uniforme de pantalones cortos tratando de convencer a quien tuviese la desdicha de ponérsele por delante de las ventajas de la disciplina y del aire libre. Más tarde trasladó esa tenacidad patológica a la filosofía de Gurdjieff, a la Teología de la Liberación y a las revelaciones del LSD, hasta que encontró su vocación definitiva en Karl Marx.

Las diatribas incendiarias de Enrique ponían de pésimo humor a su madre, para quien la izquierda era sólo bochinche y más bochinche, y no conmovían a su hermana, una colegiala frívola más interesada en novios de un día y cantantes de rock que en otra cosa. Enrique, con barba corta, pelo largo y boina negra, imitaba al célebre guerrillero Che Guevara, caído en

Bolivia un par de años antes, en 1967. Había leído sus escritos y lo citaba a cada rato, aunque no viniera a cuento, ante la irritación explosiva de su madre y la admiración embobada de su hermana.

Lucía estaba terminando la secundaria, a fines de la década de los sesenta, cuando Enrique se unió a las fuerzas que apoyaban al candidato socialista a la presidencia, Salvador Allende, que para muchos era Satanás encarnado. Según Enrique, la salvación de la humanidad estribaba en derrocar el capitalismo mediante una revolución que no dejara piedra sobre piedra; por eso las elecciones eran una payasada, pero ya que se presentaba la oportunidad única de votar por un marxista, había que aprovecharla. Los otros candidatos prometían reformas en el marco de lo conocido, mientras el programa de la izquierda era radical. La derecha desató una campaña de terror profetizando que Chile iba a terminar como Cuba, que los soviéticos iban a raptar a los niños chilenos para lavarles el cerebro, que destruirían las iglesias, violarían a las monjas y ejecutarían a los curas, que quitarían la tierra a los legítimos dueños y se acabaría la propiedad privada, que hasta el más humilde campesino iba a perder sus gallinas y terminar como esclavo en un gulag en Siberia.

A pesar de la campaña del miedo, el país se inclinó hacia los partidos de izquierda, que se juntaron en una coalición, la Unidad Popular, con Allende a la cabeza. Ante el espanto de quienes siempre habían ejercido el poder y de Estados Unidos, que observaba las elecciones chilenas teniendo a Fidel Castro y su revolución en mente, ganó la Unidad Popular en 1970. El más sorprendido fue posiblemente el mismo Allende, quien se había postulado a la presidencia tres veces antes y solía hacer el chiste de que en su epitafio diría: «Aquí yace el futuro presidente de Chile». El segundo sorprendido fue Enrique Maraz, quien se encontró de la noche a la mañana sin nada a lo que oponerse. Eso cambió rápidamente apenas se calmó la euforia inicial.

El triunfo de Salvador Allende, el primer marxista elegido por votación democrática, atrajo el interés del mundo entero y en especial de la Agencia Central de Inteligencia estadounidense. Gobernar con los partidos de tendencias diversas que lo apoyaban y con la guerra sin cuartel de sus opositores probaría ser una tarea imposible, como se vería muy pronto, cuando comenzó el vendaval que habría de durar tres años y sacudir los cimientos de la sociedad. Nadie permaneció indiferente.

Para Enrique Maraz la verdadera revolución era como la de Cuba y las reformas de Allende sólo servían para aplazar esa revolución indispensable. Su partido de ultraizquierda saboteó al gobierno con el mismo fervor de la derecha. Poco después de las elecciones Enrique abandonó sus estudios y se fue de la casa de su madre sin dejar dirección. Tendrían noticias suyas esporádicamente, cuando aparecía de visita o llamaba, siempre apurado, pero sus actividades eran secretas. Seguía con barba y pelo largo, pero ya no llevaba la boina y las botas y parecía más reflexivo. Ya no se lanzaba al ataque armado de frases lapidarias contra la burguesía, la religión y el imperialismo americano; había aprendido a escuchar con fingida cortesía las opiniones cavernícolas de su madre y las burradas de su hermana, como las calificaba.

Lucía había decorado su pieza con un afiche del Che Guevara, porque se lo había regalado su hermano, porque el guerrillero era sexy y para molestar a su madre, que lo consideraba un delincuente. También tenía varios discos del cantante y compositor Víctor Jara. Conocía sus canciones de protesta y algunos eslóganes sobre la «vanguardia marxista-leninista de la clase obrera y las capas oprimidas», como se definía el partido de Enrique. Se unía a las marchas multitudinarias en defensa del gobierno, cantando hasta desgañitarse que el pueblo unido jamás será vencido, y una semana más tarde, con similar entusiasmo, salía con sus amigas en otras manifestaciones igualmente numerosas a protestar contra el mismo gobierno que defendía unos días antes. La causa le interesaba mucho menos que la chacota de gritar en la calle. Su coherencia ideológica dejaba mucho que desear, como le reprochó Enrique en una ocasión en que la vio de lejos en una marcha de la oposición. Estaban de moda la minifalda, las botas con plataforma y los ojos tiznados de negro, que Lucía adoptó, y los hippies, hijos de las flores, que unos pocos jóvenes chilenos imitaban, bailando drogados con sus panderetas y haciendo el amor en los parques, como en Londres y California. Lucía no llegó a tanto porque su madre jamás le hubiera permitido mezclarse con esos bucólicos degenerados, como los llamaba.

En vista de que el único tema del país era la política, que provocaba violentas rupturas entre familiares y amistades, Lena impuso en su hogar la ley del silencio sobre el asunto, como la había impuesto respecto a su marido. Para Lucía, en plena rebelión de la adolescencia, la forma ideal de hostilizar a su madre era mencionar a Allende. Lena regresaba por la noche agotada por su jornada de trabajo, el pésimo transporte público, el tráfico detenido por las huelgas y manifestaciones y las colas eternas para obtener un pollo flaco o sus cigarrillos, sin los cuales no podía sobrevivir, pero juntaba fuerzas para golpear cacerolas con las vecinas del barrio, como una forma anónima de reclamar por la escasez en particular y el socialismo en general. El ruido de esas cacerolas comenzaba con unos golpes solitarios en un patio, al que pronto se sumaban otros en un coro ensordecedor, que se repartía por las zonas de clase media y alta de la ciudad como anuncio del apocalipsis. Encontraba a su hija despatarrada frente a la televisión o comadreando por teléfono, con sus canciones favoritas a todo volumen. Esa chiquilla inconsciente, con cuerpo de mujer y cerebro de mocosa le preocupaba, pero mucho más le preocupaba Enrique. Temía que su hijo fuera uno de esos cabeza calientes que propiciaban el poder por la vía violenta.

La profunda crisis que dividía el país se volvió insostenible. Los campesinos se apropiaban de tierras para crear comunidades agrícolas, bancos e industrias eran expropiados, se nacionalizaron las minas de cobre del norte, que habían estado siempre en manos de compañías estadounidenses, la escasez se hizo endémica, faltaban agujas y vendas en los hospitales, repuestos para máquinas, leche para infantes; se vivía en estado de paranoia. Los patrones saboteaban la economía, retirando artículos esenciales del mercado, y en respuesta los trabajadores se organizaban en comités, echaban a los jefes y se adueñaban de las industrias. En las calles del centro se veían piquetes de trabajadores en torno a hogueras cuidando las oficinas y tiendas de las bandas de la derecha, mientras en los campos vigilaban día y noche para protegerse de los antiguos patrones. Había matones armados en ambos bandos. A pesar del clima de guerra, la izquierda aumentó el porcentaje de sus votos en las elecciones parlamentarias de marzo. Entonces la oposición, que llevaba tres años conspirando, comprendió que no bastaba el sabotaje para tumbar al gobierno. Había que recurrir a las armas.

El martes 11 de septiembre de 1973 los militares se sublevaron contra el gobierno. Por la mañana Lena y Lucía oyeron pasar volando bajo helicópteros y aviones en formación, se asomaron y vieron tanques y camiones en las calles casi vacías. En la televisión no funcionaba ningún canal; sólo mostraba una imagen geométrica fija. Por la radio se enteraron del pronunciamiento militar y no entendieron qué significaba eso hasta varias horas más tarde, cuando se reinició la transmisión en el canal estatal y aparecieron en la pantalla cuatro generales en uniforme de combate, de pie ante la bandera de Chile, anunciando el fin del comunismo en la benemérita patria y promulgando bandos que la población debía acatar.

Se declaró el estado de guerra, se declaró al Congreso en receso indefinido y se suspendieron los derechos civiles mientras las honorables Fuerzas Armadas restauraban la ley, el orden y los valores de la civilización cristiana occidental. Explicaron que Salvador Allende había puesto en marcha un plan que consistía en ejecutar a miles y miles de personas de la oposición en un genocidio sin precedentes, pero ellos se le adelantaron y lograron evitarlo. «¿Qué va a pasar ahora?», le preguntó Lucía a su madre, inquieta porque la alegría desatada de Lena, quien destapó una botella de champán para celebrar el acontecimiento, le pareció de mal agüero; significaba que en alguna parte podía estar su hermano Enrique desesperado. «Nada, hija, aquí los soldados respetan la Constitución, pronto van a convocar elecciones», le contestó Lena, sin imaginar que habrían de pasar más de dieciséis años antes de que eso ocurriera.

Madre e hija permanecieron encerradas en el apartamento hasta que se levantó el toque de queda, un par de días más tarde, y pudieron salir brevemente a comprar provisiones. Ya no había colas y en los almacenes vieron montones de pollos, que Lena no compró porque le parecieron demasiado caros, pero se abasteció de varios cartones de cigarrillos. «¿Dónde estaban los pollos ayer?», preguntó Lucía. «Allende los tenía en su bodega privada», replicó su madre.

Se enteraron de que el presidente había muerto en el bombardeo del palacio de gobierno, que habían visto repetido hasta el cansancio en la televisión, y oyeron rumores de cuerpos flotando en el río Mapocho a su paso por la ciudad, de grandes hogueras donde quemaban libros prohibidos y de miles de sospechosos amontonados en camiones del ejército y trasladados a lugares de detención improvisados a última hora, como el Estadio Nacional, donde días antes se disputaban partidos de fútbol. Los vecinos del barrio de Lucía estaban tan eufóricos como Lena, pero ella sentía miedo. Un comentario que escuchó de pasada le quedó resonando en el pecho como una amenaza certera contra su hermano: «A los malditos comunistas los van a poner en campos de concentración y al primero que proteste lo van a fusilar, como esos desgraciados habían planeado hacer con nosotros».

Cuando se corrió la voz de que el cuerpo de Víctor Jara, con las manos destrozadas, había sido arrojado en una barriada pobre, como escarmiento, Lucía lloró sin consuelo durante horas. «Son chismes, hija, exageraciones. Ya no saben qué inventar para desprestigiar a las Fuerzas Armadas, que han salvado al país de las garras del comunismo. «¿Cómo se te ocurre que eso va a pasar en Chile?», le dijo Lena. La televisión mostraba dibujos animados y bandos militares, el país estaba en calma. La primera duda le entró a Lena cuando vio el nombre de su hijo en una de las listas negras que conminaban a los que aparecían en ellas a presentarse en los cuarteles de policía.

Tres semanas después, varios hombres sin uniforme y armados, que no necesitaron identificarse, allanaron el apartamento de Lena buscando a sus dos hijos, Enrique acusado de ser guerrillero y Lucía por simpatizante. Lena no había tenido noticias de su hijo durante muchos meses y si las hubiera tenido, no se las habría dado a esos hombres. Lucía se había quedado a pasar la noche donde una amiga durante el toque de queda y su madre tuvo la lucidez de no dejarse amedrentar por las amenazas y cachetadas que recibió en el allanamiento. Con pasmosa serenidad les informó a los agentes que su hijo se había alejado de la familia y nada sabían de él, y que su hija estaba en Buenos Aires en un viaje de turismo. Se fueron con la advertencia de que volverían a llevársela a ella a menos que aparecieran los hijos.

Lena supuso que el teléfono estaba intervenido y esperó hasta las cinco de la mañana, cuando se levantó el toque de queda, para ir a avisar a Lucía a la casa de su amiga. Después se fue a ver al cardenal, que había sido amigo cercano de su familia antes de ascender por los escalones celestiales del Vaticano. Pedir favores era algo que jamás había hecho, pero en ese momento ni se acordó del orgullo. El cardenal, agobiado por la situación y las filas de suplicantes, tuvo la bondad de escucharla y conseguir asilo para Lucía en la embajada de Venezuela. Le aconsejó a Lena que también se fuera antes de que la policía política cumpliera su amenaza. «Aquí me quedo, eminencia. No me iré a ninguna parte sin saber de mi hijo Enrique», replicó ella. «Si lo encuentra, venga a verme, Lena, porque el muchacho va a necesitar ayuda.»

Richard

Richard Bowmaster pasó la noche de ese sábado de enero semisentado contra la pared, con las piernas dormidas por el peso de la cabeza de Lucía, despierto a ratos y soñando en otros, y atontado por el bizcocho mágico. No recordaba haber estado tan contento en mucho tiempo. La calidad de los comestibles de marihuana era poco constante y era difícil calcular cuánto se podía consumir para lograr el efecto deseado sin salir volando como un cohete. Fumar era mejor, pero el humo le daba asma. La última partida resultó muy fuerte, habría que cortar los trozos más pequeños. La hierba le servía para relajarse después de una jornada de trabajo pesado o para ahuyentar fantasmas, en caso de que fueran de los malos. No es que creyera en fantasmas, por supuesto; era un hombre racional. Pero se le aparecían. En el mundo de Anita, que él compartió varios años, la vida y la muerte estaban irrevocablemente entrelazadas y los espíritus benévolos y maléficos andaban por todos lados. Admitía ser alcohólico, por eso había evitado el licor durante años, pero no creía ser adicto a otras sustancias ni tener vicios importantes, a menos que la bicicleta fuera adicción o vicio. La poca marihuana que usaba definitivamente no entraba en esa categoría. Si la noche anterior el bizcocho no le hubiera pegado tan fuerte, se habría levantado apenas se apagó el fuego en la chimenea y se habría ido a su cama, en vez de dormir sentado en el suelo y amanecer con los músculos rígidos y la voluntad ablandada.

Esa noche, con las defensas bajas, acudieron sus demonios a darle zarpazos en los momentos de duermevela o en los sueños. Años antes había intentado mantenerlos encerrados en un compartimento blindado de la memoria, pero desistió porque junto con los demonios se iban los ángeles. Después aprendió a cuidar sus recuerdos, incluso los más penosos, porque sin ellos sería como si nunca hubiera sido joven, nunca hubiera amado, nunca hubiera sido padre. Si el precio que debía pagar por eso era más sufrimiento, lo pagaba. A veces los demonios ganaban la pelea contra los ángeles y el resultado era una migraña paralizante, que también formaba parte del precio. Cargaba con la pesada deuda de los errores cometidos, una deuda que no había compartido con nadie hasta ese invierno de 2016, cuando las circunstancias le abrirían el corazón a la fuerza. La apertura ya había comenzado esa noche tirado en el suelo entre dos mujeres y un perro ridículo, exorcizando de a poco su pasado, mientras, en el exterior, Brooklyn dormía.

En su ordenador, cuando encendía la pantalla, aparecía una fotografía de Anita y Bibi acusándolo o sonriéndole, según el ánimo del día. No era un recordatorio, no lo necesitaba. Si la memoria llegara a fallarle, Anita y Bibi estarían esperándolo en la dimensión atemporal de los sueños. A veces uno, particularmente vívido, se le quedaba pegado en la piel y le hacía andar el día entero con un pie en este mundo y otro en el terreno incierto de una pesadilla catastrófica. Al apagar la luz antes de dormirse evocaba a Anita y Bibi con la esperanza de verlas. Sabía que las visiones nocturnas eran de producción propia; si su mente era capaz de castigarlo con pesadillas, también podía premiarlo, pero no había descubierto un método para provocar sueños de consolación.

Su duelo había cambiado de tono y textura con el tiempo. Al principio era rojo y punzante, después se volvió gris, grueso y áspero como tela de saco. Estaba familiarizado con ese dolor en sordina, lo había incorporado a las molestias cotidianas, junto con la acidez estomacal. La culpa, sin embargo, seguía siendo la misma, fría y dura como el vidrio, implacable. Su amigo Horacio, siempre dispuesto a brindar por lo bueno y minimizar lo malo, lo había acusado en una ocasión de estar enamorado de la desgracia: «Manda tu superego al carajo, hombre. Eso de examinar cada acción pasada y presente y de andar flagelándote es una perversión, un pecado de soberbia. No eres tan importante. Tienes que perdonarte de una vez por todas, así como Anita y Bibi te han perdonado».

Lucía Maraz le había dicho medio en broma que se estaba convirtiendo en un vejete hipocondríaco y miedoso. «Ya lo soy», le contestó tratando de imitar el tono jocoso de ella, pero se sintió herido, porque era una verdad imposible de rebatir. Estaban de pie en una de esas reuniones sociales espantosas del departamento para despedir a una profesora que se jubilaba. Se acercó a Lucía con un vaso de vino para ella y uno de agua mineral para él; ella era la única persona con quien tenía deseos de conversar. La chilena tenía razón, vivía preocupado.

Ingería suplementos vitamínicos a puñados porque pensaba que si le fallara la salud todo se iría al diablo y el edificio de su existencia se vendría al suelo. Había puesto una alarma en casa porque había oído que en Brooklyn, en realidad como en todas partes, entran a robar en pleno día, y protegía su ordenador y su celular con contraseñas tan complicadas para que no lo jaquearan que de vez en cuando se le olvidaban. Además, estaban los seguros del auto, de salud, de vida… en fin, sólo le faltaba un seguro contra los peores recuerdos, que lo asaltaban cuando salía de sus rutinas y lo perturbaba el desorden. A sus estudiantes les predicaba que el orden es un arte de los seres racionales, una batalla sin tregua contra las fuerzas centrífugas, porque la dinámica natural de todo lo existente es la expansión, la multiplicación y el caos; como prueba bastaba observar el comportamiento humano, la voracidad de la naturaleza y la complejidad infinita del universo. Para conservar al menos una apariencia de orden, él no se descuidaba, mantenía su existencia bajo control con precisión militar. Para eso servían sus listas y su estricto calendario, que tanta risa le habían provocado a Lucía cuando los descubrió. Lo malo de trabajar juntos era que a ella nada se le escapaba.

—¿Cómo crees que va a ser tu vejez? —le había preguntado Lucía.

—Ya estoy instalado en ella.

—No, hombre, te faltan como diez años.

—Espero no vivir demasiado, sería una desgracia. Lo ideal es morir con perfecta salud, digamos alrededor de los setenta y cinco años, cuando todavía el cuerpo y la mente me funcionen como es debido.

—Me parece un buen plan —dijo ella alegremente.

Richard lo decía en serio. A los setenta y cinco años debía encontrar una manera eficaz de eliminarse. Llegado ese momento se iría a Nueva Orleans, a instalarse con música en el aire entre los estrafalarios personajes del barrio francés. Allí pensaba acabar sus días tocando el piano con unos negros formidables que lo aceptarían en la banda por misericordia, perdido al son de la trompeta y el saxofón, aturdido por el entusiasmo africano de la batería. Y si eso era mucho pedir, bueno, entonces deseaba irse calladamente del mundo sentado debajo de un ventilador decrépito en un bar antiguo, consolado por el ritmo de un jazz melancólico, bebiendo cócteles exóticos sin importarle las consecuencias, porque tendría la pastilla letal en el bolsillo. Sería su última noche, bien podía tomarse unos tragos.

—¿No te hace falta una compañera, Richard? ¿Alguien en tu cama, por ejemplo? —le preguntó Lucía con un guiño travieso.

—En absoluto.

Qué necesidad había de contarle lo de Susan. Esa relación no era importante ni para Susan ni para él. Estaba seguro de ser uno más entre varios amantes que la ayudaban a soportar un matrimonio desgraciado, que a su parecer debería haber concluido hacía años. Esa era una cuestión que evitaban, Susan no hablaba de eso y él no preguntaba. Eran colegas, buenos camaradas, unidos por una amistad sensual e intereses intelectuales. Las citas carecían de complicaciones, siempre el segundo jueves del mes, siempre en el mismo hotel, pues ella era tan metódica como él. Una tarde al mes, con eso les bastaba; cada uno tenía su vida.

A Richard la idea de hallarse frente a una mujer en una recepción como esa, buscando tema de conversación y tanteando el terreno para el paso siguiente, le habría despertado la úlcera tres meses antes, pero desde que Lucía estaba en su sótano se imaginaba diálogos con ella. Se preguntaba por qué justamente con ella, habiendo otras mujeres mejor dispuestas, como su vecina, quien le había sugerido que fueran amantes, ya que vivían tan cerca y de vez en cuando ella cuidaba de sus gatos. La única explicación para esas conversaciones ilusorias con la chilena era que empezaba a pesarle la soledad, otro síntoma de vejez, pensaba. Nada tan patético como el sonido del tenedor contra el plato en una casa vacía. Comer solo, dormir solo, morir solo. Contar con una compañera, como Lucía había sugerido, ¿cómo sería? Cocinar para ella, esperarla por las tardes, andar con ella de la mano, dormir abrazados, contarle sus pensamientos, escribirle poemas… Alguien como Lucía. Era una mujer madura, sólida, inteligente, de risa fácil, sabia porque había sufrido, pero no se aferraba al sufrimiento, como él, y además, bonita. Pero era atrevida y mandona. Una mujer así ocupaba mucho espacio, sería como lidiar con un harén, demasiado trabajo, muy mala idea. Sonrió pensando lo presumido que era al suponer que ella lo aceptaría. Nunca le había dado una señal de estar interesada en él, excepto aquella vez que le cocinó, pero entonces ella acababa de llegar y él estaba a la defensiva o en la luna. «Me porté como un idiota, quisiera empezar de nuevo con ella», concluyó.

La chilena había resultado admirable en el plano profesional. A la semana de su llegada a Nueva York, él le pidió que diera un seminario. Tuvieron que hacerlo en el auditorio grande porque se inscribió más gente de la que esperaban, y a él le tocó presentarla. El tema de la noche fue la intervención de la CIA en Latinoamérica, que contribuyó a derrocar democracias y reemplazarlas por el tipo de gobierno totalitario que ningún norteamericano toleraría. Richard se sentó entre el público, mientras Lucía hablaba sin consultar notas en inglés con ese acento que a él le parecía simpático. Cuando concluyó su exposición, la primera pregunta fue de un colega respecto al milagro económico de la dictadura en Chile; por el tono de su comentario, fue evidente que justificaba la represión. A Richard se le erizaron los pelos en la nuca y debió hacer un esfuerzo para quedarse callado, pero Lucía no necesitaba que la defendiera. Respondió que el supuesto milagro se desinfló y que las estadísticas económicas no daban cuenta de la enorme desigualdad y la pobreza.

Una profesora visitante de la Universidad de California mencionó la situación de violencia en Guatemala, Honduras y El Salvador y las decenas de miles de niños solos que cruzaban la frontera escapando o en busca de sus padres, y propuso reorganizar el Sanctuary Movement de los años ochenta. Richard tomó el micrófono y por si había en el público quien ignorara de qué se trataba, explicó que fue una iniciativa de más de quinientas iglesias, abogados, estudiantes y activistas estadounidenses para ayudar a los refugiados, que eran tratados como delincuentes y deportados por el gobierno de Reagan. Lucía preguntó si había alguien en la sala que hubiera participado en ese movimiento y se levantaron cuatro manos. En esa época Richard estaba en Brasil, pero su padre se comprometió tan activamente que fue a dar a la cárcel en un par de ocasiones. Esos fueron de los momentos memorables de la existencia del viejo Joseph.

El seminario duró dos horas y fue tan intenso en contenido que Lucía recibió una ovación. Richard quedó impresionado con su elocuencia y además le pareció muy atractiva con su vestido negro, un collar de plata y sus mechas de colores. Tenía pómulos y energía de tártaro. La recordaba con una melena rojiza y pantalones ajustados, pero de eso hacía años. Aunque había cambiado, seguía siendo bonita y si no temiera ser malinterpretado, se lo diría. Se felicitó por haberla invitado a su departamento. Sabía que ella había pasado por años difíciles, una enfermedad, un divorcio y quién sabe qué más. Se le ocurrió invitarla a enseñar política chilena durante un semestre en la facultad, algo que tal vez le serviría a ella de distracción, pero más serviría a sus estudiantes. Algunos eran de una ignorancia monumental, llegaban a la universidad sin poder situar a Chile en un mapa y seguramente tampoco eran capaces de situar su propio país en el mundo: creían que Estados Unidos era el mundo.

Quería que Lucía se quedara más tiempo, pero sería complicado conseguir los fondos; la parsimonia de la administración universitaria era como la del Vaticano. Junto al contrato para el curso le ofreció el apartamento independiente de su casa, que estaba libre. Supuso que Lucía estaría encantada de disponer de una vivienda tan codiciada, en pleno corazón de Brooklyn, cerca del transporte público y con una renta muy prudente; pero ella apenas disimuló su decepción al verlo. «Qué tipa tan difícil», pensó Richard en ese momento. Habían comenzado con mal pie, pero las cosas habían mejorado entre ellos.

Estaba seguro de haberse portado de forma generosa y comprensiva, incluso aguantaba la presencia del perro, que según ella era temporal, pero ya duraba más de dos meses. Aunque en el contrato de alquiler las mascotas estaban prohibidas, se había hecho el tonto con ese chihuahua que ladraba como un pastor alemán y tenía aterrados al cartero y a los vecinos. No sabía nada de perros, pero podía ver que Marcelo era peculiar, con sus ojos protuberantes de sapo, que no le calzaban bien en las órbitas, y la lengua colgando, porque le faltaban un montón de dientes. La capa de lana escocesa que usaba no contribuía a mejorar su aspecto. Según Lucía, apareció una noche acurrucado en su puerta, moribundo y sin collar de identificación. Quién iba a ser tan despiadado como para echarlo, le dijo a Richard con una mirada suplicante. En esa ocasión él se fijó por primera vez en los ojos de Lucía, oscuros como aceitunas, con pestañas tupidas y finas arrugas de risa, ojos orientales; pero eso era un detalle irrelevante. El aspecto de ella era lo de menos. Desde que compró la casa se impuso la regla de evitar familiaridades con sus inquilinos para mantener su privacidad y no pensaba hacer una excepción en este caso.

Aquella mañana invernal de domingo Richard fue el primero en despertar; eran las seis de la mañana, todavía noche cerrada. Después de pasar horas con la sensación de navegar entre el sueño y la vigilia, por fin se había dormido como anestesiado. Del fuego quedaban unas pocas brasas y la casa era un mausoleo helado. Le dolía la espalda y tenía el cuello rígido. Unos años antes, cuando iba a acampar con su amigo Horacio, dormía en un saco sobre la tierra dura, pero ya estaba muy viejo para pasar incomodidades. Lucía, en cambio, acurrucada junto a él, tenía la expresión plácida de quien descansa sobre plumas. Evelyn, echada en el cojín y abrigada con su anorak, botas y guantes, roncaba ligeramente con Marcelo encima. A Richard le costó unos segundos reconocerla y recordar qué hacía esa chiquilla en su casa: el vehículo, el choque, la nieve. Después de haber escuchado parte de la historia de Evelyn volvió a sentir el ultraje moral que antes lo movilizó para defender a los migrantes y que todavía enardecía a su padre. Se había alejado de la acción y había acabado encerrado en su mundo académico, lejos de la dura realidad de los pobres en América Latina. Estaba seguro de que sus patrones explotaban a Evelyn y tal vez la maltrataban; eso justificaría su estado de terror.

Empujó a Lucía sin mucha consideración para quitársela de las piernas y de la mente, se sacudió como perro mojado y se incorporó con dificultad. Tenía la boca seca y una sed de beduino. Pensó que el bizcocho había sido mala idea y le achacaba las confidencias de la noche anterior, la historia de Evelyn, la de Lucía y quién sabe qué les había contado él. No recordaba haberles dado detalles sobre su pasado, jamás lo hacía, pero sin duda había mencionado a Anita, porque Lucía había hecho el comentario de que tantos años después de perder a su mujer él seguía añorándola. «A mí nunca me amaron así, Richard, el amor siempre se me ha dado a medias», había agregado.

Richard calculó que era muy temprano para llamar a su padre, aunque el viejo despertaba al amanecer y esperaba impaciente su llamada. El domingo almorzaban juntos en algún lugar escogido por Joseph, porque si de Richard dependiera, hubieran ido siempre al mismo. «Al menos esta vez tendré algo distinto que contarte, papá», dijo para sí Richard. A Joseph le iba a interesar saber de Evelyn Ortega, pues conocía bien el problema de los inmigrantes y refugiados.

Joseph Bowmaster, ya muy anciano y totalmente lúcido, había sido actor. Nació en Alemania en una familia judía con una larga tradición de anticuarios y coleccionistas de arte, que se podía seguir en el pasado hasta el Renacimiento. Eran gente culta y refinada, aunque la fortuna amasada por sus antepasados se perdió durante la Primera Guerra Mundial. A fines de los años treinta, cuando el ascenso de Hitler ya era inevitable, sus padres enviaron a Joseph a Francia con el pretexto de que estudiara a fondo la pintura impresionista, pero en realidad era para alejarlo del peligro inminente del nazismo, mientras ellos se organizaban para emigrar ilegalmente a Palestina, que estaba controlada por Gran Bretaña. Para apaciguar a los árabes, los ingleses limitaban la inmigración de judíos a ese territorio, pero nada podía detener a los desesperados.

Joseph se quedó en Francia, pero en vez de estudiar arte se dedicó al teatro. Tenía talento natural para las tablas y para los idiomas; además del alemán, dominaba el francés y se propuso estudiar inglés con tanto éxito, que podía imitar varios acentos, desde el cockney hasta la locución de la BBC. En 1940, cuando los nazis invadieron Francia y ocuparon París, se las arregló para escapar a España y de allí pasó a la capital de Portugal. Habría de recordar toda su vida la bondad de las personas que, corriendo graves riesgos, lo ayudaron en esa odisea. Richard creció con la historia de su padre en la guerra, con la idea tallada a cincel en su mente de que ayudar al perseguido es un deber moral ineludible. Apenas tuvo edad suficiente, su padre lo llevó a Francia, a visitar a dos familias que lo escondieron de los alemanes, y a España, a agradecer a quienes lo ayudaron a sobrevivir y llegar hasta Portugal.

En 1940 Lisboa se había convertido en el último refugio de cientos de miles de judíos europeos que trataban de obtener documentos para llegar a Estados Unidos, a Sudamérica o a Palestina. Mientras esperaba su oportunidad, Joseph se alojó en el barrio de Alfama, un laberinto de callejuelas y casas misteriosas, en una pensión olorosa a jazmín y naranjas. Allí se enamoró de Cloé, la hija de la dueña, tres años mayor que él, empleada del correo durante el día y cantante de fados por las noches. Era una belleza morena y de expresión trágica, apropiada para las canciones tristes de su repertorio. Joseph no se atrevió a comunicarle a sus padres que estaba enamorado de Cloé, porque ella no era judía, hasta que pudieron emigrar juntos, primero a Londres, donde vivieron dos años, y después a Nueva York. Para entonces la guerra ardía con furia en Europa y los padres de Joseph, instalados precariamente en Palestina, no objetaron que la futura nuera fuera gentil. Lo único que importaba era que su hijo estuviera a salvo del genocidio que perpetraban los alemanes.

En Nueva York, Joseph cambió su apellido por Bowmaster, que sonaba inglés de pura cepa, y con su fingido acento de aristócrata pudo representar obras de Shakespeare durante cuarenta años. Cloé, en cambio, nunca aprendió bien el inglés y no tuvo éxito con los fados lastimeros de su país, pero en vez de sumirse en desesperación de artista frustrada se puso a estudiar moda y se convirtió en la proveedora de la familia, porque los ingresos de Joseph en el teatro nunca alcanzaban para terminar el mes. La mujer con aires de diva que Joseph conoció en Lisboa demostró tener gran sentido práctico y capacidad de trabajo. Además, era inamovible en sus afectos y dedicó su existencia a amar a su marido y a Richard, su único hijo, que creció mimado como un príncipe en un modesto apartamento del Bronx, protegido del mundo por el cariño de sus padres. Al recordar esa infancia feliz, habría de preguntarse muchas veces por qué no estuvo a la altura de lo que le inculcaron de chico, por qué no siguió el ejemplo recibido y falló como marido y como padre.

Richard resultó casi tan guapo como Joseph, pero más bajo y sin su altisonante temperamento de actor; salió más bien melancólico, como su madre. Sus padres, ocupados en sus respectivos trabajos, lo amaban sin sofocarlo y lo trataban con la negligencia habitual de esa época, antes de que los niños se convirtieran en proyectos. A Richard eso le convenía, porque lo dejaban en paz con sus libros y nadie le exigía mucho. Bastaba con que sacara buenas notas y tuviera buenos modales y buenos sentimientos. Pasaba más tiempo con su padre que con su madre, porque Joseph disponía de horario flexible, mientras que Cloé era socia de una tienda de modas y solía quedarse cosiendo hasta altas horas de la noche. Joseph llevaba a su hijo en sus paseos de socorro, como los llamaba Cloé. Iban a dejar comida y ropa que donaban las iglesias y la sinagoga a las familias más pobres del Bronx, tanto judías como cristianas. «Al necesitado no se le pregunta quién es ni de dónde viene, Richard. Todos somos iguales en la desgracia», le decía Joseph a su hijo. Veinte años más tarde habría de probarlo enfrentándose en las calles a la policía para defender a inmigrantes indocumentados, víctimas de redadas, en Nueva York.

Richard observó a Lucía con repentina ternura. Todavía estaba dormida en el suelo y el abandono de la noche le daba un aspecto vulnerable y juvenil. Esa mujer con edad suficiente para ser abuela le recordó a su Anita en reposo, su Anita de veintitantos años. Por un segundo estuvo tentado de agacharse, tomarle la cara entre las manos y besarla, pero se contuvo de inmediato, sorprendido de ese impulso traicionero.

—¡Vamos, a despertar! —anunció golpeando las palmas.

Lucía abrió los ojos y también tardó un poco en ubicarse en el momento y el lugar.

—¿Qué hora es? —preguntó.

—Hora de empezar a funcionar.

—¡Está oscuro todavía! Café primero. No puedo pensar sin cafeína. Aquí hace un frío polar, Richard. Por amor de Dios, sube la calefacción, no seas tan avaro. ¿Dónde está el baño?

—Usa el del segundo piso.

Lucía se levantó en varias etapas: primero a gatas, luego de rodillas, después con las manos en el suelo y el trasero en el aire, como había aprendido en su clase de yoga, y por último de pie.

—Antes podía hacer flexiones. Ahora estirarme me da calambres. La vejez es una mierda —masculló en dirección a la escalera.

«Veo que no soy el único que va camino a la ancianidad», pensó Richard con cierta satisfacción. Fue a colar café y a poner la comida a los gatos, mientras Evelyn y Marcelo se desperezaban como si tuvieran todo el día por delante para perder tiempo. Controló el impulso de apurar a la chica, que debía de estar agotada.

El baño del segundo piso, limpio y sin uso aparente, era grande y anticuado, con una bañera de patas de león y grifos dorados. Lucía vio en el espejo a una mujer desconocida, de ojos hinchados, cara colorada y unos pelos blancos y rosados que parecían una peluca de payaso. Originalmente las mechas fueron color remolacha, pero se iban destiñendo. Se dio una ducha rápida, se secó con su camiseta, porque no había toallas, y se peinó con los dedos. Necesitaba su cepillo de dientes y su bolsa de maquillaje. «Ya no puedes andar por el mundo sin máscara y lápiz de labios», le dijo al espejo. Había cultivado siempre la vanidad como si fuera una virtud, excepto en los meses de quimioterapia, cuando se abandonó hasta que Daniela la obligó a volver a la vida. Cada mañana se daba tiempo para acicalarse aunque fuera a quedarse en casa sin ver a nadie. Se preparaba para el día, se maquillaba, escogía la ropa como quien se coloca una armadura; era su manera de presentarse segura ante el mundo. Le encantaban los pinceles, las pinturas, lociones, colores, polvos, telas, texturas. Era su tiempo de agradable meditación. No podía prescindir del maquillaje, el ordenador, el celular y un perro. El ordenador era su herramienta de trabajo, el celular la conectaba con el mundo, especialmente con Daniela, y la necesidad de convivir con un animal había comenzado cuando vivía sola en Vancouver y había continuado en sus años de matrimonio con Carlos. Su perra, Olivia, había muerto de vieja justamente cuando a ella le atacó el cáncer. En esa época le tocó llorar la muerte de su madre, el divorcio, la enfermedad y la pérdida de Olivia, su fiel compañera. Marcelo era un enviado del cielo, el confidente perfecto, conversaban y él la hacía reír con su fealdad y la mirada inquisitiva de sus ojos de batracio; con ese chihuahua que le ladraba a los ratones y a los fantasmas, ella le daba salida a la ternura insoportable que llevaba por dentro y no podía ofrecerle a su hija, porque la habría abrumado.

Lucía y Richard

Brooklyn

Diez minutos más tarde Lucía encontró a Richard en la cocina tostando pan, la cafetera llena y tres tazones sobre la mesa. Evelyn volvió del patio con el perro tiritando en los brazos y se abalanzó sobre el pocillo de café y las tostadas que Richard le había servido. Se la veía tan hambrienta y tan joven equilibrándose en el taburete con la boca llena, que Richard se conmovió. ¿Qué edad tendría? Seguramente era mayor de lo que parecía. Tal vez tendría la edad de su Bibi.

—Vamos a llevarte a tu casa, Evelyn —dijo Lucía a la muchacha cuando terminaron el café.

—¡No! ¡No! —exclamó Evelyn, poniéndose de pie tan súbitamente que el taburete se volcó y Marcelo rodó por el suelo.

—Fue un choque de nada, Evelyn. No te asustes. Yo mismo voy a explicarle a tu patrón lo que pasó.

—Pero no es por el choque solamente —tartamudeó Evelyn, demudada.

—¿Qué más hay? —le preguntó Richard.

—Vamos, Evelyn, ¿qué es lo que temes tanto? —agregó Lucía.

Y entonces, tropezando con las sílabas y temblando, la joven les dijo que tenía un muerto en la cajuela del automóvil. Debió repetirlo dos veces para que Lucía lo entendiera. A Richard le costó más. Hablaba español, pero su fuerte era el portugués dulce y cantadito de Brasil. No pudo creer lo que estaba oyendo, la magnitud de esa declaración lo dejó helado. Si había comprendido bien había dos posibilidades: la chica era una loca delirante o de verdad tenía un muerto en el Lexus.

—¿Un cadáver, dices?

Evelyn asintió con la vista en el suelo.

—No puede ser. ¿Qué clase de cadáver?

—¡Richard! No seas ridículo. Un cadáver humano, por supuesto —intervino Lucía, tan asombrada que hacía esfuerzos por contener la risa nerviosa.

—¿Cómo llegó allí? —preguntó Richard, todavía incrédulo.

—No lo sé…

—¿Lo atropellaste?

—No.

Ante la posibilidad de que en efecto tenían entre manos un difunto anónimo, Richard empezó a rascarse a dos manos la alergia de los brazos y el pecho, que se le despertaba en momentos de tensión. Era hombre de hábitos y rutinas inamovibles, estaba mal preparado para imprevistos como ese. Su existencia estable y cautelosa se había terminado, pero él aún no lo sabía.

—Hay que llamar a la policía —decidió, cogiendo su celular.

La chica de Guatemala lanzó una exclamación de terror y se echó a llorar con sollozos desgarradores por razones evidentes para Lucía, pero no tanto para Richard, aunque estaba bien enterado de la incertidumbre perenne de la mayoría de los inmigrantes latinos.

—Supongo que eres indocumentada —dijo Lucía—. No podemos llamar a la policía, Richard, porque meteríamos a esta chiquilla en un lío. Sacó el auto sin permiso. Pueden acusarla de robo y homicidio. Ya sabes, la policía se ensaña con los ilegales. La cuerda se corta por lo más delgado.

—¿Qué cuerda?

—Es una metáfora, Richard.

—¿Cómo murió esa persona? ¿Quién es? —insistió en preguntar Richard.

Evelyn les dijo que no había tocado el cuerpo. En la farmacia, donde había ido a comprar pañales desechables, abrió la tapa con una mano, mientras sostenía la bolsa en la otra y al empujarla hacia el interior notó que la cajuela estaba llena. Entonces vio un bulto tapado con un tapiz, que al hacerlo a un lado reveló un cuerpo encogido. El susto la tiró sentada en la vereda frente a la farmacia, pero se tragó el alarido que pugnaba por escapársele, se puso de pie a trompicones y cerró de golpe la cajuela. Puso la bolsa en el asiento trasero y se encerró en el automóvil durante un buen rato, no supo cuánto, veinte o treinta minutos por lo menos, hasta calmarse lo suficiente como para manejar de vuelta a la casa. Con algo de suerte su ausencia habría pasado inadvertida y nadie sabría que había usado el vehículo, pero después del choque de Richard, con la cajuela abollada y semiabierta, eso era imposible.

—Ni siquiera sabemos si esa persona está muerta. Podría estar inconsciente —sugirió Richard, secándose la frente con un trapo de cocina.

—Es poco probable, ya habría muerto de hipotermia, pero hay una manera de saberlo —dijo Lucía.

—¡Por Dios, mujer! No estarás pensando en examinar eso en la calle…

—¿Se te ocurre otra cosa? Afuera no hay nadie. Es muy temprano, todavía está oscuro y es domingo. ¿Quién nos va a ver?

—De ninguna manera. No cuentes conmigo.

—Bueno, préstame una linterna. Evelyn y yo vamos a echar una mirada.

Ante esto, los sollozos de la muchacha aumentaron varios decibelios. Lucía la abrazó, apenada por esa joven que tantas tribulaciones había sufrido en las últimas horas.

—¡Yo no tengo nada que ver con esto! Mi seguro va a pagar el daño del coche, eso es todo lo que puedo hacer. Me perdonas, Evelyn, pero tendrás que irte —dijo Richard, en su español de pirata.

—¿Piensas echarla, Richard? ¿Estás loco? ¡Parece que no supieras lo que significa estar indocumentado en este país! —exclamó Lucía.

—Lo sé, Lucía. Si no lo supiera por mi trabajo en el Centro, lo sabría por mi padre, que vive machacándomelo —suspiró Richard, vencido—. ¿Qué sabemos de esta muchacha?

—Que necesita ayuda. ¿Tienes familia aquí, Evelyn?

Silencio de tumba; Evelyn no iba a mencionar a su madre en Chicago y arruinarle también la vida a ella. Richard se rascaba pensando que estaba jodido: policía, investigación, prensa, al diablo con su reputación. Y la voz de su padre en medio del pecho recordándole su deber de ayudar al perseguido. «Yo no estaría en este mundo y tú no habrías nacido si unas almas valientes no me hubieran escondido de los nazis», le había repetido un millón de veces.

—Tenemos que averiguar si la persona está viva, no hay tiempo que perder —repitió Lucía.

Tomó las llaves del auto, que Evelyn Ortega había dejado sobre la mesa de la cocina, le pasó el chihuahua por precaución contra los gatos, se colocó el gorro y los guantes y volvió a pedir la linterna.

—No puedes ir sola, Lucía. ¡Mierda! Tendré que ir contigo —decidió Richard, resignado—. Hay que descongelar la puerta de la cajuela para abrirla.

Llenaron una olla grande con agua caliente y vinagre y entre Richard y Lucía la llevaron a duras penas, patinando sobre el espejo de hielo de la escalera, abrazados al pasamanos para mantenerse de pie. A Lucía se le congelaron los lentes de contacto y los sentía como trozos de vidrio en los ojos. Richard solía ir en invierno a pescar en los lagos helados del norte y tenía experiencia lidiando con frío extremo, pero no estaba preparado para hacerlo en Brooklyn. Las luces de los faroles pintaban círculos amarillos fosforescentes sobre la nieve y el viento llegaba en ráfagas y de pronto amainaba, cansado del esfuerzo, para volver al poco rato levantando remolinos de nieve suelta. En las pausas reinaba un silencio absoluto, una quietud amenazante. A lo largo de la calle había varios vehículos cubiertos de nieve, unos más que otros, y el coche blanco de Evelyn era casi invisible. No se encontraba frente a la casa, como temía Richard, sino a unos quince metros de distancia, que para el caso era lo mismo. Nadie circulaba a esa hora. Los quitanieves habían comenzado el día anterior a despejar la calle y había montones de nieve en las veredas.

Tal como Evelyn había dicho, la cajuela estaba sujeta con un cinturón amarillo. Les costó desatar el nudo con los guantes; Richard estaba paranoico por dejar huellas digitales. Abrieron finalmente y encontraron un bulto mal tapado con un tapiz manchado de sangre seca, que al quitarlo reveló a una mujer vestida con ropa deportiva, con la cara oculta por los brazos. No parecía humana, estaba encogida en una postura extraña, como una muñeca desarticulada, y la poca piel visible era de color malva. Estaba muerta, no cabía duda. Permanecieron observándola durante varios minutos sin adivinar qué había pasado, no vieron sangre, tendrían que darle la vuelta para revisarla entera. La infeliz estaba helada y dura como un bloque de cemento. Por más que Lucía tiraba y empujaba no logró moverla, mientras Richard, a punto de sollozar de ansiedad, la alumbraba con la linterna.

—Creo que murió ayer —dijo Lucía.

—¿Por qué?

—*Rigor mortis*. El cuerpo se pone rígido unas ocho horas después de la muerte y ese estado dura como treinta y seis horas.

—Entonces podría haber sido antes de ayer por la noche.

—Cierto. Incluso pudo haber sido antes porque la temperatura es muy fría. Quienquiera que puso a esa mujer allí seguramente contaba con eso. Quizá no pudo deshacerse del cuerpo por la tormenta del viernes. Se ve que no tenía apuro.

—Puede que el *rigor mortis* haya pasado y el cuerpo se haya congelado —propuso Richard.

—Una persona no es lo mismo que un pollo, Richard, se necesitan un par de días en un frigorífico para que se congele por completo. Digamos que pudo haber muerto entre antenoche y ayer.

—¿Cómo sabes tanto de esto?

—No me preguntes —respondió ella en tono tajante.

—En todo caso, esto le corresponde al patólogo forense y a la policía, no a nosotros —concluyó Richard.

Como convocados mágicamente, vieron los focos de un vehículo que doblaba la esquina lentamente. Alcanzaron a bajar la puerta de la cajuela, que quedó a medio cerrar, en el momento en que un coche patrullero se detenía a su lado. Uno de los policías asomó la cabeza por la ventanilla.

—¿Todo bien? —preguntó.

—Todo bien, oficial —le contestó Lucía.

—¿Qué hacen a esta hora aquí afuera? —insistió el hombre.

—Buscando los pañales de mi madre, que se nos quedaron en el coche —dijo ella, sacando el gran paquete del asiento.

—Buenos días, oficial —agregó Richard, y la voz le salió aflautada.

Esperaron a que se alejaran para amarrar la cajuela con el cinturón y entraron a la casa resbalando en el hielo de la escalera, sujetando los pañales y la olla vacía, rogando al cielo que a los patrulleros no se les ocurriera regresar para echarle un vistazo al Lexus.

Encontraron a Evelyn, Marcelo y los gatos en la misma posición en que los habían dejado. Le preguntaron a la muchacha por los pañales y ella les explicó que Frankie, el niño que cuidaba, tenía parálisis cerebral y los necesitaba.

—¿Cuántos años tiene el niño? —le preguntó Lucía.

—Trece.

—¿Usa pañales de adulto?

Evelyn enrojeció, abochornada, y aclaró que el chico era muy desarrollado para su edad y los pañales debían quedarle holgados, porque se le despertaba el pajarito. Lucía le tradujo a Richard: erección.

—Lo dejé solo desde ayer, debe de estar desesperado. ¿Quién le va a poner la insulina? —murmuró la chica.

—¿Necesita insulina?

—Si pudiéramos llamar a la señora Leroy… Frankie no puede quedarse solo.

—Es arriesgado usar el teléfono —dijo Richard.

—Voy a llamar desde mi celular, que tiene el número oculto —dijo Lucía.

El teléfono alcanzó a sonar dos veces y una voz alterada contestó a gritos. Lucía colgó de inmediato y Evelyn respiró aliviada. La única que podía responder en ese número era la madre de Frankie. Si ella estaba con él, podía relajarse, el niño estaba bien cuidado.

—Vamos, Evelyn, debes de tener alguna idea de cómo fue a dar el cuerpo de esa mujer a la cajuela del auto —dijo Richard.

—No sé. El Lexus es de mi patrón, del señor Leroy.

—Debe de estar buscando su automóvil.

—Está en Florida, vuelve mañana, me parece.

—¿Crees que él tuvo algo que ver con esto?

—Sí.

—Es decir, crees que él puede haber matado a esa mujer —insistió Richard.

—Cuando el señor Leroy se enoja, se pone como un demonio... —dijo la chica, y se echó a llorar.

—Déjala que se calme, Richard —intervino Lucía.

—¿Te das cuenta de que ya no podemos acudir a la policía, Lucía? ¿Cómo explicaríamos que le mentimos a los patrulleros? —preguntó Richard.

—Olvídate de la policía por el momento.

—Mi error fue llamarte. Si hubiera sabido que la chica andaba con un cadáver a cuestas, habría avisado a la policía inmediatamente —comentó Richard, más pensativo que enojado, sirviéndole otro café a Lucía—. ¿Leche?

—Negro y sin azúcar.

—¡En vaya lío estamos metidos!

—En la vida suceden imprevistos, Richard.

—No en la mía.

—Sí, me he dado cuenta. Pero ya ves cómo la vida no nos deja en paz; tarde o temprano nos da alcance.

—Esa muchacha tendrá que irse con su cadáver a otra parte.

—Díselo tú —le contestó ella señalando a Evelyn, que lloraba silenciosamente.

—¿Qué piensas hacer, niña? —le preguntó Richard.

Ella se encogió de hombros compungida y murmuró una disculpa por haberlos molestado.

—Algo tendrás que hacer... —insistió Richard sin mucha convicción.

Lucía lo agarró de una manga y lo llevó cerca del piano, lejos de Evelyn.

—Lo primero será deshacernos de la evidencia —le dijo en voz baja—. Eso antes que nada.

—No te entiendo.

—Hay que hacer desaparecer el coche y el cuerpo.

—¡Estás demente! —exclamó él.

—Esto también te concierne, Richard.

—¿A mí?

—Sí, desde el momento en que abriste la puerta a Evelyn anoche y me llamaste. Tenemos que decidir dónde vamos a dejar el cuerpo.

—Supongo que estás bromeando. ¿Cómo se te ocurre una idea tan descabellada?

—Mira, Richard, Evelyn no puede volver a casa de sus patrones y tampoco puede acudir a la policía. ¿Pretendes que vaya por ahí acarreando un cadáver en un coche ajeno? ¿Por cuánto tiempo?

—Estoy seguro de que esto se puede aclarar.

—¿Con la policía? De ninguna manera.

—Llevemos el coche a otro barrio y ya está.

—Lo encontrarían de inmediato, Richard. Evelyn necesita tiempo para ponerse a salvo. Supongo que te diste cuenta de que está aterrorizada. Sabe más de lo que nos ha dicho. Creo que tiene un miedo muy concreto a su patrón, el Leroy ese. Sospecha que mató a esa mujer y que anda buscándola a ella; sabe que se llevó el Lexus, no la dejará escapar.

—De ser así, nosotros también corremos peligro.

—Nadie sospecha que la muchacha está con nosotros. Llevemos el automóvil lejos de aquí.

—¡Eso nos convertiría en cómplices!

—Ya lo somos, pero si hacemos las cosas bien nadie lo sabrá. No podrán relacionarnos con esto, ni siquiera con Evelyn. La nieve es una bendición y debemos aprovecharla mientras dure. Hay que salir hoy mismo.

—¿Adónde?

—¡Qué sé yo, Richard! Piensa en algo. Debemos ir hacia el frío para que el cuerpo no empiece a heder.

Regresaron al mesón de la cocina y bebieron café considerando diversas posibilidades sin la participación de Evelyn Ortega, que los observaba tímidamente. Se había secado las lágrimas, pero había vuelto a la mudez con la resignación de quien nunca ha tenido control sobre su existencia. Lucía opinó que mientras más lejos fueran, más probabilidades tenían de salir con bien de la aventura.

—Una vez fui a las cataratas del Niágara y pasé la frontera de Canadá sin mostrar documentos y no me revisaron el coche.

—Eso tiene que haber sido hace quince años. Ahora piden pasaporte.

—Podríamos ir a Canadá en un suspiro y abandonar el auto en un bosque, hay muchos bosques por esos lados.

—También pueden identificar el coche en Canadá, Lucía. No se trata de Bangladesh.

—A propósito, deberíamos identificar a la víctima. No podemos abandonarla en cualquier parte sin saber al menos quién es.

—¿Por qué? —preguntó Richard, perplejo.

—Por respeto. Vamos a tener que echar una mirada en la

cajuela y es mejor hacerlo ahora, antes de que haya gente en la calle —decidió Lucía.

Condujeron a Evelyn afuera prácticamente a la fuerza y debieron empujarla para que se acercara al coche.

—¿La conoces? —le preguntó Richard, después de desatar el cinturón, alumbrando el interior de la cajuela con la linterna, aunque ya empezaba a aclarar.

Repitió la pregunta tres veces antes de que la muchacha se atreviera a abrir los ojos. Temblaba, asaltada por el mismo terror atávico del recuerdo de aquel puente en su pueblo, un terror que llevaba ocho años acechándola en la sombra, pero tan ardiente como si su hermano Gregorio estuviera allí mismo, en esa calle, a esa hora, lívido y ensangrentado.

—Haz un esfuerzo, Evelyn. Es muy importante saber quién es esta mujer —insistió Lucía.

—La señorita Kathryn. Kathryn Brown… —murmuró al fin la chica.

Evelyn

Guatemala

El 22 de marzo de ese año 2008, Sábado Santo, cinco semanas después de la muerte de Gregorio Ortega, les tocó el turno a sus hermanos. Los vengadores aprovecharon que la abuela Concepción había ido a la iglesia a preparar las flores para el Domingo de Pascua e irrumpieron en la choza a plena luz del mediodía. Eran cuatro, identificables por los tatuajes y el descaro, que llegaron a Monja Blanca del Valle en dos ruidosas motocicletas, muy llamativas en esa aldea de gente a pie o en bicicleta. Sólo permanecieron dieciocho minutos dentro de la vivienda; eso les bastó. Si los vecinos los vieron, nadie intervino y más tarde ninguno quiso dar testimonio. El hecho de que perpetraran su acción justamente en Semana Santa, tiempo sagrado de ayuno y penitencia, se comentaría durante años como el más imperdonable de los pecados.

Concepción Montoya regresó a su casa a eso de la una, cuando el sol pegaba con furia y hasta las cacatúas se habían callado entre las ramas. No le sorprendió el silencio ni el vacío en las calles, era la hora de la siesta y quienes no estaban descansando estarían ocupados en los preparativos de la procesión del Señor Resucitado y la misa mayor, que celebraría el padre

Benito al día siguiente, con cíngulo blanco y casulla morada, en vez de sus vaqueros astrosos y la gastada estola de telar bordado de Chichicastenango que usaba el resto del año. Encandilada por la luz de la calle, la mujer tardó unos segundos en ajustar las pupilas a la penumbra del interior y ver a Andrés cerca de la puerta, encogido como un perro en reposo. «¿Qué te pasa, pues, *m'hijo?*», alcanzó a preguntar antes de ver el reguero que oscurecía la tierra del suelo y el tajo en el cuello. Un alarido ronco le subió desde los pies, desgarrándola por dentro. Se acuclilló llamándolo, «Andrés, Andresito», y entonces recordó en un chispazo a Evelyn. Estaba tirada en el otro extremo de la habitación, su delgado cuerpo expuesto, sangre en la cara, sangre en las piernas, sangre en el vestido de algodón rasgado. La abuela se arrastró hacia ella, clamando a Dios, gimiendo que no se la llevara, que tuviera piedad. Tomó a su nieta por los hombros, sacudiéndola, y notó que un brazo le colgaba en un ángulo imposible, buscó algún signo de vida y al no encontrarlo salió hasta la puerta invocando a la Virgen con gritos terribles.

Una vecina fue la primera en acudir y luego fueron llegando otras mujeres. Entre dos sujetaron a Concepción, enloquecida, y otras comprobaron que nada se podía hacer por Andrés, pero Evelyn todavía respiraba. Mandaron a un muchacho en bicicleta a avisar a la policía, mientras trataban de reanimar a Evelyn sin levantarla, por el brazo torcido y porque echaba sangre por la boca y por abajo.

El padre Benito llegó en su camioneta antes que los policías. Encontró la casa llena de gente comentando y tratando de ayudar en lo que fuera. Habían colocado el cuerpo de Andrés sobre la mesa, le habían acomodado la cabeza y envuelto el cuello cercenado con un chal, lo habían limpiado con trapos mojados y andaban buscando una camisa para ponerlo presentable, mientras otras mujeres le aplicaban compresas de agua fría a Evelyn y trataban de consolar a Concepción. El cura comprendió que ya era tarde para preservar la evidencia, manoseada y pisoteada por esos vecinos bien intencionados, aunque, por otra parte, no importaba, dada la indolencia de la policía. Probablemente ninguna autoridad iba a molestarse por esa pobre familia. A su llegada la gente se apartó con respeto y esperanza, como si los poderes divinos que él representaba pudieran revocar la tragedia. Al padre Benito le bastó un segundo para evaluar la situación de Evelyn. Envolvió el brazo en un trapo y pidió que pusieran un colchón en su camioneta, y a las mujeres, que deslizaran una manta debajo de la muchacha; entre cuatro la llevaron en andas y la acostaron en el colchón. Ordenó a Concepción que lo acompañara y a los demás que esperaran allí mismo a los policías, si es que llegaban.

La abuela y dos mujeres fueron con el cura a la clínica de los misioneros evangélicos a once kilómetros de distancia, donde siempre había uno o dos médicos de turno, porque servía a varios pueblos de los alrededores. Por una vez en su vida el padre Benito, terror del volante, conducía con cuidado, porque con cada bache y curva del camino Evelyn se quejaba. Al llegar la transportaron de la camioneta a la clínica sobre la manta, como en una hamaca, y la colocaron en una camilla. La recibió una médica, Nuria Castell, que resultó ser catalana y agnóstica, como averiguó más tarde el padre Benito. De evangélica, nada. El brazo derecho de Evelyn había perdido el trapo; a juzgar por las magulladuras, debía tener varias costillas fracturadas; lo confirmarían las radiografías, dijo la doctora. También había sufrido golpes en la cara y una posible contusión cerebral. Estaba consciente y abría los ojos, pero murmuraba incoherencias, no reconocía a su abuela ni se daba cuenta de dónde estaba.

—¿Qué le pasó? —preguntó la catalana.

—Asaltaron la casa. Creo que ella vio cómo mataban a su hermano —dijo el padre Benito.

—Es probable que obligaran al hermano a ver lo que le hacían a ella antes de matarlo.

—¡Jesús! —exclamó el cura propinando un puñetazo en la pared.

—Tenga cuidado con mi clínica, mire que es endeble y acabamos de pintar. Voy a examinar a la niña para determinar el daño interno —le dijo Nuria Castell, con un suspiro de resignada experiencia.

El padre Benito llamó por teléfono a Miriam. Esta vez tuvo que contarle la verdad cruda y pedirle dinero para el funeral de otro de sus hijos y para pagar un coyote que condujera a Evelyn al norte. La niña corría peligro inmediato, porque la mara trataría de eliminarla para evitar que identificara a los agresores. Deshecha en llanto, sin poder asimilar la tragedia, Miriam le explicó que para financiar el funeral de Gregorio había echado mano del dinero que estaba ahorrando para pagarle el viaje a Andrés cuando terminara la escuela, como le había prometido. No le quedaba mucho, pero conseguiría prestado lo más posible para su hija.

Evelyn pasó unos días en la clínica, hasta que pudo tragar jugos de fruta y papilla de maíz, así como andar con dificultad. Su abuela regresó a hacerse cargo del entierro de Andrés. El padre Benito se presentó en el cuartel de policía y le dio buen uso de su vozarrón de acento español para exigir copia del informe de lo ocurrido a los Ortega, firmado y con el sello oficial. Nadie se molestó en interrogar a Evelyn y si lo hubieran hecho de poco habría servido, porque la chica estaba alelada. El cura también le pidió a Nuria Castell copia del informe médico, pensando que en cualquier momento podría ser de utilidad. Durante esos días la doctora catalana y el jesuita vasco tuvieron ocasión de estar juntos varias veces. Discutieron extensamente sobre lo divino sin ponerse de acuerdo, pero descubrieron que los unían los mismos principios en el terreno humano. «Lástima que seas cura, Benito. Tan guapo y célibe, qué desperdicio», bromeaba la doctora entre dos tazas de café.

La mara había cumplido su amenaza de vengarse. La traición de Gregorio debió de haber sido muy grave para merecer tal escarmiento, pensó el cura, aunque tal vez fue sólo una cobardía o un insulto en mal momento. Imposible saberlo, desconocía los códigos de ese mundo.

—Malditos, desgraciados —murmuró en uno de sus encuentros con la doctora.

—Esos pandilleros no nacieron perversos, Benito, alguna vez fueron mocosos inocentes, pero crecieron en la miseria, sin ley, sin héroes que emular. ¿Has visto a los niños mendigando? ¿Vendiendo agujas y botellas de agua en los caminos? ¿Escarbando en la basura y durmiendo a la intemperie con las ratas?

—Los he visto, Nuria. No hay nada que yo no haya visto en este país.

—En la pandilla, al menos, no pasan hambre.

—Esta violencia es el resultado de una guerra perpetua contra los pobres. Doscientos mil indígenas aniquilados, cincuenta mil desaparecidos, un millón y medio de gente desplazada. Este es un país pequeño, calcula el porcentaje de la población que significa eso. Tú eres muy joven, Nuria, qué vas a saber de eso.

—No me subestimes, hombre. Sé de lo que hablas.

—La tropa cometía atrocidades contra gente igual que ellos, de la misma raza, de la misma clase, de la misma insondable miseria. Cumplían órdenes, es cierto, pero las cumplían intoxicados con la droga más adictiva: el poder con impunidad.

—Tú y yo hemos tenido suerte, Benito, porque no nos ha tocado probar esa droga. Si tuvieras poder e impunidad, ¿castigarías a los culpables con el mismo sufrimiento que ellos causan a sus víctimas? —le preguntó ella.

—Supongo que sí.

—Y eso que eres sacerdote y tu Dios te manda perdonar.

—Eso de poner la otra mejilla siempre me ha parecido una bobada, sólo sirve para recibir una segunda bofetada —replicó él.

—Si a ti te tienta la venganza, imagínate cómo será para los mortales comunes. Yo castraría sin anestesia a los violadores de Evelyn.

—A mí me falla el cristianismo a cada rato, Nuria. Será que soy vasco y bruto, como mi padre, que en paz descanse; digo yo que si hubiera nacido en Luxemburgo tal vez no estaría tan indignado.

—Hacen falta más enojados como tú en este mundo, Benito.

Esa era una rabia antigua. El cura llevaba años luchando contra ella y creía que a su edad, con todo lo vivido y todo lo visto, ya era hora de hacer las paces con la realidad. La edad no lo había hecho más sabio ni más manso, sólo más rebelde. Sintió esa rebeldía en su juventud contra el gobierno, los militares, los americanos, los ricos de siempre, y ahora la sentía contra la policía y los políticos corruptos, los narcos, los traficantes, los gángsters y tantos otros culpables del descalabro. Llevaba treinta y seis años en Centroamérica con un par de interrupciones, cuando lo mandaron castigado al Congo por un año y a un retiro de varios meses en Extremadura, para expiar el pecado de soberbia y enfriarle la pasión justiciera, después de que estuvo preso en 1982. Había servido a la Iglesia en Honduras, El Salvador y Guatemala, lo que ahora llamaban el Triángulo del Norte, el lugar más violento del mundo que no estaba en guerra, y en tanto tiempo no había aprendido a convivir con la injusticia y la desigualdad.

—Debe de ser difícil ser sacerdote con ese carácter tuyo —sonrió ella.

—El voto de obediencia pesa una tonelada, Nuria, pero jamás he cuestionado mi fe ni mi vocación.

—¿Y el voto de celibato? ¿Te has enamorado alguna vez?

—A cada rato, pero Dios me ayuda y se me pasa pronto, así es que no trates de seducirme.

Después de sepultar a Andrés junto a su hermano, la abuela se reunió con su nieta en la clínica. El padre Benito las llevó a casa de unos amigos suyos en Sololá, donde estarían a salvo mientras Evelyn convalecía y él buscaba un coyote de confianza para el viaje a Estados Unidos. La chica iba con un brazo en cabestrillo y cada vez que respiraba significaba un suplicio para sus costillas. Había perdido mucho peso desde la muerte de Gregorio. Durante esas semanas se habían borrado las curvas de la adolescencia, estaba flaca y frágil, cualquier viento fuerte podía llevársela al cielo. Nada había contado de lo que pasó ese fatídico Sábado Santo; en realidad no había dicho ni una sola palabra desde que despertó en el colchón de la camioneta. Cabía la esperanza de que no hubiera visto cómo degollaban a su hermano, que para entonces hubiera estado inconsciente. La doctora Castell ordenó que se abstuvieran de hacerle preguntas; estaba traumatizada y necesitaba tranquilidad y tiempo para reponerse.

Al despedirse, Concepción Montoya le planteó a la doctora la posibilidad de que su nieta hubiera quedado preñada, como le ocurrió a ella cuando la agarraron los soldados en su juventud; Miriam era hija de ese atropello. La catalana se encerró con la abuela en un baño y le dijo en privado que de eso no se preocupara, porque ella le había dado a Evelyn una pastilla inventada por los americanos para evitar el embarazo. Era ilegal en Guatemala, pero nadie se iba a enterar. «Se lo digo, señora, para que no piense en hacerle algún remedio casero a la niña, que ya ha sufrido bastante.»

Si antes Evelyn tartamudeaba, después de la violación simplemente dejó de hablar. Pasaba horas descansando donde los amigos del padre Benito, sin interesarse por las novedades de esa casa, agua corriente, electricidad, dos excusados, teléfono y hasta un televisor en su pieza.

Concepción intuyó que esa enfermedad de las palabras escapaba a la sabiduría de los doctores y decidió actuar antes de que echara raíces en los huesos de su nieta. Apenas la niña pudo mantenerse en pie sobre sus piernas y respirar sin puñaladas en el pecho, se despidió de las buenas gentes que las habían acogido y partió con ella al Petén en un viaje de muchas horas traqueteando en un microbús para visitar a Felicitas, chamana, curandera y guardiana de la tradición maya. La mujer era famosa, la gente acudía de la capital y hasta de Honduras y Belice a consultarla por asuntos de salud y del destino. La habían entrevistado en un programa de televisión, donde estimaron que había cumplido ciento doce años y sería la persona más anciana del mundo. Felicitas no lo desmintió, pero tenía la mayoría de sus dientes y dos trenzas gruesas colgando a la espalda; eran demasiados dientes y demasiado cabello para alguien de tanta edad.

Fue fácil dar con la curandera, porque todos la conocían. Felicitas no se mostró sorprendida cuando llegaron: estaba acostumbrada a recibir almas, como llamaba a los visitantes, y las recibió amablemente en su casa. Sostenía que la madera de las paredes, la tierra apisonada del suelo y la paja del techo respiraban y pensaban, como todo ser vivo; ella hablaba con ellas para pedirles consejo en los casos más difíciles y ellas le respondían en sueños. Era una ruca redonda de una sola habitación, donde transcurría su vida y realizaba las curaciones y ceremonias. Una cortina de sarapes separaba el pequeño espacio donde dormía Felicitas en un camastro de tablas crudas. La maga saludó a las recién llegadas con la señal de la cruz, les ofreció asiento en el suelo y sirvió café amargo a Concepción y una infusión de menta a Evelyn. Aceptó el justo pago por sus servicios profesionales, que colocó sin contar los billetes en una caja de lata.

La abuela y la nieta bebieron en respetuoso silencio y esperaron pacientemente a que Felicitas echara agua con una regadera a las plantas medicinales en maceteros alineados en la sombra, echara maíz a las gallinas, que andaban por todos lados, y pusiera a cocer sus frijoles en un fuego en el patio. Terminados los quehaceres más urgentes, la anciana extendió un paño de telar de colores chillones en el piso, sobre el cual colocó en un orden inmutable los elementos de su altar: velas, atados de hierbas aromáticas, piedras, conchas y objetos de culto mayas y cristianos. Encendió unas ramas de salvia y limpió con el humo el interior de su casa, caminando en círculos y recitando encantamientos en lengua antigua para ahuyentar a los espíritus negativos. Después se sentó frente a sus visitantes y les preguntó qué las traía hasta allí. Concepción le explicó el problema del habla que aquejaba a su nieta.

Las pupilas de la curandera, brillando entre los párpados arrugados, examinaron el rostro de Evelyn durante un par de largos minutos. «Cierra los ojos y dime qué ves», le ordenó a la muchacha. Ella cerró los ojos, pero no le salió la voz para describir la escena del puente ni el terror de los hombres tatuados sujetando a Andrés, golpeándola, arrastrándola. Trató de hablar y se le atrancaron las consonantes en la garganta; apenas pudo soltar con esfuerzo de náufrago unas vocales ahogadas. Concepción intervino para contar lo ocurrido a su familia, pero la curandera la interrumpió. Les explicó que ella encauzaba la energía sanadora del universo, un poder recibido al nacer y cultivado en su larga vida con otros chamanes. Para eso había viajado lejos, en avión, donde los semínolas de Florida y los inuit de Canadá, entre otros, pero su mayor conocimiento provenía de la planta sagrada del Amazonas, la puerta de entrada al universo de los espíritus. Encendió hierbas santas en un pocillo de greda pintado con símbolos precolombinos y le sopló el humo en la cara a la paciente, después la hizo beber un té nauseabundo, que Evelyn apenas pudo tragar.

Pronto la poción comenzó a hacer su efecto y la muchacha ya no pudo permanecer sentada, cayó de lado, con la cabeza en el regazo de su abuela. Se le aflojaron los huesos, el cuerpo se le disolvió como sal en un mar opalescente y se vio envuelta por fantásticos torbellinos de violentos colores, amarillo de girasoles, negro de obsidiana, verde de esmeraldas. El sabor asqueroso del té le llenó la boca y vomitó con fuertes arcadas en un recipiente de plástico, que Felicitas le puso por delante. Por fin la náusea se calmó y Evelyn volvió a recostarse sobre la falda de su abuela, temblando. Las visiones se sucedían deprisa; en algunas estaba su madre tal como la vio por última vez, otras eran escenas de su infancia, bañándose en el río con otros niños, a los cinco años cabalgando sobre los hombros de su hermano mayor; apareció un jaguar con dos cachorros, otra vez su madre y un hombre desconocido, tal vez su padre. Y de súbito se encontró frente al puente del que pendía su hermano. Gritó, aterrada. Estaba sola con Gregorio. La tierra sudando una bruma caliente, el rumor de los platanales, enormes moscas azules, pájaros negros detenidos en pleno vuelo, petrificados en el cielo, flores violentas, carnívoras, flotando en el agua color óxido del río, y su hermano crucificado. Evelyn siguió gritando y gritando, mientras intentaba inútilmente huir y esconderse, no podía mover ni un músculo, se había convertido en piedra. A lo lejos oyó una voz recitando una letanía en maya y le pareció que la mecían y acunaban. Al cabo de una eternidad se fue tranquilizando y entonces se atrevió a elevar la mirada y vio que Gregorio ya no estaba colgando como una res en el matadero, sino de pie en el puente, intacto, sin tatuajes, como era antes de perder la inocencia. Y a su lado estaba Andrés, también ileso, llamándola o despidiéndose con un gesto vago de la mano. Ella les mandó un beso a la distancia y sus hermanos sonrieron, antes de borrarse lentamente contra un cielo color púrpura y desaparecer. El tiempo se torció, enredándose, ya no supo si era antes o después, ni cómo pasaban los minutos o las horas. Se abandonó por completo a la autoridad formidable de la droga y al hacerlo perdió el miedo. La madre jaguar volvió con sus cachorros y ella se atrevió a pasarle la mano por el lomo, tenía los pelos duros y olía a pantano. Esa enorme gata amarilla la acompañó a ratos, entrando y saliendo de otras visiones, observándola con sus ojos de ámbar, mostrándole el camino cuando se perdía en laberintos abstractos, protegiéndola si la acechaban seres maléficos.

Horas más tarde Evelyn salió del mundo mágico y se encontró tendida en un camastro, cubierta con mantas, aturdida y con el cuerpo dolorido, sin saber dónde estaba. Cuando pudo enfocar la vista distinguió a su abuela sentada a su lado, rezando el rosario, y a otra mujer, que no reconoció hasta que dijo su nombre, Felicitas, y pudo recordarla. «Decime lo que viste, niña», le ordenó. Evelyn hizo un esfuerzo supremo por sacar la voz y modular palabras, pero estaba muy cansada y sólo pudo tartamudear «hermano» y «jaguar». «¿Era una hembra?», preguntó la curandera. La muchacha asintió. «El mío es el poder femenino —dijo la curandera—. Es el poder de la vida, que tenían los antiguos, tanto las mujeres como los hombres. En los hombres está ahora adormecido, por eso hay guerra. Pero ese poder va a despertar; entonces el bien se va a expandir en la tierra, reinará el Gran Espíritu, habrá paz y se acabarán los actos de maldad. No lo digo yo sola. Lo dicen todos los ancianos y ancianas con sabiduría de los pueblos nativos que he visitado. Vos también tienes el poder femenino. Por eso te ha visitado la madre jaguar. Recuérdalo. Y no olvides que tus hermanos están con los espíritus y no sufren.»

Agotada, Evelyn se sumió en un sopor de muerte, sin sueños, y horas más tarde despertó en el camastro de Felicitas refrescada, consciente de lo que había experimentado y hambrienta. Comió vorazmente los frijoles y las tortillas que le ofreció la maga y cuando le dio las gracias la voz le salió a borbotones, pero sonora. «Lo tuyo, niña, no es una enfermedad del cuerpo, sino del alma. Puede que se cure sola, puede que sane por un tiempo y después te vuelva, porque es un mal muy testarudo, y puede que no se cure nunca. Veremos pues», pronosticó Felicitas. Antes de despedir a sus visitantes, le dio a Evelyn una estampa de la Virgen, bendecida por el papa Juan Pablo en su visita a Guatemala, y un pequeño amuleto de piedra tallada con la imagen feroz de Ixchel, la diosa-jaguar. «Te tocará sufrir, niña, pero dos virtudes te van a proteger. Una es la sagrada madre jaguar de los mayas y la otra es la sagrada madre de los cristianos. Llámalas y ellas acudirán a ayudarte.»

En la región de Guatemala cercana a la frontera con México, centro de contrabando y tráfico, había miles de hombres, mujeres y niños ganándose la vida al margen de la ley, pero era difícil conseguir un coyote o pollero de confianza. Había algunos que después de cobrar la mitad del dinero dejaban abandonadas a sus cargas en cualquier lugar de México o las transportaban en condiciones inhumanas. A veces el olor delataba la presencia en un contenedor de docenas de cadáveres de migrantes asfixiados o cocinados en el calor inclemente. Las niñas corrían mucho peligro: podían acabar violadas o vendidas a chulos y burdeles. Nuevamente fue Nuria Castell quien le tendió una mano al padre Benito y le recomendó una agencia discreta y con buena reputación entre los evangélicos.

Se trataba de la dueña de una panadería dedicada al contrabando de personas como negocio lateral. Se enorgullecía de que ninguno de sus clientes había terminado víctima de tráfico humano, ninguno había sido secuestrado por el camino ni asesinado, ninguno se había caído ni lo habían empujado del tren. Podía ofrecer cierta seguridad en un negocio fundamentalmente arriesgado, tomaba las medidas de prudencia a su alcance y el resto se lo encargaba al Señor, para que velara desde el cielo por sus humildes vasallos. Cobraba el precio habitual que recibía el pollero para cubrir sus riesgos y gastos, más su propia comisión. Ella se comunicaba por su celular con los coyotes, les seguía la pista y siempre sabía en qué punto del viaje se encontraban sus clientes. Según Nuria, a la panadera nadie se le había perdido todavía.

El padre Benito fue a verla y se encontró ante una mujer cincuentona, muy maquillada y con oro por todas partes: en las orejas, el cuello, las muñecas y los dientes. El cura le pidió una rebaja en nombre de Dios, apelando a su buen corazón de cristiana, pero la mujer evitaba mezclar la fe con su negocio y fue inflexible; debían pagar el adelanto del coyote y la comisión de ella completa. El resto se le cobraba a los familiares en Estados Unidos o se quedaba a deber por el cliente, con intereses, por supuesto. «¿De dónde pretende que saque esa suma, señora?», alegó el jesuita. «De la colecta de su iglesia, pues, padrecito», replicó ella con ironía. Pero no fue necesario, porque la remesa enviada por Miriam cubrió el entierro de Andrés, la comisión de la agente y el treinta por ciento del precio del pollero, con un pagaré por el resto cuando Evelyn llegara. Esa deuda era sagrada; nadie dejaba de pagarla.

El pollero asignado por la panadera a Evelyn Ortega resultó ser un tal Berto Cabrera, mexicano, bigotudo y con panza de buen bebedor de cerveza, de treinta y dos años, que ejercía el oficio desde hacía más de una década. Había hecho el viaje docenas de veces con cientos de migrantes y en materia de personas era de una honradez escrupulosa, pero si se trataba de otros contrabandos su moral era negociable. «Mi trabajo está mal visto, pero lo que yo hago es una labor social. Yo cuido a las personas, no las llevo en camiones de animales ni arriba de los trenes», le explicó al cura.

Evelyn Ortega se sumó a un grupo de cuatro hombres que iban al norte a buscar trabajo, y una mujer con un bebé de dos meses que iba a encontrarse con su novio en Los Ángeles. El niño sería un incordio en el viaje, pero tanto rogó la madre, que al final la dueña de la agencia cedió. Los clientes se reunieron en la trastienda de la panadería, donde cada uno recibió papeles de identidad falsos y fue aleccionado sobre la aventura que le esperaba. A partir de ese momento sólo podían usar el nuevo nombre, era mejor que no supieran los verdaderos nombres de los otros pasajeros. Evelyn, con la cabeza gacha, no se atrevió a mirar a nadie, pero la mujer con el bebé se le acercó para presentarse. «Ahora me llamo María Inés Portillo. ¿Y vos?», le preguntó. Evelyn le mostró su cédula. Su nuevo nombre era Pilar Saravia.

Una vez fuera de Guatemala, pasarían por mexicanos, no había vuelta atrás y deberían obedecer las instrucciones del coyote sin chistar. Evelyn sería estudiante de una supuesta escuela de monjas para niños sordomudos de Durango. Los otros pasajeros aprendieron el himno nacional de México y varias palabras de uso común, que eran diferentes en los dos países. Eso los ayudaría a pasar por mexicanos auténticos si eran detenidos por la Migración. El coyote les prohibió hablar de vos, como en Guatemala. Con cualquier persona de autoridad o con uniforme se empleaba «usted», por precaución y respeto, y con el resto se usaba el término informal de «tú». Evelyn, como sordomuda, permanecería callada y si las autoridades le hacían preguntas, Berto les mostraría un certificado de la escuela ficticia. Recibieron instrucciones de vestirse con su mejor ropa y ponerse zapatos o zapatillas, nada de chanclas, así se verían menos sospechosos. Las mujeres viajarían más cómodas con pantalones, pero nada de esos vaqueros rotosos que estaban de moda. Necesitarían zapatillas deportivas, ropa interior y una chamarra abrigada; era todo lo que cabía en la bolsa o la mochila. «En el desierto hay que caminar. Allí no van a poder cargar con peso. Vamos a cambiar los quetzales que tengan por pesos mexicanos. Los gastos de transporte están cubiertos, pero les hará falta para la comida.»

El padre Benito le entregó a Evelyn un sobre de plástico a prueba de agua con su certificado de nacimiento, copias de los informes médico y policial y una carta avalando su condición moral. Alguien le había dicho que con eso podría conseguir asilo como refugiada en Estados Unidos, una posibilidad que parecía muy remota, pero no quiso fallar por omisión. También hizo memorizar a Evelyn el número de teléfono de su madre en Chicago y el de su propio celular. Al abrazarla le entregó unos billetes, todo lo que tenía.

Concepción Montoya trató de mantener la serenidad al despedirse de su nieta, pero las lágrimas de Evelyn echaron por tierra sus intenciones y acabó llorando también.

—Me siento muy triste de que te vayas —sollozó la mujer—. Sos el ángel de mi vida y no te voy a volver a ver, *m'hija*. Este es el último dolor que me faltaba sufrir. Si Dios me puso este destino, por algo será.

Y entonces Evelyn pronunció la primera frase de corrido que había dicho en varias semanas y la última que diría en los siguientes dos meses.

—Así como me estoy yendo, mamita, así voy a volver.

Lucía

Lucía Maraz acababa de cumplir diecinueve años y se había inscrito en la universidad para estudiar periodismo, cuando comenzó su vida de refugiada. De su hermano Enrique no volvieron a saber nada; con el tiempo, después de mucho buscarlo, sería uno más entre aquellos que se esfumaron sin rastro. La muchacha estuvo dos meses en la embajada de Venezuela en Santiago, en espera de un salvoconducto que le permitiera dejar el país. Los cientos de huéspedes, como insistía en llamarlos el embajador para minimizar la humillación de ser asilados, dormían tirados donde cupieran y hacían turno a todas horas ante los contados baños de la casa. Varias veces por semana, otros perseguidos se las ingeniaban para saltar la muralla a pesar de la vigilancia militar en la calle. A Lucía le pusieron en los brazos un recién nacido, que introdujeron en un coche diplomático, oculto en un canasto de verduras, con el encargo de cuidarlo hasta que consiguieran asilar a los padres.

El hacinamiento y la angustia colectiva se prestaban para conflicto, pero rápidamente los nuevos huéspedes aceptaban las reglas de convivencia y aprendían a cultivar paciencia. El salvoconducto de Lucía tardó más de lo habitual para alguien sin antecedentes políticos o policiales, pero una vez que llegó al poder del embajador, pudo irse. Antes de que la llevaran acompañada por dos diplomáticos de la embajada hasta la puerta del avión y de allí a Caracas, alcanzó a entregarle el bebé a sus padres, quienes al fin habían podido asilarse. También alcanzó a despedirse de su madre por teléfono, con la promesa de regresar pronto. «No vuelvas antes de la democracia», respondió Lena con la voz entera.

A Venezuela, rica y generosa, empezaban a llegar cientos de chilenos, que pronto llegarían a ser miles y miles, a los cuales se sumarían los fugitivos de la guerra sucia en Argentina y Uruguay. La creciente colonia de refugiados del sur del continente se aglomeraba en ciertos barrios, donde desde la comida hasta el acento del español en la calle era de esos países. Un comité de ayuda a los exiliados le consiguió a Lucía una pieza donde vivir sin costo durante seis meses y un trabajo como recepcionista en una elegante clínica de cirugía plástica. No alcanzó a ocupar la pieza ni el empleo más de cuatro meses, porque conoció a otro exiliado chileno, un atormentado sociólogo de extrema izquierda, cuyas peroratas le recordaban con dolorosa intensidad a su hermano. Era guapo y esbelto como torero, con pelo largo y grasiento, manos finas y labios sensuales de expresión despectiva. No hacía nada por disimular su mal genio ni su arrogancia. Años más tarde Lucía habría de recordarlo con perplejidad, sin entender cómo pudo enamorarse de un tipo tan desagradable. La única explicación podía ser que era muy joven y estaba muy sola. Al hombre le chocaba la alegría natural de los venezolanos, a su parecer signo incontestable de decadencia moral, y convenció a Lucía de que emigraran juntos a Canadá, donde nadie desayunaba con champán ni aprovechaba el menor pretexto para bailar.

En Montreal, Lucía y su desaliñado guerrillero teórico fueron recibidos con los brazos abiertos por otro comité de gente buena, que los instaló en un apartamento provisto de muebles, útiles de cocina y hasta ropa a su medida en el ropero. Era pleno enero y Lucía pensó que el frío se le había instalado en el esqueleto para siempre; vivía encogida, tiritando, envuelta en capas de lana, con la sospecha de que el infierno no era una hoguera dantesca, sino un invierno en Montreal. Sobrevivió los primeros meses buscando refugio en las tiendas, en los buses con calefacción, en los túneles subterráneos que conectaban los edificios, en su trabajo, en cualquier parte menos en el apartamento que compartía con su compañero, donde la temperatura era adecuada, pero el ambiente se cortaba con tijeras.

Mayo llegó con una primavera exuberante y para entonces la historia personal del guerrillero había evolucionado hasta convertirse en una aventura hiperbólica. Resultó que no había salido de la embajada de Honduras en avión con un salvoconducto, como entendía Lucía, sino que había pasado por la Villa Grimaldi, el infame centro de tortura, de donde había salido dañado de cuerpo y alma, y había escapado por peligrosos pasos cordilleranos desde el sur de Chile hasta Argentina, donde se salvó por un pelo de ser otra víctima de la guerra sucia en ese país. Con tan doloroso pasado era normal que el pobre hombre estuviera traumatizado y fuera incapaz de trabajar. Por suerte contaba con la absoluta comprensión del comité de ayuda a los exiliados, que le facilitó los medios para recibir terapia en su propio idioma y disponer de tiempo para escribir una memoria de sus sufrimientos. Entretanto Lucía aceptó dos empleos de inmediato, porque no creía merecer la caridad del comité: había otros refugiados en condiciones más urgentes. Trabajaba doce horas diarias y llegaba a cocinar, limpiar, lavar ropa y levantarle el ánimo a su compañero.

Lucía aguantó estoicamente varios meses, hasta que una noche llegó medio muerta de fatiga al apartamento y lo encontró en penumbra, con olor a encierro y vómito. El hombre había pasado el día en cama, bebiendo ginebra y deprimido hasta la inercia, porque seguía estancado en el primer capítulo de sus memorias. «¿Trajiste algo de comer? Aquí no hay nada, me estoy muriendo de hambre», masculló el aspirante a escritor cuando ella encendió la luz. Entonces Lucía tuvo al fin la revelación de cuán grotesca era esa convivencia. Pidió una pizza por teléfono y empezó la tarea diaria de hacerse cargo del desorden de batalla en que languidecía el guerrillero. Esa misma noche, mientras él dormía el sueño profundo de la ginebra, empacó sus cosas y se fue calladamente. Tenía algo de dinero ahorrado y había oído que en Vancouver comenzaba a florecer una colonia de exiliados chilenos. Al día siguiente tomó el tren que la llevaría a través del continente a la costa occidental.

Lena Maraz visitaba a Lucía en Canadá una vez al año y se quedaba con ella tres o cuatro semanas, nunca más, porque seguía buscando a Enrique. Con los años su pesquisa desesperada se convirtió en una forma de vida, una serie de rutinas que cumplía religiosamente y daban sentido a su existencia. Poco después del golpe militar, el cardenal abrió una oficina, la Vicaría de la Solidaridad, para ayudar a los perseguidos y a sus familias, donde Lena acudía cada semana, siempre en vano. Allí conoció a otras personas en su situación, hizo amistad con los religiosos y voluntarios y aprendió a moverse en la burocracia del dolor. Mantuvo contacto con el cardenal hasta donde fue posible, porque el prelado era la persona más ocupada del país. El gobierno soportaba de mala gana a las madres y después a las abuelas, que desfilaban con los retratos de sus hijos y nietos prendidos al pecho y se instalaban en silencio frente a los cuarteles y centros de detención con pancartas clamando justicia. Esas viejas testarudas se negaban a entender que las personas que reclamaban nunca fueron detenidas. Se habían ido a otra parte o jamás existieron.

En el amanecer de un martes invernal, una patrulla llegó al apartamento de Lena Maraz a notificarle que su hijo había sido víctima de un accidente fatal y podía recoger sus restos al día siguiente en la dirección que le dieron, después de advertirle de que debía presentarse exactamente a las siete de la mañana en un vehículo de tamaño apropiado para transportar un ataúd. A Lena le fallaron las rodillas y se desplomó en el suelo. Había esperado durante años alguna noticia de Enrique y al verse confrontada con el hecho de haberlo hallado, aunque fuera muerto, le falló el aire en el pecho.

No se atrevió a acudir a la Vicaría por temor a que cualquier intervención arruinara esa oportunidad única de recuperar a su hijo, pero supuso que tal vez la Iglesia o el cardenal en persona habían obrado ese milagro. Acudió a su hermana, porque le faltó valor para ir sola, y fueron juntas, vestidas de luto, a la dirección que les dieron. En un patio cuadrado rodeado de muros chorreantes por la pátina de la humedad y el tiempo, las recibieron unos hombres que les señalaron un cajón de tablas de pino y les dieron instrucciones de enterrarlo antes de las seis de la tarde. Estaba sellado. Les indicaron que estaba terminantemente prohibido abrirlo, les entregaron un certificado de defunción para el trámite del cementerio y le dieron a firmar a Lena un recibo donde constaba que el procedimiento era conforme a la ley. Le dieron copia del recibo y la ayudaron a poner el ataúd en el camión del mercado que las mujeres habían alquilado.

Lena no fue directamente al cementerio, según las órdenes, sino a la casa de su hermana, una pequeña parcela en las afueras de Santiago. Con ayuda del camionero bajaron el ataúd, lo pusieron sobre la mesa del comedor y, una vez que estuvieron solas, cortaron la banda metálica del sello. No reconocieron el cuerpo; no era Enrique, aunque en el certificado ponía su nombre. Lena sintió una mezcla de horror ante el estado en que estaba ese joven y de alivio porque no era su hijo. Podía mantener la esperanza de encontrarlo vivo. Por insistencia de su hermana decidió correr el riesgo de las represalias y llamó a uno de sus amigos en la Vicaría, un sacerdote belga, que llegó en su motocicleta una hora más tarde, provisto de una cámara fotográfica.

—¿Tiene alguna idea de quién puede ser este pobre muchacho, Lena?

—No es mi hijo, es todo lo que puedo decirle, padre.

—Vamos a comparar su foto con las de nuestros archivos a ver si podemos identificarlo y avisar a su familia —replicó el sacerdote.

—Entretanto yo lo voy a enterrar como corresponde, porque así me lo ordenaron y no quiero que vengan y me lo quiten —decidió Lena.

—¿Puedo ayudarla con eso, Lena?

—Gracias, pero puedo arreglarme sola. Por el momento este chico podrá descansar en un nicho junto a mi marido en el Cementerio Católico. Cuando usted encuentre a su familia podrán trasladarlo donde deseen.

Las fotografías que tomaron ese día no correspondían a ninguna de las que había en los archivos de la Vicaría. Como le explicaron a Lena, tal vez ese joven ni siquiera era chileno, podía haber llegado de otro país, quizá de Argentina o de Uruguay. En la Operación Cóndor, que unía a los servicios de inteligencia y represión de las dictaduras de Chile, Argentina, Uruguay, Paraguay, Bolivia y Brasil, con un saldo de sesenta mil muertos, a veces se producían confusiones en el tráfico de prisioneros, cuerpos y documentos de identidad. El retrato del muchacho desconocido quedó puesto en la pared de la oficina a ver si alguien lo reconocía.

Habrían de pasar varias semanas antes de que a Lena se le ocurriera que el joven que había enterrado podía ser el medio hermano de Enrique y Lucía, el hijo que su marido tuvo con la otra esposa. Esa posibilidad se convirtió en un tormento que no la dejaba en paz. Se puso en acción para localizar a la mujer que había rechazado años antes, arrepentida hasta los huesos de haberla tratado mal, porque ni ella ni su niño eran culpables; también ellos habían sido víctimas del mismo engaño. Mediante la lógica de la desesperación, se convenció de que en alguna parte había otra madre abriendo un cajón sellado donde estaba Enrique. Creyó que si ella encontraba a la madre del muchacho que había enterrado, alguien la buscaría a ella en el futuro para darle razón de su propio hijo. Como sus esfuerzos y los de la Vicaría fueron inútiles, contrató a un detective privado especializado en personas perdidas, como decía su tarjeta de presentación, pero tampoco él pudo encontrar rastros de esa mujer ni de su hijo. «Se deben de haber ido al extranjero, señora. Por lo visto, a mucha gente le da por viajar en estos tiempos…», dijo el detective.

Después de eso Lena envejeció de súbito. Se jubiló del banco, donde había trabajado muchos años, se encerró en su casa y sólo salía para insistir en su búsqueda. A veces iba al cementerio y se plantaba ante el nicho del joven desconocido a contarle sus penas y pedirle que si su hijo andaba por esos lados, le dijera que ella necesitaba un mensaje o una señal para dejar de buscarlo. Con el tiempo llegó a incorporarlo a su familia, como un espíritu discreto. El cementerio, con su silencio, sus avenidas sombrías y sus palomas indiferentes, le ofrecía consuelo y paz. Allí había puesto a su marido, pero en todos esos años nunca había ido a visitarlo. Ahora, con el pretexto de rezar por el muchacho, también rezaba por él.

Lucía Maraz pasó los años de su exilio en Vancouver, una ciudad amable con mejor clima que Montreal, donde se establecieron cientos de exiliados del cono sur en comunidades tan cerradas, que algunos vivían como si nunca hubieran salido de sus países, sin mezclarse con los canadienses más allá de lo indispensable. No fue el caso de Lucía. Con la tenacidad heredada de su madre aprendió inglés, que hablaba con acento chileno, estudió periodismo y trabajó haciendo reportajes de investigación para revistas políticas y televisión. Se adaptó en el país, hizo amigos, adoptó una perra llamada Olivia, que habría de acompañarla catorce años, y compró un minúsculo apartamento, porque era más conveniente que alquilar. Si se enamoraba, lo que ocurrió más de una vez, soñaba con casarse y echar raíces en Canadá, pero apenas se le enfriaba la pasión le volvía de golpe la nostalgia por Chile. Su lugar estaba allí, al sur del sur, en ese país largo y angosto que la reclamaba. Volvería, estaba segura. Varios exiliados chilenos habían regresado y llevaban una existencia quitada de bulla sin ser molestados. Sabía que incluso su primer amor, el guerrillero melodramático de pelo grasiento, había vuelto a Chile sigilosamente y estaba trabajando en una compañía de seguros sin que nadie se acordara o supiera de su pasado. Pero quizá ella tendría menos suerte, porque había participado sin descanso en la campaña internacional contra el gobierno militar. Le había jurado a su madre que no lo intentaría, porque para Lena Maraz la posibilidad de que su hija también se convirtiera en víctima de la represión, era intolerable.

Los viajes de Lena a Canadá se distanciaron, pero la correspondencia con su hija se intensificó, empezó a escribirle a diario y Lucía lo hacía varias veces por semana. Las cartas se cruzaban en el aire como una conversación de sordos, pero ninguna de las dos esperaba respuesta para escribir. Esa abundante correspondencia era el diario de ambas vidas, el registro de lo cotidiano. Con el tiempo las cartas llegaron a ser indispensables para Lucía; lo que no le escribía a su madre era como si nunca hubiera sucedido, vida olvidada. En ese eterno diálogo epistolar, una en Vancouver, la otra en Santiago, desarrollaron una amistad tan profunda, que cuando Lucía regresó a Chile, se conocían mejor que si hubieran convivido desde siempre.

En uno de los viajes de Lena, hablando del muchacho que le entregaron en vez de su Enrique, Lena decidió contarle a su hija la verdad sobre su padre, que había ocultado durante tantos años.

—Si el joven que me entregaron en ese ataúd no es tu medio hermano, en alguna parte existe un hombre más o menos de tu edad que tiene tu apellido y tu misma sangre —le dijo.

—¿Cómo se llama? —preguntó Lucía, tan sorprendida con la noticia de que su padre era bígamo que apenas le salió la voz.

—Enrique Maraz, como tu padre y tu hermano. He tratado de localizarlo, Lucía, pero él y su madre se esfumaron. Necesito saber si ese chico que está en el cementerio es el hijo de tu padre con esa otra mujer.

—No importa, mamá. La probabilidad de que sea mi medio hermano es nula, eso sólo se da en las telenovelas. Lo más seguro es lo que te dijeron en la Vicaría, que se producen confusiones con la identidad de las víctimas. No te eches encima la búsqueda de ese joven. Llevas años obsesionada con la suerte de Enrique; acepta la verdad, por espantosa que sea, antes de que te vuelvas loca.

—Estoy perfectamente cuerda, Lucía. Aceptaré la muerte de tu hermano cuando tenga alguna evidencia, nunca antes.

Lucía le confesó que en la infancia ni ella ni Enrique creyeron del todo la versión del accidente del padre, tan rodeada de misterio que sonaba a ficción. Cómo iban a creerla, si nunca vieron ninguna expresión de duelo o visitaron una tumba; tuvieron que conformarse con una explicación somera y un silencio cauteloso. Inventaban versiones alternativas: que el padre estaba vivo en otro lugar, que había cometido un crimen y estaba prófugo, o cazando cocodrilos en Australia. Cualquier explicación resultaba más razonable que la oficial: se murió y ya está, no pregunten más.

—Ustedes eran muy chicos, Lucía, no podían comprender la finalidad de la muerte, mi obligación era preservarlos de ese dolor. Me pareció más sano que olvidaran al padre. Pequé de soberbia, lo sé. Me propuse reemplazarlo, ser padre y madre para mis hijos.

—Lo hiciste muy bien, mamá, pero me pregunto si habrías actuado de esa manera si él no hubiera sido bígamo.

—Seguramente no, Lucía. En ese caso tal vez lo habría idealizado. Me motivó el rencor más que nada, y la vergüenza. No quise contaminarlos a ustedes con la fealdad de lo que pasó. Por eso no les hablé de él más adelante, cuando tenían edad para comprender. Sé que les hizo falta un padre.

—Menos de lo que te imaginas, mamá. Es cierto que habría sido mejor tener un papá, pero tú te las arreglaste de lo más bien para criarnos.

—La falta de padre deja un hoyo en el corazón de una mujer, Lucía. Una niña necesita sentirse protegida, necesita energía masculina para desarrollar confianza en los hombres y más tarde entregarse al amor. ¿Cuál es la versión femenina del complejo de Edipo? ¿Electra? Tú no lo tuviste. Con razón eres tan independiente y andas saltando de un amor a otro, siempre buscando la seguridad de un padre.

—¡Por favor, vieja! Eso es pura jerga freudiana. No busco a mi padre en mis amantes. Y tampoco es que yo ande saltando de cama en cama. Soy monógama en serie y los amores me duran largo, a menos que el tipo sea un pelotudo sin remedio —dijo Lucía, y se echaron a reír pensando en el guerrillero abandonado en Montreal.

Lucía y Richard

Brooklyn

Después de que Evelyn Ortega identificara a Kathryn Brown, ataron de nuevo la tapa de la cajuela y enfilaron de vuelta a la casa. Ya que se encontraban afuera, Richard cogió la pala y despejó la nieve frente a la puerta del sótano, para que Lucía rescatara el resto de su cazuela, la comida de Marcelo y sus artículos de aseo. En la cocina de Richard compartieron la suculenta sopa y prepararon otra jarra de café. Distraído con tantos sobresaltos, Richard repitió la sopa, aunque flotaban trozos de carne de vacuno entre papas, judías verdes y calabaza. Había conseguido controlar las tarascadas de su sistema digestivo con una vida disciplinada. No probaba el gluten, era alérgico a la lactosa y no bebía alcohol por una razón mucho más seria que la úlcera. Su ideal sería nutrirse de plantas, pero necesitaba proteínas y había incorporado a su comida algunos productos del mar libres de mercurio, seis huevos orgánicos y cien gramos de queso duro a la semana. Se ceñía a un plan de quince días, dos menús fijos al mes, así compraba exactamente lo necesario y lo cocinaba en el orden preestablecido para que nada se echara a perder. Los domingos improvisaba con las ofertas frescas del mercado, uno de los pocos vuelos de la imaginación que se permitía. No tocaba carne de mamíferos por la decisión moral de no comer animales que no estaría dispuesto a matar, ni aves por el horror a los criaderos industriales y porque tampoco sería capaz de torcerle el cogote a un pollo. Le gustaba cocinar y a veces, si algún plato le quedaba especialmente sabroso, fantaseaba con compartirlo con alguien, por ejemplo con Lucía Maraz, que había resultado más interesante que los inquilinos anteriores del sótano. Pensaba en ella cada vez más a menudo y estaba contento de tenerla en su casa, aunque fuera con el increíble pretexto que les ofrecía Evelyn Ortega. En verdad estaba mucho más contento de lo que las circunstancias permitían; algo raro le estaba pasando, debía tener cuidado.

—¿Quién es Kathryn? —le preguntó Richard a Evelyn.

—La fisioterapeuta de Frankie. Lo atendía los lunes y jueves. Me enseñó a hacerle algunos ejercicios al niño.

—Es decir, se trata de alguien conocido en esa casa. ¿Cómo dijiste que se llaman tus patrones?

—Cheryl y Frank Leroy.

—Y parece que Frank Leroy es responsable de…

—¿Por qué supones eso, Richard? No hay que dar por sentado nada sin tener pruebas —intervino Lucía.

—Si esa mujer hubiera fallecido de muerte natural no estaría dentro de la cajuela del coche de Frank Leroy.

—Podría haber sido un accidente.

—Por ejemplo, se introdujo de cabeza en la cajuela, se arropó con un tapiz, se le cerró la tapa, murió de inanición y nadie se dio cuenta. Poco probable. Alguien la mató, qué duda cabe, Lucía, y planeaba deshacerse del cuerpo cuando despejaran la nieve. Ahora debe de estar preguntándose qué diablos pasó con su auto y su cadáver.

—A ver, Evelyn, piensa un poco, ¿cómo crees que esa joven fue a parar a la cajuela? —le preguntó Lucía.

—No sé, no sé…

—¿Cuándo la viste por última vez?

—Venía los lunes y jueves —repitió la chica.

—¿El jueves pasado?

—Sí, llegó a las ocho de la mañana, pero se fue casi enseguida porque a Frankie se le alteró la glucosa. La señora estaba muy enojada. Le dijo a Kathryn que se fuera y no volviera.

—¿Discutieron?

—Sí.

—¿Qué tenía la señora Leroy contra esa mujer?

—Que era atrevida y vulgar.

—¿Se lo decía a la cara?

—Me lo decía a mí. Y a su marido.

Evelyn les contó que Kathryn Brown llevaba un año tratando a Frankie. Desde el principio se llevó mal con Cheryl Leroy, quien la consideraba indecente porque se presentaba al trabajo con camisetas descotadas y la mitad de los senos al aire, una descarada ordinaria con modales de sargento de pelotón, decía; además, no podía apreciar ningún progreso en Frankie. Le había dado instrucciones a Evelyn de estar siempre presente cuando Kathryn Brown trabajaba con el niño y avisarle de inmediato si percibía cualquier abuso. No le tenía confianza, creía que era muy brusca con los ejercicios. Quiso echarla en un par de ocasiones, pero su marido se opuso, como se oponía a todas sus iniciativas. Según él, Frankie era un mocoso mimado y Cheryl tenía celos de la fisioterapeuta porque era joven y bella, eso era todo. A su vez, Kathryn Brown también hablaba mal de la señora a sus espaldas; opinaba que trataba al hijo como a un bebé y los niños necesitan autoridad, Frankie debería estar comiendo solo, si podía usar el ordenador podía sujetar una cuchara y cepillarse los dientes, pero cómo iba a aprender con esa madre alcohólica y drogada, que se pasaba el día en el gimnasio, como si con eso pudiera atajar la vejez. Su marido la iba a dejar. Eso era seguro.

Evelyn recibía las confidencias de ambas con la mente en blanco, sin repetir nada. Su abuela les había refregado la boca con jabón de lejía a sus hermanos por decir cochinadas y a ella por haber propalado un chisme. Se enteraba de los altercados de sus patrones porque las paredes de esa casa no guardaban secretos. Frank Leroy, tan frío con los empleados y con su hijo, tan controlado incluso cuando el chico sufría un ataque o una rabieta, perdía los estribos con su mujer al menor pretexto. Aquel jueves Cheryl, angustiada por la hipoglucemia de Frankie y sospechando que fue causada por la fisioterapeuta, desafió las órdenes de su marido.

—A veces el señor Leroy amenaza a la señora —les dijo Evelyn—. Una vez le metió una pistola en la boca. Yo no estaba espiando, lo prometo. La puerta estaba entreabierta. Dijo que la iba a matar, a ella y a Frankie.

—¿Pega a su mujer? ¿A Frankie? —le preguntó Lucía.

—Con el niño no se mete, pero Frankie sabe que su papá no lo quiere.

—No me has contestado si le pega a su mujer.

—A veces la señora tiene moretones en el cuerpo, nunca en la cara. Dice que se cayó.

—¿Y tú la crees?

—Se cae por las pastillas o por el whisky, entonces tengo que levantarla del suelo y llevarla a su cama. Pero los verdugones son por las peleas con el señor Leroy. Me da lástima la señora, no es nada feliz.

—Cómo va a serlo, con ese marido y ese hijo…

—A Frankie lo adora. Dice que con cariño y rehabilitación va a mejorar.

—Eso es imposible —dijo Richard en un murmullo.

—Frankie es la única alegría de la señora, que yo sepa. ¡Se quieren tanto! Si ustedes vieran cómo se pone Frankie de contento cuando su mamá está con él. Pasan horas jugando. Muchas noches la señora duerme con él.

—Debe vivir angustiada por la salud de su hijo —comentó Lucía.

—Sí, Frankie es muy delicado. ¿Podríamos llamar de nuevo a la casa? —preguntó Evelyn.

—No, Evelyn. Es muy arriesgado. Ya sabemos que su madre estaba con él anoche. Es de suponer que si tú no estás, ella se hará cargo de Frankie. Volvamos al problema más urgente, deshacernos de la evidencia —les recordó Lucía.

Richard cedió con tal prontitud que más tarde habría de sorprenderse ante su propia volubilidad. Pensándolo bien, quizá llevara años temiendo cualquiera alteración que hiciera tambalearse su seguridad. Aunque tal vez no se tratara de temor, sino de anticipación; tal vez albergaba el deseo oculto de que una intervención divina rompiera su perfecta y monótona existencia. Evelyn Ortega, con su cadáver a cuestas, era una respuesta radical a ese deseo latente. Tenía que llamar a su padre, porque ese día no podría sacarlo a almorzar, como hacía todos los domingos. Por un momento tuvo la tentación de decirle lo que iban a hacer, seguro de que el viejo Joseph lo aplaudiría a rabiar desde su silla de ruedas. Se lo contaría más adelante y en persona para ver su expresión de entusiasmo. En todo caso, aceptó los argumentos de Lucía con mínima resistencia y fue a buscar un mapa y una lupa. La idea de disponer del cuerpo, que rechazaba de plano poco antes, súbitamente le pareció inevitable, la única solución lógica a un problema que de pronto también era suyo.

Examinando el mapa, Richard recordó el lago donde iba con Horacio Amado-Castro y donde no había estado en los últimos dos años. Su amigo tenía allí una cabaña rústica, que antes de trasladarse a Argentina ocupaba con su familia en verano y con él, los dos solos, en pleno invierno, cuando iban a pescar haciendo un agujero en el hielo. Evitaban los lugares más concurridos, donde se juntaban centenares de remolques en ruidosos festivales populares, porque para ellos ese era un deporte meditativo, una ocasión especial de silencio, de soledad y de fortalecer una amistad de casi cuarenta años. Esa parte del lago era de difícil acceso y no atraía a las hordas invernales. Se adentraban en un vehículo todoterreno en la superficie congelada con lo indispensable para pasar el día: sierra y otras herramientas para perforar el hielo, cañas y anzuelos, baterías, lámpara, estufa de keroseno, combustible y provisiones. Hacían agujeros en la superficie y pescaban con paciencia infinita unas truchas más bien insignificantes que después de asarlas eran puro pellejo y espinas.

Horacio se había ido a Argentina cuando murió su padre, con la idea de regresar en unas semanas, pero había pasado mucho tiempo y seguía ocupado con los negocios familiares, sólo visitaba Estados Unidos un par de veces al año.

Richard le echaba de menos y en su ausencia se hacía cargo de sus asuntos: tenía llaves de su cabaña en el lago, que permanecía desocupada, y usaba su automóvil, un Subaru Legacy con parrilla y soportes para esquíes y bicicleta, que Horacio se negaba a vender. Richard había ingresado en la Universidad de Nueva York por insistencia de Horacio; había sido profesor asistente durante tres años y profesor asociado a lo largo de otros tres antes. Accedió a encargado de cátedra, con la seguridad que eso implicaba, y cuando Horacio dejó su puesto como director, él lo reemplazó. También le compró la casa de Brooklyn a precio de ganga. Tal como decía, la única forma de pagarle al amigo todo lo que le debía sería donarle en vida los pulmones para un trasplante. Horacio fumaba cigarros, como su padre y sus hermanos, y siempre estaba tosiendo.

—En esa zona hay bosques impenetrables, nadie anda por ahí en invierno y dudo que alguien vaya en verano —le explicó Richard a Lucía.

—¿Cómo nos vamos a organizar? Tendríamos que alquilar un coche para volver.

—Eso significaría dejar un rastro. No podemos llamar la atención. Llevaremos el Subaru para regresar. Podríamos ir y volver en un día, pero con este clima tardaremos dos.

—¿Y los gatos?

—Les dejo comida y agua. Están acostumbrados a quedarse solos durante unos días.

—Podrían suceder imprevistos.

—¿Como por ejemplo que terminemos presos o asesinados por Frank Leroy? —preguntó Richard con una sonrisa disimulada—. En ese caso mi vecina se haría cargo de ellos.

—Tenemos que llevar a Marcelo —dijo Lucía.

—¡De ninguna manera!

—¿Qué quieres que haga con él?

—Se lo dejaremos a mi vecina.

—Los perros no son como los gatos, hombre. Sufren de ansiedad con las separaciones. Tiene que venir con nosotros.

Richard respondió con un gesto teatral. Le costaba entender la dependencia humana de los animales en general y menos de uno como ese chihuahua deforme. Sus gatos eran independientes y él podía irse de viaje varias semanas seguro de que no lo echarían de menos. La única que lo recibía con cariño a su regreso era Dois, los otros ni se enteraban de su ausencia.

Lucía lo siguió a una de las habitaciones desocupadas del primer piso, donde tenía sus herramientas y una mesa de carpintería. Era lo último que hubiera esperado de él; lo suponía incapaz de poner un clavo, como todos los hombres de su vida, pero era evidente que Richard disfrutaba de los trabajos manuales. Las herramientas estaban ordenadas en paneles de corcho en la pared; había perfilado el contorno de cada una con tiza sobre el corcho para notar de inmediato si faltaba alguna. El orden era tan riguroso como el que Lucía había apreciado en la despensa, donde cada artículo contaba con su lugar preciso. El único caos en esa casa eran los papeles y libros que invadían la sala y la cocina, aunque tal vez el caos era sólo aparente y estaban clasificados de acuerdo a un sistema secreto que sólo Richard entendía. «Este hombre debe de ser virgo», concluyó.

Reconfortados por la cazuela chilena, volvieron a la calle, donde Richard estudió durante largos minutos la cerradura rota de la cajuela, mientras Lucía lo protegía de la nieve que caía despacio con un paraguas negro. «No puedo arreglar esto, voy a asegurar la puerta con alambre», decidió. Debajo de los guantes desechables de plástico, que se había puesto para no dejar huellas, tenía las manos azules y los dedos agarrotados, pero trabajaba con precisión de cirujano. Veinticinco minutos más tarde había pintado de rojo la lámpara de posición, ya que la cubierta de plástico se había roto en el choque; había amarrado la cajuela con tal habilidad que el alambre era invisible. Volvieron tiritando de frío a la casa, donde los esperaba el café todavía caliente.

—El alambre aguantará el viaje y no te dará problemas —anunció Richard a Lucía.

—¿A mí? No, Richard. Tú vas a conducir el Lexus. Soy un poco torpe y más todavía si estoy nerviosa. Me puede parar la policía.

—Entonces que lo haga Evelyn. Yo iré delante en el Subaru.

—Evelyn es indocumentada.

—¿No tiene licencia?

—Ya le pregunté. Tiene una licencia a nombre de otra persona. Falsa, por supuesto. No vamos a correr más riesgos de los necesarios. Tú conducirás el Lexus, Richard.

—¿Por qué yo?

—Porque eres un hombre blanco. Ningún policía te va a pedir los documentos, aunque asomara un pie humano de la cajuela, en cambio un par de latinas conduciendo por la nieve somos automáticamente sospechosas.

—Si los Leroy han denunciado la desaparición del automóvil vamos a tener problemas,

—¿Por qué iban a hacer eso?

—Para cobrar el seguro.

—¿Cómo se te ocurre, Richard? Uno de los dos es un asesino, lo último que haría sería denunciar algo.

—¿Y el otro Leroy?

—¡Siempre te pones en el peor de los casos!

—No me gusta nada la idea de cruzar el estado de Nueva York en un coche robado.

—A mí tampoco, pero no tenemos alternativa.

—Oye, Lucía, ¿has pensado que puede haber sido Evelyn quien mató a esa mujer?

—No, Richard, no lo he pensado porque esa es una suposición idiota. ¿Te parece que esa infeliz es capaz de matar una mosca? ¿Y para qué iba a venir a tu casa con la víctima?

Richard le mostró en el mapa los dos caminos al lago, uno más corto, pero con peajes donde podía haber controles, y otro lleno de curvas y menos usado. Optaron por el segundo, con la esperanza de que los quitanieves lo hubieran limpiado.

Evelyn

México

Berto Cabrera, el coyote mexicano contratado para conducir a Evelyn Ortega al norte, citó a sus clientes en la panadería a las ocho de la mañana. Cuando el grupo estuvo completo se pusieron en apretado círculo tomados de las manos y el coyote rezó una oración. «Somos peregrinos de una Iglesia sin fronteras. Te rogamos, Dios, que podamos viajar con tu divina protección contra asaltantes y guardias por igual. Te lo pedimos en nombre de tu hijo, Jesús Nazareno. Que así sea.» Todos los pasajeros dijeron «Amén», menos Evelyn, que seguía llorando sin voz. «Guarda esas lágrimas, Pilar Saravia, porque te harán falta más adelante», le aconsejó Cabrera. Entregó su pasaje del bus a cada uno, con la prohibición de intercambiar miradas o palabras entre ellos, hacer amistad con otros pasajeros y sentarse al lado de la ventanilla; los primerizos siempre lo hacían y los guardias se fijaban en ellos. «Y tú, patoja, te vienes conmigo, de ahora en adelante yo soy tu tío. Te quedas bien callada y con la cara de pendeja que tienes, nadie va a sospechar. ¿Estamos?» Evelyn asintió, callada.

Una furgoneta de reparto de la panadería los llevó en la primera parte del viaje, hasta Tecún Umán, ciudad fronteriza, separada de México por el río Suchiate. Por el río y el puente, que unía ambas orillas, había tráfico constante de gente y comercio. Era una frontera permeable. Los federales mexicanos procuraban interceptar, sin demasiado celo, drogas, armas y otros contrabandos, pero ignoraban a los migrantes, siempre que no llamaran demasiado la atención. Asustada por la multitud apresurada, el caos de bicicletas y triciclos y el estrépito de motocicletas, Evelyn se aferró al brazo del coyote, quien había instruido a los otros para que fueran por separado al hotel Cervantes. Él y Evelyn subieron en uno de los taxis locales, una bicicleta con un acoplado y un toldo para los pasajeros, el medio de transporte más usado por esos lados, y pronto se reunieron con el resto del grupo en un humilde hotel de paso, donde descansaron esa noche.

Al día siguiente Berto Cabrera los llevó al río, donde se alineaban botes y balsas hechas con un par de neumáticos de camión y unas tablas. Así transportaban mercadería de toda clase, animales y pasajeros. Cabrera contrató dos balsas tiradas por sendos muchachos con una cuerda atada a la cintura y conducidas por otro desde la balsa con un palo largo. En menos de diez minutos estaban en México y un autobús los llevó al centro de Tapachula.

Cabrera les explicó a sus clientes que se encontraban en el estado de Chiapas, la parte más peligrosa para los viajeros que no contaban con la protección de un coyote, porque estaban a merced de bandidos, asaltantes y uniformados que les podían quitar sus posesiones, desde el dinero hasta las zapatillas. Era imposible burlarlos, conocían todos los escondites posibles, incluso inspeccionaban los orificios privados de las personas. Respecto a la extorsión de la policía, quien no pudiera pagarla iba a parar a un calabozo, recibía una paliza y era deportado. El mayor riesgo eran las «madrinas», dijo el coyote, civiles voluntarios que con el pretexto de ayudar a las autoridades violaban y torturaban; eran unos salvajes. En Chiapas desaparecía gente. No se debía confiar en nadie, ni en los civiles ni en la autoridad.

Pasaron frente a un cementerio, donde reinaban la soledad y el silencio de la muerte, pero desde el que, de pronto, se escuchó el resoplido de un tren aprontándose a partir; súbitamente el lugar cobró vida con docenas de migrantes, que esperaban escondidos. Adultos y niños surgieron entre las tumbas y arbustos y echaron a correr, cruzando un canal de alcantarillado y saltando sobre rocas que sobresalían del agua inmunda, hacia los vagones. Berto Cabrera les explicó que al tren lo llamaban La Bestia, El Gusano de Hierro o El Tren de la Muerte, y deberían montarse en hasta treinta o más trenes para cruzar México.

—Ni les cuento cuántos se caen y las ruedas les pasan por encima —les advirtió Cabrera—. Mi prima, Olga Sánchez, convirtió una fábrica abandonada de tortillas en refugio para la gente que le llevan con brazos y piernas amputadas por el tren. Ha salvado muchas vidas en su albergue Jesús el Buen Pastor. Mi prima Olga es una santa. Si tuviéramos más tiempo, iríamos a verla. Ustedes son viajeros de lujo, no van a andar colgados de los trenes, pero aquí tampoco podemos tomar el autobús. ¿Ven a esos vatos que andan con perros revisando documentos y equipaje? Son federales. Los perros huelen las drogas y el miedo en la gente.

El coyote los llevó donde un amigo camionero, quien por un precio acordado los acomodó entre cajones de electrodomésticos. Al fondo había un espacio estrecho entre la carga, donde sus pasajeros se instalaron encogidos. No podían estirar las piernas ni ponerse de pie. Iban a oscuras, con poco aire y un calor de infierno, dando tumbos que amenazaban con echarles las cajas encima. El coyote, sentado con comodidad en la cabina, olvidó decirles que estarían presos allí durante horas, pero les advirtió que racionaran el agua y aguantaran la orina, porque no habría ninguna parada para aliviarse. Los hombres y Evelyn se turnaron para abanicar con un trozo de cartón a María Inés y le dieron parte de sus raciones de agua, ya que debía amamantar a su niño.

El camión los condujo sin incidentes hasta Fortín de las Flores, en Oaxaca, donde Berto Cabrera los instaló en una casa abandonada en las afueras de la ciudad, provistos de bidones de agua, pan, mortadela, queso de mano y galletas. «Esperen aquí, que yo vuelvo pronto», dijo, y desapareció. Dos días más tarde, cuando se había terminado la comida y seguían sin noticias del coyote, el grupo se dividió entre los hombres, convencidos de haber sido abandonados, y María Inés, partidaria de darle más tiempo a Cabrera, en vista de que venía tan bien recomendado por los evangélicos. Evelyn se abstuvo de opinar y además nadie la consultó. Durante los pocos días que llevaban viajando juntos, los cuatro hombres se habían convertido en protectores de la madre, el niño y la extraña chiquilla flaca que vivía en la luna. Sabían que no era realmente sordomuda, le habían escuchado decir algunas palabras sueltas, pero respetaban su silencio, que tal vez era una promesa religiosa o su último refugio. Las mujeres comían primero, a ellas les asignaron el mejor lugar para dormir, en la única pieza donde el techo todavía existía. De noche los hombres se turnaban y, mientras uno montaba guardia, los demás descansaban.

Al anochecer del segundo día, tres de los hombres salieron a comprar alimento, reconocer el terreno y averiguar cómo podían continuar el viaje sin Cabrera, mientras el otro se quedó cuidando a las mujeres. El bebé de María Inés había rechazado el seno desde el día anterior y le costaba respirar de tanto llorar y toser, ante la angustia de su madre, incapaz de calmarlo. Evelyn se acordó de los remedios de su abuela en casos semejantes; empapó en agua fría un par de camisetas y envolvió al niño hasta bajarle la fiebre, mientras María Inés lloraba y hablaba de regresar a Guatemala. Paseando al niño, Evelyn lo arrullaba con un canturreo inventado, sin palabras conocidas, con sonidos de pájaros y viento, que tuvieron el poder de dormirlo.

Esa noche regresaron los otros con salchichas, tortillas, frijoles y arroz, cervezas para los hombres y gaseosas para las mujeres. Después de ese banquete se sintieron más animados y empezaron a hacer planes para continuar hacia el norte. Habían descubierto que existían casas del migrante a lo largo de la ruta y varias iglesias que ofrecían ayuda; también podían contar con los Grupos Beta, empleados del Instituto Nacional de Migración cuya misión no era imponer la ley, sino ayudar a los viajeros con información humanitaria, rescate y primeros auxilios en caso de accidente. Y, lo más curioso, lo hacían gratis y no había que sobornarlos, dijeron. Es decir, no estaban totalmente desamparados. Contaron el dinero común, dispuestos a compartirlo, y prometieron permanecer juntos.

Al día siguiente comprobaron que el niño había amanecido con apetito, aunque seguía respirando con dificultad, y decidieron que apenas bajase el calor echarían a andar. Ni pensar en tomar el autobús; era muy caro, pero podían pedir un aventón a los camioneros y en última instancia trepar a los trenes de carga.

Ya habían acomodado sus pertenencias y el resto de la comida en las mochilas cuando llegó Berto Cabrera de lo más alegre, cargado de bolsas, en una furgoneta alquilada. Lo recibieron con una retahíla de reproches, que él barajó amablemente, explicando que tuvo que cambiar los planes originales porque había demasiada vigilancia en los autobuses y le habían fallado algunos contactos. En otras palabras, habría que repartir nuevas coimas. Tenía conocidos en los controles del camino, a quienes pagaba una suma por cada pasajero; el jefe se quedaba con la mitad y el resto se distribuía entre sus hombres; así todos salían ganando en ese negocio de hormigas. Se requería cautela para esa maniobra, porque podía salir una patrulla quisquillosa y acabarían deportados; el riesgo de que eso ocurriera era mucho mayor con guardias desconocidos.

Habrían hecho el viaje hasta la frontera en un par de días, pero al bebé de María Inés le volvió la fiebre y tuvieron que llevarlo a un hospital en San Luis Potosí. Hicieron cola, sacaron un número y esperaron horas en una sala atiborrada de pacientes hasta que por fin los llamaron. Para entonces el niño estaba muy decaído. Los atendió un médico con ojeras de fatiga y la ropa arrugada, que le diagnosticó tosferina y lo dejó internado con antibióticos. El coyote armó un lío, porque eso le desbarataba los planes, pero el médico se puso firme: el crío tenía una infección muy seria de las vías respiratorias. Cabrera tuvo que ceder. Le aseguró a la desconsolada madre que volvería a buscarlos al cabo de una semana y ella no perdería el dinero del adelanto. María Inés aceptó entre sollozos, pero el resto del grupo se negó a continuar sin ella. «Primero Dios que no se nos vaya a morir el patojito, pero de ser así, la María Inés va a necesitar compañía en el duelo», fue la decisión unánime.

Pasaron una noche en un hotel de mala muerte, pero tanto protestó el coyote por el gasto extra que suponía que acabaron durmiendo en el patio de una iglesia junto a docenas de otros como ellos. Allí recibían un plato de comida, podían ducharse y lavar ropa, pero a las ocho de la mañana los ponían en la puerta sin permiso para regresar hasta después de la puesta de sol. El día se les hacía muy largo vagando por la ciudad, siempre alertas, listos para echarse a correr. Los hombres trataron de ganar unos pesos lavando automóviles o cargando materiales de construcción sin llamar la atención de la policía, que andaba por todos lados. Según Cabrera, los gringos estaban pasando millones de dólares al gobierno mexicano para que atajara a los migrantes antes de que llegaran a la frontera. Cada año salían deportadas desde México más de cien mil personas en el bien llamado Bus de las Lágrimas.

Como a Evelyn no le salía la voz ni para mendigar y además podía caer en manos de cualquier rufián de los muchos que cazaban a las niñas solas, Cabrera cargó con ella en su vehículo. Callada e invisible, Evelyn aguardaba en la furgoneta mientras él hacía tratos dudosos por el celular y parrandeaba en garitos insalubres con mujeres de alquiler. Al amanecer llegaba tambaleándose y con los ojos vidriosos, la descubría durmiendo acurrucada en el asiento y comprendía que la chiquilla había pasado el día y la noche sin comer ni tomar agua. «¡Qué hijueputa que soy!», mascullaba, y partía con ella en busca de algún lugar abierto donde ella pudiera ir al retrete y comer hasta hartarse.

—Culpa tuya no más es, pendeja. Si no hablas te vas a morir de hambre en este pinche mundo. ¿Cómo te las vas a arreglar sola en el norte? —le reprochaba con un dejo involuntario de ternura.

A los cuatro días dieron de alta en el hospital al bebé de María Inés, pero el coyote decidió que de ninguna manera podían arriesgarse a seguir con él, se les podía morir por el camino. Faltaba lo más arduo, el cruce del Río Grande y luego el desierto. Le dio a elegir a María Inés entre quedarse en México por un tiempo, trabajando en lo que pudiera, lo cual sería difícil, porque quién iba a emplearla con un crío en los brazos, o volver a Guatemala. La mujer optó por regresar y se despidió de sus compañeros de viaje, que ya eran su familia.

De modo que, después de dejar a María Inés y su niño en el autobús, Berto Cabrera condujo a sus clientes hacia Tamaulipas. Les contó que en un viaje anterior lo habían asaltado en la puerta de un hotel dos tipos de traje y corbata, con pinta de funcionarios, que le quitaron el dinero y el celular. Desde entonces tenía cuidado con los hoteles de paso, donde a menudo paraban los coyotes con sus pasajeros, porque la Migra, los federales y los detectives de Investigaciones los tenían en la mira.

Pasaron la noche en casa de un conocido de Cabrera, tendidos apretadamente en el suelo en las mantas que llevaban en la furgoneta. Por la mañana emprendieron viaje hacia Nuevo Laredo, la última etapa en México, y pocas horas más tarde estaban en la plaza Hidalgo, en pleno centro de la ciudad, junto a cientos de migrantes mexicanos y centroamericanos, junto a traficantes de toda índole, ofreciendo sus servicios. Nueve grupos organizados de contrabandistas operaban en Nuevo Laredo y cada uno contaba con más de cincuenta coyotes. Tenían pésima reputación, robaban, violaban y algunos estaban ligados a bandas de asaltantes o de chulos.

—No son gente honesta, como yo. En el tiempo que llevo en esta profesión nadie ha podido decir nada malo de mí. Yo cuido mi honor, soy responsable —les dijo Cabrera.

Compraron tarjetas para llamar por teléfono y pudieron hablar con sus familias para avisarles de que estaban en la frontera. Evelyn llamó al padre Benito, pero tartamudeaba tanto que Cabrera le quitó el teléfono.

—La chamaca está bien, no se preocupe, dice que le manda saludos a su abuelita. Pronto vamos a brincar para el otro lado. Hágame el favor de llamar a su madre y dígale que esté preparada —le pidió.

Los llevó a comer tacos y burritos en un puesto callejero y de allí a la parroquia de San José a pagarle su promesa al padre Leo. Les explicó que el cura era tan santo como Olga Sánchez, no dormía por ayudar día y noche a la fila interminable de migrantes y otros menesterosos con agua, comida, primeros auxilios, teléfono y el consuelo espiritual que les ofrecía en forma de chistes e historias edificantes inventadas al vuelo. En cada viaje, Berto Cabrera pasaba por la parroquia para darle un cinco por ciento de lo que él cobraba, menos sus gastos, a cambio de su bendición y algunas oraciones por el bien de sus pasajeros; era su seguro de trabajo, la cuota que pagaba al cielo por la protección, como decía entre carcajadas. Claro que además les pagaba una cuota a los peores facinerosos, los Zetas, para evitar que le secuestraran a los clientes. En caso de que eso ocurriera, los Zetas cobraban un rescate por cabeza, que los familiares debían pagar para salvarles la vida. Secuestro exprés, le llamaban. Mientras Cabrera contara con las oraciones del santo y pagara a los Zetas, iba más o menos tranquilo. Así había sido siempre.

Encontraron al sacerdote descalzo, con los pantalones arremangados y una camiseta inmunda, seleccionando fruta y verdura sanas en los cajones de productos demasiado maduros que le regalaban en el mercado. Un gran charco de jugo de fruta en el suelo atraía las moscas con su dulzona podredumbre. El padre Leo recibió a Cabrera agradecido por su contribución económica y porque el hombre se encargaba de convencer a otros coyotes de que compraran ese estupendo seguro respaldado por el cielo.

Evelyn y sus compañeros se quitaron las zapatillas, se metieron en el charco de fruta y verdura descompuesta y ayudaron a rescatar lo que podía usarse en la cocina de la iglesia, mientras el cura descansaba un rato a la sombra y ponía al día a su amigo Cabrera de los nuevos inconvenientes inventados por los yanquis, quienes además de los lentes de visión nocturna y los aparatos para detectar la temperatura corporal, habían sembrado el desierto con sensores sísmicos que registraban los pasos en la tierra. Comentaron los últimos acontecimientos, eufemismo para referirse a los atracos. Tampoco usaban los términos «pandilla» o «narco». Había que cuidar el lenguaje.

De la parroquia de San José, Berto Cabrera los llevó a uno de los campamentos a orillas del Río Grande, poblados miserables de cartón, toldos, colchones, perros vagos, ratas y desperdicios, hogar temporal de mendigos, delincuentes, drogadictos y migrantes a la espera de una oportunidad. «Aquí nos quedaremos hasta el momento de aventarnos *p'al* otro lado», les dijo. Sus pasajeros osaron insinuar que ese no era el trato. La señora de la panadería en Guatemala les había prometido que iban a dormir en hoteles.

—¿Ya se olvidaron de los hoteles donde estuvimos? Aquí en la frontera hay que acomodarse. Al que no le guste, que se regrese por donde vino —replicó el coyote.

Desde el campamento podían ver el lado estadounidense vigilado día y noche por cámaras, luces, agentes en vehículos militares, lanchas y helicópteros. Por altoparlantes advertían a quienes se aventuraban en el agua que estaban en territorio americano y debían volverse. En los últimos años habían reforzado la frontera con miles de agentes provistos de la más reciente tecnología, pero los desesperados siempre encontraban la manera de burlar la vigilancia. Al comprobar lo asustados que estaban sus clientes cuando vieron el caudal ancho y torrencial de ese río de aguas verdosas, Cabrera les explicó que sólo se ahogaban los estúpidos que trataban de pasar nadando o agarrados de una cuerda. Así morían cientos al año y los cuerpos hinchados quedaban atrapados entre las rocas, varados en los juncos de la orilla o iban a dar al golfo de México. La diferencia entre la vida y la muerte era información: saber dónde, cómo y cuándo cruzar. Sin embargo, el mayor peligro no era el río, les advirtió, sino el desierto, con temperaturas de infierno, que derretían las piedras, sin agua, acechados por escorpiones, gatos monteses y coyotes hambrientos. Perderse en el desierto significaba morir en cuestión de uno o dos días. Las serpientes de cascabel, coral, mocasín y la veloz azul índigo salían a cazar de noche, a la hora en que los migrantes echan a andar, porque de día el calor mata. No podrían usar linternas, que los delatarían; debían confiar en las oraciones y la buena suerte. Les repitió que ellos eran viajeros de lujo y no iban a quedar tirados en el desierto a merced de las víboras. Su propia misión terminaba cuando cruzaran el Río Grande, pero en Estados Unidos estaría su socio, listo para conducirlos hasta un lugar seguro.

A regañadientes, los viajeros se instalaron en el campamento bajo un improvisado techo de cartón, que les ofrecía algo de sombra en el calor sofocante del día y la ilusión de seguridad en la noche. A diferencia de otros migrantes, que dormían envueltos en bolsas de plástico, comían una vez al día en alguna parroquia o ganaban unos pesos trabajando en lo que pudieran conseguir, ellos disponían de una cifra que les entregaba el coyote a diario para comprar alimento y agua en botellas.

Entretanto Cabrera salió a buscar a un conocido suyo, a quien suponía drogado en alguna parte, para que los cruzara al otro lado. Antes de irse les dio instrucciones de mantenerse juntos y no dejar sola a la muchacha ni por un instante; estaban rodeados de gente sin escrúpulos, especialmente los adictos, capaces de matar para quitarles las zapatillas o la mochila. En el campamento escaseaba la comida, pero sobraba licor, marihuana, crack, heroína y un surtido de píldoras sueltas sin nombre, que mezcladas con alcohol podían ser mortales.

Richard

En las excursiones que Richard Bowmaster había hecho durante años con Horacio Amado-Castro solían ir a lugares remotos, donde llegaban primero en el Subaru y de allí seguían en sus bicicletas con mochilas y una carpa de campaña a la espalda. La ausencia de su amigo era como una pequeña muerte, había dejado un vacío en el espacio y el tiempo de su existencia; había tanto que deseaba compartir con él. A Horacio se le habría ocurrido una solución exacta y razonable al problema del cadáver en el Lexus y la habría ejecutado sin vacilar y muerto de risa. Él, en cambio, sentía los picotazos amenazante de su úlcera, un pájaro asustado en el estómago. «Qué sacas con pensar en el futuro, las cosas siguen su curso y tú no tienes control de nada, relájate, hermano», era el consejo cien veces repetido de su amigo. Lo acusaba de vivir en perpetua conversación consigo mismo, mascullando, recordando, arrepintiéndose, planeando. Decía que sólo los humanos andaban centrados en sí mismos, esclavos de su ego, observándose, a la defensiva aunque ningún peligro los amenazara.

Lucía sostenía algo parecido, y ponía como ejemplo al chihuahua, que vivía eternamente agradecido y en el presente, aceptando lo que viniera sin anticiparse a una posible desgracia, como otras que le habían sucedido en su vida de perro abandonado. «Demasiada sabiduría zen para un bicho tan chico», le respondió Richard cuando ella le enumeró esas virtudes. Admitía ser adicto al pensamiento negativo, como sostenía Horacio. A los siete años ya le preocupaba que el sol se apagara y terminara con toda forma de vida en el planeta. Era alentador que eso todavía no hubiera sucedido. A Horacio, en cambio, ni siquiera le preocupaba el calentamiento global; cuando los polos se derritieran y los continentes quedaran sumergidos, sus bisnietos habrían muerto de viejos o les habrían salido agallas de pescado. Pensó que Horacio y Lucía se llevarían bien, con su insensato optimismo e inexplicable tendencia a la felicidad. Él estaba más cómodo en su razonable pesimismo.

Con Horacio, cada gramo de peso contaba, porque debían cargarlo, y cada caloría estaba calculada para mantenerlos hasta el regreso. Horacio, improvisador nato, se burlaba de los preparativos obsesivos de Richard, pero la experiencia había demostrado lo necesarios que eran. En una ocasión se les olvidó llevar fósforos y después de pasar una noche entumecidos y hambrientos tuvieron que volverse. Descubrieron que hacer fuego frotando dos palos es una fantasía de boy scout.

Con el mismo cuidado que ponía en planear las salidas con su amigo, Richard se organizó para el corto viaje al lago. Hizo una lista exhaustiva de lo que podían requerir en una emergencia, desde comida hasta sacos de dormir y baterías de repuesto para las linternas.

—Lo único que te falta es un excusado portátil, Richard. No vamos a la guerra, hay restaurantes y hoteles en todas partes —dijo Lucía.

—No podemos mostrarnos en lugares públicos.

—¿Por qué?

—Las personas y los automóviles no desaparecen sin más, Lucía. Es muy probable que haya una investigación policial. Pueden identificarnos si dejamos rastros.

—Nadie se fija en nadie, Richard. Y nosotros parecemos una pareja madura de vacaciones.

—¿En la nieve? ¿En dos vehículos? ¿Con una niña llorona y un perro vestido de Sherlock Holmes? Y tú con esos pelos colorinches. Por supuesto que llamamos la atención, mujer.

Colocó el complejo equipaje en la cajuela del Subaru, dejó suficiente comida para los gatos. Antes de dar la orden de partir llamó a la clínica para saber de Três, cuya condición era estable y debía continuar en observación varios días más, y a su vecina, para advertirle de que estaría ausente un par de días y pedirle que les echara una mirada a los otros tres felinos. Comprobó una vez más que el alambre de la cajuela del Lexus cumplía su función y raspó el hielo de los vidrios de ambos vehículos. Suponía que los documentos del automóvil estaban en orden, pero quiso asegurarse. En la guantera halló lo que buscaba, más un control remoto y un llavero dorado con una sola llave.

—Supongo que el control abre el garaje de los Leroy.

—Sí —dijo Evelyn.

—Y la llave será de su casa.

—No es de la casa.

—¿Sabes de dónde es? ¿La habías visto antes?

—La señora Leroy me la mostró.

—¿Cuándo fue eso?

—Ayer. La señora pasó el viernes en cama, estaba muy deprimida, dijo que le dolía todo el cuerpo; a veces le pasa, no puede levantarse. Además, ¿adónde iba a ir con la tormenta? Pero ayer se sintió mejor y decidió salir. Antes de irse me mostró ese llavero. Dijo que estaba en el bolsillo del traje del señor Leroy. Estaba muy nerviosa. Tal vez por lo que le pasó a Frankie el jueves. Me dijo que le midiera el azúcar cada dos horas.

—¿Y?

—La tormenta del viernes asustó a Frankie, pero ayer estaba bien. El azúcar estaba estable. En el auto también hay una pistola.

—¿Una pistola? —se sobresaltó Richard.

—El señor Leroy la tiene por protección. Por su trabajo, dice.

—¿Cuál es su trabajo?

—No lo sé. La señora me dijo que su marido nunca se iba a divorciar, porque ella sabía demasiado sobre su trabajo.

—Una pareja ideal, por lo visto. Supongo que era un arma legal. Pero aquí no hay ninguna pistola, Evelyn. Mejor así, un problema menos —comentó Richard después de revisar la guantera por segunda vez.

—Ese Frank Leroy debe ser un bandido de cuidado —masculló Lucía.

—Más vale que salgamos pronto, Lucía. Iremos en caravana. En lo posible trata de tenerme a la vista, pero con suficiente distancia para frenar a tiempo, porque el pavimento está resbaladizo. Lleva las luces encendidas para ver y que te vean los otros conductores. Si nos encontramos en una cola de coches, prende la luz intermitente de peligro para alertar a los que vienen detrás…

—Manejo desde hace medio siglo, Richard.

—Sí, pero mal. Una cosa más. El hielo es peor en los puentes, porque hace más frío que en tierra —agregó, y con un gesto de reacia conformidad se dispuso a partir.

Lucía se instaló al volante del Subaru, con Evelyn y Marcelo de copilotos y con la ruta trazada con lápiz rojo en el mapa, porque no confiaba demasiado en el GPS y temía perder de vista a Richard por el camino. Tenía instrucciones de encontrarse con él en varios puntos en caso de separarse y contaban con los celulares para mantenerse en contacto; era el viaje imposible más seguro, le dijo a Evelyn para tranquilizarla. Salió de Brooklyn siguiendo a Richard a vuelta de rueda; no había tráfico, pero la nieve era un impedimento. Le hizo falta su música favorita, como Judy Collins y Joni Mitchell, pero se dio cuenta de que Evelyn rezaba a media voz y al principio le pareció irrespetuoso distraerla. Marcelo, poco acostumbrado a andar en auto, gemía en el regazo de la muchacha.

Richard, por su parte, iba medio congelado y muy ansioso, a pesar de la píldora verde que había tomado antes de salir. Si lo paraba la policía y revisaban el coche, estaba jodido. ¿Qué explicación razonable podía dar? Iba en un vehículo ajeno, posiblemente robado, con la infeliz Kathryn Brown, a quien nunca conoció en vida, en la cajuela. El cuerpo llevaba allí muchas horas, pero dada la temperatura bajo cero seguramente seguía con *rigor mortis*. En teoría deseaba verle la cara para recordarla después y examinarla para averiguar cómo murió, pero en la práctica ni él ni Lucía, y menos Evelyn, quisieron volver a abrir la cajuela. ¿Quién era realmente la mujer que viajaba con él en ese automóvil? Por lo que Evelyn había contado de los Leroy, la joven pudo haber sido asesinada para cerrarle la boca, en caso de que hubiera descubierto algo que incriminaba a Frank Leroy. Las actividades misteriosas de ese hombre y su conducta violenta, como había mencionado Evelyn, se prestaban para siniestras suposiciones. Cabía preguntarse cómo le consiguió documentos falsos a Evelyn, debía contar con recursos ilegales. Lucía le había dicho que la chica tenía un carnet de una tribu de nativos americanos.

Necesitaba llamar a su padre; le habría gustado pedirle consejo o, más bien, pavonearse un poco, demostrarle que él no era un mequetrefe, que podía lanzarse a una locura como esa. Pero sería imprudente mencionarlo por teléfono. Imaginaba la sorpresa y la dicha del viejo Joseph cuando se lo contara. Seguramente iba a querer conocer a Lucía; ese par se llevaría muy bien. «Todo esto en el supuesto de que salgamos con vida de esto… Me estoy poniendo paranoico, como dice Lucía. Ayúdanos, Anita; ayúdanos, Bibi», les pidió en voz alta, como solía hacer cuando estaba solo. Era una forma de sentirse acompañado. «Ahora necesito protección más que compañía», agregó.

Sintió la presencia de Anita con tal claridad que se volvió para ver si acaso estaba en el asiento a su lado. No habría sido la primera vez que se le aparecía, pero siempre llegaba y se iba tan fugazmente, que él se quedaba dudando de sus propias facultades. Era muy poco inclinado a los arrebatos de fantasía, se consideraba riguroso en el raciocinio y exigente en la comprobación de los hechos, pero Anita siempre había escapado a esos parámetros. A los sesenta años, embarcado en una misión demente, medio paralizado de frío, porque el automóvil iba sin calefacción para preservar el cadáver en la cajuela, y con la ventanilla entreabierta para evitar que se le empañara o escarchara el vidrio, Richard examinó una vez más su pasado y concluyó que los años más dichosos fueron con Anita, antes de que la desgracia les diera alcance.

Esa fue la época en que estaba realmente vivo. Se habían borrado de su mente los problemas cotidianos, los malentendidos de idioma y cultura, la constante intromisión de sus suegros y cuñados, el fastidio de los amigos instalados en su casa a cualquier hora sin invitación, los rituales de Anita que él consideraba pura superstición y, sobre todo, los enojos explosivos de ella cuando él bebía más de la cuenta. No la recordaba en las crisis, cuando los ojos dorados se le ponían color de alquitrán, ni en sus celos frenéticos o sus ráfagas de ofuscación, ni cuando debía sujetarla en la puerta con recursos de carcelero para impedir que lo dejara. Sólo la recordaba en su estado original, apasionada, vulnerable y generosa. Anita, la del amor fiero y la ternura fácil. Eran felices. Las peleas duraban poco y las reconciliaciones se prolongaban días y noches enteras.

Richard fue un niño estudioso y tímido, eternamente enfermo del estómago. Eso lo salvó de participar en los deportes bruta-

les de las escuelas estadounidenses y lo condujo irremisiblemente hacia la vida académica. Estudió ciencias políticas, especializándose en Brasil, porque hablaba portugués; había
pasado muchas vacaciones de su infancia con sus abuelos maternos en Lisboa. Hizo su tesis doctoral sobre las maniobras
de la oligarquía brasileña y sus aliados, que llevaron a derrocar al carismático presidente izquierdista João Goulart en 1964
y terminar con su modelo político y económico. Goulart fue
depuesto por un golpe militar, apoyado por Estados Unidos
en el marco de la Doctrina de Seguridad Nacional para combatir el comunismo, como tantos otros gobiernos del continente, antes y después de Brasil. Fue reemplazado por sucesivas dictaduras militares que habrían de durar veintiún años,
con períodos de represión dura, encarcelamiento de opositores, censura de prensa y de la cultura, tortura y desapariciones.

Goulart murió en 1976, después de más de una década de
exilio en Uruguay y Argentina. La versión oficial atribuyó su
muerte a un ataque al corazón, pero el rumor popular decía
que fue envenenado por sus enemigos políticos, temerosos
de que volviera del destierro a sublevar a los desposeídos. A falta de una autopsia, la sospecha carecía de fundamento, pero
años más tarde le serviría a Richard de pretexto para entrevistar a Maria Thereza, viuda de Goulart, quien había regresado a
su país y aceptó recibirlo para una serie de entrevistas. Richard
se encontró frente a una dama con la prestancia y seguridad que
otorga la belleza cuando es de nacimiento. La viuda respondió
a sus preguntas, pero no pudo aclarar las dudas sobre la muerte de su marido. Esa mujer, representante de un ideal político

y una época que ya era parte de la historia, provocaron en Richard una fascinación incurable hacia Brasil y su gente.

Richard Bowmaster llegó en 1985, cuando iba a cumplir veintinueve años. Para entonces la dictadura se había ablandado, se habían restaurado algunos derechos políticos, había un programa de amnistía para las personas acusadas de delitos políticos y se había relajado la censura. Más importante, el gobierno había permitido el triunfo de la oposición en las elecciones parlamentarias de 1982.

Richard vivió las primeras elecciones libres. La gente expresó su repudio hacia el gobierno militar y sus partidarios dando la victoria al candidato de la oposición; pero en una mala jugada de la historia, murió antes de asumir el cargo. Fue su vicepresidente, José Sarney, un terrateniente cercano a los militares, a quien le correspondió inaugurar la «Nueva República» y consolidar la transición a la democracia. El momento era fascinante para un estudioso de la política como Richard. El país se enfrentaba a problemas muy graves de toda índole, tenía la mayor deuda externa del mundo, estaba estancado en una recesión, el poder económico se concentraba en pocas manos y el resto de la población sufría inflación, desempleo, pobreza y desigualdad, que condenaba a muchos a permanente miseria. Había material de sobra para lo que él deseaba investigar y los artículos que pensaba publicar, pero junto a esos desafíos intelectuales estaba la fuerte tentación de aprovechar al máximo su juventud en el ambiente hedonista en que aterrizó.

Se instaló en un apartamento de estudiante en Río de Janeiro, cambió el duro acento de Portugal por el dulce brasileño, aprendió a beber caipiriña, la bebida nacional de cachaza y limón, que le caía como ácido de batería en el estómago, y se aventuró con cierta cautela en la existencia alborozada de la ciudad. Como las muchachas más atractivas estaban en las playas y en las pistas de baile, se propuso nadar en el mar y aprender a bailar. Hasta ese momento la necesidad de bailar no se le había presentado. Alguien le recomendó la academia de Anita Farinha, donde se inscribió para aprender samba y otros ritmos de moda, pero tenía el esqueleto rígido de tantos hombres blancos y demasiado sentido del ridículo. Era el peor alumno de la academia, pero el esfuerzo valió la pena, porque allí conoció a su único amor.

La lejana herencia africana de Anita Farinha se manifestaba en la forma exuberante del cuerpo, cintura escasa, piernas robustas y un trasero redondo que ondulaba con cada paso sin ninguna intención de coquetería por parte de ella. Llevaba música y gracia en la sangre. En su academia quedaba en evidencia el esplendor de su naturaleza, pero fuera de ella Anita era una joven formal, retraída, de impecable conducta y apegada a su extensa y ruidosa familia. Practicaba su propia religión pero sin fanatismo, una ensalada de creencias católicas y animistas, sazonada con mitología femenina. De vez en cuando asistía con sus hermanas a ceremonias de candomblé, la religión de los esclavos africanos, que antes estaba limitada a los negros, pero que iba ganando adeptos entre blancos de clase media. Anita tenía su orixá tutelar, su guía divina en la realización de su destino: Yemayá, diosa de la maternidad, la vida y los océanos. Se lo explicó a Richard la única vez que la acompañó a una ceremonia, y él lo tomó en broma. Ese paganismo, como tantas otras costumbres de Anita, le parecía exótico y encantador. Ella se rió también, porque creía a medias; era preferible creer en todo que no creer en nada, así corría menos riesgo de enojar a los dioses, en caso de que existieran.

Richard la persiguió con una determinación demente, inesperada en alguien tan sensato como él, hasta que consiguió casarse con ella, una vez que fue aceptado por treinta y siete miembros de la familia Farinha. Para eso debió hacer innumerables visitas de cortesía, sin mencionar el propósito de la misma, acompañado por su padre, quien viajó especialmente a Brasil para eso, porque habría estado mal visto que se presentara solo. Joseph Bowmaster iba vestido de luto de pies a cabeza por la muerte reciente de Cloé, la mujer que tanto quiso, pero llevaba una flor roja en el ojal de la chaqueta para celebrar el noviazgo de su hijo. Richard hubiera preferido una boda privada, pero sólo los parientes y amigos íntimos de Anita sumaban más de doscientos invitados. Por parte de Richard sólo estaban presentes su padre, su amigo Horacio Amado-Castro, que llegó de Estados Unidos por sorpresa, y Maria Thereza de Goulart, que le había tomado cierto afecto maternal al guapo estudiante americano.

La viuda del presidente, todavía joven y bella —era veintiún años menor que su marido—, acaparó la atención de la concurrencia y para Richard fue un valioso respaldo frente al apabullante clan de Anita. Fue ella quien le hizo ver lo obvio: al casarse con Anita se casaba también con su familia. La boda no estuvo a cargo de los novios, sino de la madre, las hermanas y las cuñadas de Anita, mujeres parlanchinas y afectuosas, que vivían en permanente comunicación, metidas en cada detalle de las vidas mutuas. Ellas decidieron los pormenores, desde el menú del banquete hasta la mantilla de encaje color mantequilla que tuvo que usar Anita, porque había pertenecido a su difunta bisabuela. Los hombres de la familia tenían un papel más bien decorativo, ejercían su dominio, de tenerlo, fuera de la casa. Todos trataban a Richard con tanta cordialidad, que él tardó bastante en darse cuenta de que los Farinha en masa le tenían desconfianza. Nada de eso lo afectaba, porque el amor que compartía con Anita era lo único que realmente le importaba. No podía haber adivinado el dominio que iba a ejercer la familia Farinha en su matrimonio.

La dicha de la pareja se multiplicó con el nacimiento de Bibi. La hija les llegó al segundo año de matrimonio, tal como Yemayá había anunciado en los *búzios*, las conchas de adivinar, y fue un regalo tan excesivo, que Anita temía el precio que la diosa le cobraría por esa preciosa niña. Richard se reía de las pulseras de cristal de cuarzo como protección contra el mal de ojo y otras precauciones de su mujer. Anita le prohibió jactarse de la felicidad, era peligroso provocar envidia.

Los mejores momentos de ese período, que muchos años después todavía tenían el poder de apurarle los latidos del corazón, eran cuando Anita se acurrucaba en su pecho con mansedumbre de gato o se acaballaba en sus rodillas y hundía la nariz en su cuello, o cuando Bibi daba sus primeros pasos con la gracia de su madre y su risa de dientes de leche. Anita con delantal picando fruta en el verano; Anita en su academia ondulando como anguila al son de una guitarra; Anita ronroneando dormida en sus brazos después de hacer el amor; Anita pesada, con su barriga de sandía, apoyándose en él para subir la escalera; Anita en la silla mecedora con Bibi prendida al seno, cantando bajito en la luz anaranjada de la tarde.

Nunca se permitió dudar de que aquellos años también fueron los mejores de Anita.

Lucía y Richard

Norte de Nueva York

La primera parada fue en una gasolinera a la media hora de salir de Brooklyn para comprar cadenas para las ruedas del Lexus. Richard Bowmaster tenía neumáticos de nieve en el Subaru desde los tiempos en que iba con Horacio a pescar en el lago congelado. Le había advertido a Lucía del peligro del hielo negro en el pavimento, culpable de la mayoría de los accidentes graves en invierno. «Razón de más para mantener la calma. Relájate, hombre», le contestó ella, repitiendo sin saberlo el consejo de Horacio. Tenía instrucciones de esperarlo a medio kilómetro de distancia en un desvío, mientras él compraba las cadenas.

A Richard lo atendió una abuela de pelo gris con manos rojas de leñador, único ser viviente en la gasolinera, quien resultó más hábil y fuerte de lo que se podía presumir a simple vista. Ella misma le colocó las cadenas en menos de veinte minutos, sin darse por aludida del frío, mientras le contaba a gritos que era viuda y llevaba sola el negocio, dieciocho horas diarias y siete días a la semana, incluso en un domingo como ese, cuando nadie se atrevía a salir. No tenía repuesto para la luz trasera.

—¿Adónde va con este clima? —le preguntó la abuela al cobrarle.

—A un funeral —respondió él con un escalofrío.

Pronto los dos coches dejaron la carretera estatal y avanzaron un par de kilómetros por un camino rural, pero tuvieron que volverse porque llegaron a un punto por donde no habían pasado quitanieves desde hacía un par de días y era intransitable. Se cruzaron con muy pocos vehículos y con ninguno de los enormes camiones de transporte o buses de pasajeros que unían Nueva York con Canadá, que habían acatado la orden de evitar los caminos hasta el lunes, cuando se normalizaría el tráfico. Los bosques de pinos escarchados se perdían en el blanco infinito del cielo y el camino era apenas una raya de lápiz gris entre cerros de nieve. Cada tantos kilómetros había que detenerse a raspar hielo de los parabrisas; la temperatura era de varios grados bajo cero y seguía descendiendo. Richard envidió a las mujeres y al perro, que iban en el Subaru con la calefacción a todo dar. Se había puesto un verdugo de esquí y arropado tanto que apenas podía doblar los codos y las rodillas.

En el transcurso de las horas, a Richard le hicieron efecto las pastillas verdes, se le fue disipando la angustia que lo agobiaba antes de partir. Las interrogantes sobre Kathryn Brown perdieron urgencia; todo formaba parte de una novela ajena cuyas páginas habían sido escritas por otros. Sentía cierta curiosidad por el futuro inmediato, deseos de saber cómo iba a terminar la novela, pero nada de premura por llegar a su destino. Llegaría tarde o temprano y cumpliría su misión. Mejor dicho, cumpliría la misión asignada por Lucía. Ella estaba a cargo, él sólo debía obedecerle. Flotaba.

El panorama era inmutable, pasaba el tiempo en la esfera del reloj y se sumaban los kilómetros, pero no avanzaba, estaba detenido en el mismo sitio, sumergido en un espacio blanco, hipnotizado por la monotonía. Nunca había conducido en un invierno tan duro como ese. Era consciente de los peligros del camino, como le había advertido a Lucía, y del peligro más inminente de ser vencido por el sueño, que ya le pesaba en los párpados. Puso la radio, pero la mala sintonía y la estática lo irritaron; optó por seguir en silencio. Hizo un esfuerzo por volver a la realidad, al vehículo, al camino, al viaje. Bebió unos sorbos de café tibio del termo, pensando que en el próximo pueblo necesitaría ir al baño y tomarse un café retinto y bien caliente con dos aspirinas.

Por el espejo retrovisor vislumbraba a lo lejos las luces del Subaru, que desaparecían en las curvas para reaparecer poco después, y temió que Lucía estuviera tan fatigada como él. Le costaba situarse en el momento actual, se le enredaban los pensamientos mezclados con imágenes de su pasado.

En el Subaru, Evelyn seguía rezando en susurros por Kathryn Brown, como hacían en su aldea por los muertos. El alma de la joven no había podido volar al cielo, porque la muerte la pilló de repente, cuando menos lo esperaba, y se quedó atrapada a medio camino. Seguramente estaba todavía encerrada en la cajuela. Eso era un sacrilegio, un pecado, una imperdonable falta de respeto. ¿Quién despediría a Kathryn con los ritos apropiados? Un alma en pena es lo más lamentable del mundo. Ella era responsable; si no hubiera tomado el coche para ir a la farmacia, nunca se habría enterado de la suerte de Kathryn Brown, pero al hacerlo ambas quedaron amarradas. Se requerían muchas oraciones para liberar a esa alma y nueve días de duelo. Pobre Kathryn, nadie había llorado por ella ni la había despedido. En su pueblo sacrificaban un gallo para que acompañara al difunto al otro lado y se bebía ron para brindar por su viaje al cielo.

Evelyn rezaba y rezaba, un rosario tras otro, mientras Marcelo, cansado de gemir, se había quedado dormido con la lengua colgando y sus ojos entornados, porque los párpados apenas los cubrían hasta la mitad. Lucía acompañó a Evelyn un rato en la letanía de padrenuestros y avemarías, que había aprendido en la infancia y podía recitar sin vacilación, aunque no había rezado en cuarenta y tantos años. La repetición monótona le dio sueño y para distraerse un poco, empezó a contarle a Evelyn parte de su vida y a preguntarle sobre la suya. Habían entrado en confianza y la muchacha tartamudeaba menos.

Empezó a oscurecer y volvió a caer nieve, tal como Richard temía, sin que hubieran alcanzado el pueblo donde planeaban ir al baño y comer algo. Tuvieron que disminuir la velocidad. Trató de comunicarse con Lucía por el celular, pero como no había señal se detuvo al borde de la ruta con las luces intermitentes. Lucía se paró detrás y pudieron limpiar el hielo de los vidrios, ponerles espray anticongelante y compartir un termo de chocolate caliente con buñuelos. Debieron convencer a Evelyn de que no era el momento apropiado de ayunar por

Kathryn, bastaban las oraciones. La temperatura dentro del Lexus era como la de afuera y por mucha ropa que Richard llevara puesta, iba temblando de frío. Aprovechó para estirar las piernas entumecidas y calentarse un poco con saltos y palmadas. Comprobó que todo estuviera en orden en ambos coches, le mostró el mapa a Lucía una vez más y dio orden de continuar.

—¿Cuánto falta? —le preguntó ella.

—Bastante. No habrá tiempo para comer.

—Llevamos seis horas manejando, Richard.

—Yo también estoy cansado y además me estoy muriendo de frío, me va a dar una pulmonía, ya la siento en los huesos, pero tenemos que llegar a la cabaña con luz. Está aislada y si no veo la entrada podemos pasarnos de largo.

—¿Y el GPS?

—No puede señalarme el desvío. Siempre he hecho el trayecto de memoria, pero necesito visibilidad. ¿Qué le pasó al chihuahua?

—Nada.

—Parece muerto.

—Así se pone cuando duerme.

—¡Qué animal tan feo!

—Que no te oiga, Richard. Tengo que hacer pipí.

—Tendrá que ser aquí mismo. Cuidado que se te hiele el trasero.

Las dos mujeres se acuclillaron junto al vehículo, mientras Richard orinaba detrás del suyo. Marcelo levantó la nariz cuando se vio abandonado, echó una mirada hacia afuera y decidió aguantarse. Nadie iba a convencerlo de pisar la nieve.

Emprendieron la marcha nuevamente y veintisiete kilómetros más adelante se aproximaron a un pueblo pequeño, sólo una calle principal con las tiendas habituales, una gasolinera, dos bares y casas de un piso. Richard comprendió que de ninguna manera alcanzarían a llegar con luz al lago y decidió que pasaran la noche allí. El viento y el frío se habían intensificado y él necesitaba calentarse, tenía la mandíbula dolorida de dar diente con diente. La idea de pasar una noche en un hotel le preocupaba, no deseaba llamar la atención, pero peor sería seguir adelante en la oscuridad y perderse. Los celulares tenían señal y pudo avisar a Lucía del cambio de plan. Poca esperanza había de encontrar alojamiento decente, pero les salió al paso un motel con la ventaja de que las habitaciones daban directamente al estacionamiento y podían pasar inadvertidos. En la recepción, impregnada de olor a creosota, le advirtieron de que el motel estaba en reparación y sólo tenían una pieza disponible. Richard pagó 49,90 dólares en efectivo y después fue a llamar a las mujeres.

—Es todo lo que hay. Vamos a tener que compartir la pieza —les anunció.

—¡Por fin vas a dormir conmigo, Richard! —exclamó Lucía.

—Mmm… Me preocupa dejar a Kathryn en el coche —dijo él, cambiando de tema.

—¿Quieres dormir con ella?

La pieza olía como la recepción y tenía el aspecto provisorio de una mala escenografía de teatro. El techo era muy bajo, los muebles enclenques, todo estaba cubierto de la pátina lúgubre de la ordinariez. Contaba con dos camas, un televisor anticuado, un baño con manchas indelebles y goteo permanente en el lavatorio, pero había una jarra eléctrica para hervir agua, ducha caliente y buena calefacción. De hecho, hacía un calor sofocante en el cuarto y a los pocos minutos a Richard se le pasó el frío y empezó a quitarse las capas de ropa gruesa. El suelo, alfombrado en color café, y los cubrecamas con cuadros negros y azules necesitaban con urgencia una limpieza a fondo, pero las sábanas y toallas, aunque gastadas, estaban limpias. Marcelo corrió al baño y orinó largamente en un rincón ante la mirada divertida de Lucía y la espantada de Richard.

—¿Y ahora qué hacemos? —preguntó Richard.

—Supongo que entre los pertrechos de guerra que empacaste habrá toallas de papel. Yo iré a buscarlas, tú ya te has enfriado bastante.

Poco después Richard, ya repuesto del susto de agarrar una pulmonía, anunció que iría en busca de comida, porque con ese clima jamás conseguirían que les fueran a dejar una pizza y el motel no tenía cocina, sólo un bar donde lo único comestible eran aceitunas y papas fritas añejas. Supuso que por humilde que fuera el pueblo, habría un restaurante chino o mexicano. Les quedaban provisiones, pero prefirieron dejarlas para el día siguiente. Cuarenta minutos más tarde, cuando Richard regresó con comida china y café en los dos termos, encontró a Lucía y Evelyn viendo las noticias del temporal por televisión.

—El viernes se registraron las temperaturas más bajas desde 1869 en el estado de Nueva York. La tormenta duró casi tres horas, pero la nieve va a seguir un par de días más. Ha causado millones de dólares en daños. La tormenta tiene nombre, se llama *Jonas* —le informó Lucía.

—En el lago será peor. Mientras más al norte, más frío hace —le dijo Richard, quitándose el chaquetón, el chaleco, la bufanda, el gorro, el verdugo de esquí y los guantes.

Notó que tenía una mosca raquítica en la camiseta, pero al darle una sacudida el insecto desapareció de un salto.

—¡Una pulga! —exclamó dándose palmadas por todo el cuerpo, desesperado.

Lucía y Evelyn apenas levantaron la vista del televisor.

—¡Pulgas! ¡Aquí hay pulgas! —repetía Richard rascándose.

—¿Qué esperabas por 49,90 dólares, Richard? A los chilenos no nos pican —dijo ella.

—A mí tampoco —agregó Evelyn.

—A ti te pican porque eres liviano de sangre —diagnosticó Lucía.

Los cartones del restaurante chino eran de aspecto deprimente, pero el contenido resultó menos terrible de lo que esperaban. Aunque contenía tanta sal que cualquier otro ingrediente perdía el sabor, les devolvió el ánimo a todos. Incluso el chihuahua, que era muy fastidioso, porque le costaba masticar, quiso probar el *chow mein*. Richard siguió rascándose durante un rato, hasta que se resignó a las pulgas y prefirió no pensar en las cucarachas que emergerían de los rincones apenas apagaran la luz. Se sintió abrigado y seguro en ese cuarto triste de hotel de paso, unido a las mujeres por la aventura, tanteando el terreno de la amistad y emocionado por hallarse tan cerca de Lucía. Estaba tan poco familiarizado con esa apacible sensación de felicidad que no supo reconocerla.

Había comprado una botella de tequila Méndez, lo único que encontró en el bar del hotel, como le había pedido Lucía para echarle a su café y al de Evelyn. Por primera vez desde hacía años sintió deseo de tomarse un trago, más por camaradería que por necesidad, pero lo descartó. La experiencia le había inculcado mucha cautela con el alcohol, se empezaba mojando los labios y se terminaba de cabeza en la adicción. Dormir sería imposible, todavía era muy temprano, aunque afuera estaba totalmente oscuro.

Como no lograron ponerse de acuerdo para ver algo en la televisión y lo único que olvidaron incluir en el equipaje fue lectura, terminaron contándose las vidas, como habían hecho la noche anterior, sin la magia del bizcocho, pero con la misma soltura y confianza. Richard quiso saber del matrimonio fracasado de Lucía, porque había conocido a su marido, Carlos Urzúa, en la universidad. Lo admiraba, pero no se lo dijo a ella, porque supuso que el hombre no debía ser tan admirable en el plano personal.

Lucía

En los veinte años que estuvo casada, Lucía Maraz habría apostado que su marido le era fiel, porque lo creía demasiado ocupado como para navegar las estrategias de amores escondidos, pero en eso, como en tantas otras cosas, el tiempo demostraría su error. Se enorgullecía de haberle dado un hogar estable y una hija excepcional. La participación de él en ese proyecto fue forzada al principio y negligente después, no por maldad sino por flaqueza de carácter, como sostenía Daniela cuando tuvo edad para juzgar a sus padres sin condenarlos. Desde el comienzo el papel de Lucía fue amarlo y el de él fue dejarse querer.

Se conocieron en 1990. Lucía había vuelto a Chile después de casi diecisiete años de exilio y conseguido un empleo como productora de televisión, con gran dificultad, porque miles de profesionales jóvenes mejor cualificados que ella buscaban trabajo. Había escasa simpatía por quienes regresaban: la izquierda los culpaba de haberse ido por cobardía y la derecha por comunistas.

La capital había cambiado tanto, que Lucía no reconocía las calles donde había transcurrido su juventud, cuyos nombres de santos y flores habían sido reemplazados por los de militares y héroes de guerras pasadas. La ciudad brillaba con la limpieza y el orden de los cuarteles, los murales de realismo socialista habían desaparecido y en su lugar había muros blancos y árboles bien cuidados. En las orillas del río Mapocho habían creado parques para los niños y nadie se acordaba de la basura y los cuerpos que alguna vez arrastraron esas aguas. En el centro, los edificios grises, el tráfico de buses y motocicletas, la pobreza mal disimulada de los oficinistas, la gente cansada y los muchachos haciendo malabarismo en los semáforos para mendigar unos pesos, contrastaban con los centros comerciales del barrio alto iluminados como circos, donde se podían satisfacer caprichos extravagantes: caviar del Báltico, chocolate vienés, té de la China, rosas del Ecuador, perfumes de París... todo al alcance de quien pudiera pagarlo. Había dos naciones compartiendo el mismo espacio, la pequeña nación de la afluencia y las ínfulas cosmopolitas y la gran nación de todos los demás. En los vecindarios de la clase media se respiraba un aire de modernidad a crédito y en los de la clase alta, de refinamiento importado de otras partes. Allí las vitrinas eran similares a las de Park Avenue y las mansiones estaban protegidas por rejas electrificadas y perros bravos. Cerca del aeropuerto y a lo largo de la autopista, sin embargo, había barriadas miserables ocultas a la vista de los turistas por murallas y enormes pancartas publicitarias de chicas rubias en ropa interior.

Del Chile modesto y esforzado que Lucía conocía, aparentemente poco quedaba, la ostentación se había puesto de moda. Pero bastaba salir de la ciudad para recuperar algo del país antiguo, las aldeas de pescadores, los mercados populares, las hosterías con sopa de pescado y pan recién horneado, la gente sencilla y hospitalaria que hablaba con el acento de antes y se reía tapándose la boca con la mano. Ella hubiera querido vivir en provincia, alejada del ruido, pero sólo podía hacer su trabajo de investigación en la capital.

Se sabía forastera en su tierra, estaba desconectada de la red de relaciones sociales sin la cual casi nada era posible, perdida en los vestigios de un pasado que no se ajustaba al Chile apresurado del presente. No entendía las claves ni los códigos, hasta el humor había cambiado, el idioma estaba plagado de eufemismos y cautela, porque todavía quedaba el resabio de la censura de los tiempos duros. Nadie le preguntó sobre los años de su ausencia, nadie quiso saber dónde estuvo ni cómo fue su vida. Ese paréntesis de su existencia se borró por completo.

Había vendido su vivienda en Vancouver y ahorrado algo de dinero, lo que le posibilitó instalarse en Santiago en un apartamento pequeño, pero bien situado. A su madre le pareció ofensivo que no quisiera vivir con ella, pero a los treinta y seis años Lucía necesitaba independencia. «Esa será la costumbre en Canadá, pero aquí las hijas solteras se quedan con los padres», insistía Lena. El sueldo le permitía mantenerse a duras penas, mientras preparaba su primer libro. Se había dado un año para eso, pero pronto comprendió que la investigación iba a ser mucho más difícil de lo que había supuesto. El gobierno militar había terminado hacía pocos meses, derrotado por un plebiscito, y una democracia condicionada y cautelosa daba sus primeros pasos en un país herido por el pasado. Se respiraba un aire de prudencia y el tipo de información que ella buscaba era parte de la historia secreta.

Carlos Urzúa era un abogado conocido y controvertido, que colaboraba con la Comisión Interamericana de Derechos Humanos. Lucía fue a entrevistarlo para su libro, después de intentar conseguir una cita durante semanas, porque él viajaba con frecuencia y estaba muy ocupado. Su oficina, en un edificio anodino del centro de Santiago, consistía en tres piezas atiborradas de escritorios y archivadores metálicos con carpetas que desbordaban los cajones, libracos de leyes, fotos de personas, casi todas jóvenes, en blanco y negro, pegadas con chinches en un tablero y un pizarrón con fechas y plazos. Los únicos signos de modernidad eran dos computadoras, un fax y una copiadora Xerox. En un rincón, tecleando a ritmo de pianista en una máquina de escribir eléctrica, estaba Lola, su secretaria, una mujer gruesa y sonrosada, con el aspecto inocente de una monja. Carlos recibió a Lucía detrás de su escritorio en la tercera pieza, que sólo se distinguía de las otras por un árbol plantado en un macetero, milagrosamente vivo en las sombras tenebrosas de esa oficina. Estaba impaciente.

El abogado había cumplido cincuenta y un años e irradiaba la vitalidad de un atleta. Era el hombre más atractivo que Lucía había visto y le provocó una pasión instantánea y devastadora, un calor primitivo y desaforado, que pronto se convertiría en fascinación por su personalidad y el trabajo que hacía. Pasó varios minutos desorientada, tratando de concentrarse en sus preguntas, mientras él esperaba golpeando el escritorio con un lápiz, exasperado. Temiendo que la despachara con algún pretexto, a Lucía se le aguaron los ojos y le explicó que llevaba muchos años fuera de Chile y su obsesión por investigar el tema de los desaparecidos era muy personal, porque su hermano era uno de ellos. Desconcertado ante el vuelco de la situación, él empujó hacia Lucía una caja de pañuelos de papel y le ofreció un café. Ella se sonó la nariz, avergonzada de su falta de control ante ese hombre que sin duda había visto miles de casos como el suyo.

Lola llevó café instantáneo para ella y té en bolsita para él. Al pasarle la taza a Lucía, la mujer le puso una mano sobre el hombro y la dejó allí durante unos segundos. Ese inesperado gesto de bondad desencadenó otra crisis de lágrimas, que ablandó a Carlos.

Entonces pudieron hablar. Lucía se las arregló para prolongar esas tazas exageradamente; Carlos tenía datos imposibles de obtener sin su ayuda. Durante más de tres horas él contestó las preguntas, tratando de explicar lo inexplicable, y al final, cuando ambos estaban exhaustos y afuera ya era de noche, le ofreció acceso al material de sus archivos. Lola se había ido hacía rato, pero Carlos le dijo a Lucía que regresara y su secretaria le facilitaría los datos que deseaba.

La situación nada tenía de romántica, pero el abogado se dio cuenta de la impresión que había causado en esa mujer y como le pareció atractiva, decidió acompañarla a su casa, aunque por principio se abstenía de relacionarse con mujeres complicadas y menos con las lloronas. Para traumas emocionales le bastaba con las desgracias que le tocaba barajar a diario en su trabajo. En el apartamento de Lucía aceptó probar su receta de pisco sour. En tono de broma, habría de sostener siempre que ella lo aturdió con alcohol y lo engatusó con artes de bruja. Esa primera noche transcurrió en la nebulosa del pisco y la mutua sorpresa de hallarse juntos en la cama. Al día siguiente él se fue muy temprano, despidiéndose con un beso casto, y ella no supo más de él. Carlos no la llamó ni devolvió sus llamadas.

Tres meses más tarde Lucía Maraz se presentó en el bufete de Urzúa sin anunciarse. Lola, la secretaria, que estaba en su sitio tecleando con la misma furia de la primera vez, la reconoció al punto y le preguntó cuándo iba a revisar el material de los archivos. Lucía no le comentó que Carlos no había hecho caso de sus llamadas, porque supuso que ella lo sabía. Lola la hizo pasar a la oficina de su jefe, le dio una taza de café instantáneo con leche condensada y le pidió paciencia, porque él estaba en los tribunales, pero antes de media hora Carlos llegó con el cuello desabrochado y la chaqueta en la mano. Lucía lo recibió de pie y le anunció sin preámbulos que estaba embarazada.

Tuvo la impresión de que él no se acordaba de ella en absoluto, aunque él le aseguró que eso era falso, que por supuesto sabía quién era y tenía el mejor recuerdo de aquella noche de pisco sour, que su demora en reaccionar fue efecto de la sorpresa. Cuando ella le explicó que esa era probablemente su última oportunidad de ser madre, él le pidió secamente un examen de ADN. Lucía estuvo a punto de irse, decidida a criar al niño sola, pero la contuvo el recuerdo de su propia infancia sin padre y accedió. El examen probó la paternidad de Carlos más allá de cualquier duda razonable y entonces la actitud de desconfianza e irritación de él desapareció, dando paso a un entusiasmo genuino. Anunció que se casarían, porque esa era también su última oportunidad de superar su terror al matrimonio y quería ser padre, aunque tenía edad para ser abuelo.

Lena le pronosticó a Lucía que ese matrimonio duraría apenas unos meses, por los quince años de diferencia de edad entre ellos y porque apenas naciera el crío Carlos Urzúa saldría huyendo; un solterón maniático como él no iba a soportar los berridos de un recién nacido. Lucía se preparó para esa eventualidad con filosófico sentido de la realidad. En Chile no había una ley de divorcio —no la habría hasta 2004—, pero existían maneras torcidas de conseguir una nulidad matrimonial con testigos falsos y jueces complacientes. Tan común y eficaz era el método que las parejas que permanecían unidas de por vida se contaban con los dedos. Le propuso al futuro padre que después del nacimiento del niño se separaran como amigos. Estaba enamorada, pero comprendió que si Carlos se sentía atrapado acabaría odiándola. Él rechazó de plano esa solución, a su parecer inmoral, y ella se quedó con la idea de que con el tiempo y el hábito de la intimidad él podría llegar a quererla también. Se propuso conseguirlo a cualquier precio.

Se instalaron en la casa que Carlos había heredado de sus padres, en mal estado y en un vecindario venido a menos desde que Santiago se iba expandiendo hacia las faldas de los cerros, donde prefería vivir la clase pudiente, lejos de la niebla tóxica que solía ahogar a la ciudad. Por consejo de su madre, Lucía postergó la investigación de su libro, porque el tema era tan morboso que podía afectar a la psiquis del niño en gestación. «A nadie le conviene empezar la vida en el vientre de una mujer que anda buscando cadáveres», dijo Lena. Era la primera vez que se refería a los desaparecidos en esos términos, era como ponerle una lápida encima a su hijo.

Carlos estuvo de acuerdo con la teoría de su suegra y se plantó firme en la decisión de no ayudar a Lucía con el libro hasta después del parto. Esos meses de espera debían ser de alegría, dulzura y reposo, dijo, pero a Lucía el embarazo se le manifestó con radiante energía y en vez de tejer botines se dedicó a pintar la casa por dentro y por fuera. En los ratos libres tomó cursos prácticos y acabó tapizando los muebles de la sala y reemplazando la plomería de la cocina. Su marido llegaba de la oficina y la encontraba con un martillo y la boca llena de clavos, o arrastrando la panza debajo del fregadero con un soplete en la mano. Con el mismo entusiasmo atacó el patio, abandonado desde hacía una década, y con pala y picota lo convirtió en un jardín desordenado, donde convivían matas de rosas con lechugas y cebollas.

Estaba enfrascada en uno de sus proyectos de albañilería cuando se le mojaron los pantalones con sus aguas amnióticas. Creyó que se había orinado sin darse cuenta, pero su madre, que estaba de visita, llamó un taxi y se la llevó en volandas a la clínica de maternidad.

Daniela nació sietemesina y Carlos le echó la culpa de ese adelanto al comportamiento irresponsable de Lucía. Unos días antes, mientras pintaba nubes blancas en el techo celeste de la pieza de la niña, se había caído de la escalera. Daniela estuvo tres semanas en una incubadora y dos más en observación en la clínica. Esa criatura todavía cruda, con aspecto de mono despellejado, conectada a sondas y monitores, le producía a su padre un vacío en el estómago similar a las náuseas, pero cuando al fin la niña estuvo instalada en su cuna en la casa y le agarró el dedo meñique con determinación, lo conquistó para siempre. Daniela llegaría a ser la única persona ante quien Carlos Urzúa podía someterse, la única a quien sería capaz de amar.

La profecía pesimista de Lena Maraz no se cumplió y el matrimonio de su hija duró dos décadas. Durante quince de esos años Lucía mantuvo vivo el romance, sin que mediara ningún esfuerzo por parte de su marido, una proeza de imaginación y tenacidad. Antes de casarse Lucía había tenido cuatro amores importantes; el primero fue el supuesto guerrillero exiliado que conoció en Caracas, dedicado a la lucha teórica por el sueño socialista de igualdad, que no incluía a las mujeres, como ella habría de descubrir muy pronto, y el último un músico africano con músculos sinuosos y rastas decoradas con cuentas de plástico, que le confesó la existencia de dos esposas legítimas y varios hijos en Senegal. Lena llamaba «síndrome del árbol de Navidad» a esa tendencia de su hija a decorar el objeto de su fantasía con virtudes inventadas. Lucía escogía un pino ordinario y lo engalanaba con chirimbolos y guirnaldas de oropel, que con el tiempo se iban cayendo hasta dejar sólo el esqueleto de un árbol seco. Lena lo atribuía al karma; superar la tontería del árbol de Navidad era una de las lecciones que debía aprender su hija en esta reencarnación, para evitar la repetición del mismo error en la próxima. Era católica ferviente, pero había adoptado la idea del karma y la reencarnación con la esperanza de que su hijo Enrique volviera a nacer y alcanzara a cumplir una vida completa.

Durante años Lucía atribuyó la indiferencia de su marido a las presiones tremendas de su trabajo, sin sospechar que gastaba buena parte de su energía y su tiempo con amantes de paso. Convivían amablemente, cada uno en sus actividades, en su mundo y en su propia habitación. Daniela durmió en la cama de su madre hasta los ocho años. Lucía y Carlos hacían el amor cuando ella iba a la pieza de él en puntillas, para no despertar a la niña, humillada, porque la iniciativa era casi siempre suya.

Se conformaba con migajas de cariño, orgullosa de no pedir. Se valía sola y él se lo agradecía.

Richard

Norte de Nueva York

Las últimas horas del domingo pudieron haber sido eternas para Richard, Lucía y Evelyn, encerrados en la habitación del motel, con el olor a creosota y comida china, pero se les pasó volando contándose las vidas. Los primeros derrotados por el sueño fueron Evelyn y el chihuahua. La muchacha ocupaba un espacio mínimo de la cama que compartía con Lucía, pero Marcelo se apoderó del resto, estirado y con las patas tiesas.

—¿Cómo estarán los gatos? —preguntó Lucía a Richard a eso de las diez, cuando finalmente empezaron a bostezar.

—Bien. Llamé a mi vecina desde el restaurante chino. No quiero usar el celular porque pueden localizar la llamada.

—¿A quién le va a interesar lo que hables, Richard? Además, no se pueden intervenir los celulares.

—Esto ya lo hemos discutido, Lucía. Si encuentran el automóvil...

—Hay billones y billones de llamadas que se cruzan en el espacio —lo interrumpió ella—. Desaparecen miles y miles de vehículos cada día, los abandonan, los roban, los desmontan para vender repuestos, acaban convertidos en chatarra, los mandan de contrabando a Colombia...

—Y también se usan para echar cadáveres al fondo de un lago.

—¿Te pesa esta decisión?

—Sí, pero es tarde para arrepentirme. Me voy a dar una ducha —anunció Richard, y se fue al baño.

«Lucía se ve realmente bien con ese pelo de loca y sus botas de nieve», pensó Richard mientras el agua hirviendo le quemaba la espalda, perfecto remedio para la fatiga del día y las ronchas de las pulgas. Discutían por detalles, pero se llevaban bien; le gustaba esa mezcla de brusquedad y cariño de ella, la forma en que se lanzaba a la vida sin miedo, su expresión entre divertida y socarrona, su sonrisa torcida. En comparación él era un zombi a tropezones con la tercera edad, pero con ella revivía. Sería bueno envejecer juntos, de la mano, se dijo. Sentía martillazos en el corazón al imaginar cómo se vería el pelo pintarrajeado de Lucía sobre su almohada y sus botas al lado de su cama y su rostro tan cerca del suyo que podría perderse en sus ojos de princesa turca. «Perdóname, Anita», murmuró. Había estado solo mucho tiempo, había olvidado esa ternura áspera, ese desamparo en la boca del estómago, esa prisa de la sangre, esas ráfagas de deseo. «¿Será amor esto que me pasa? Si lo fuera no sabría qué hacer. Estoy enredado.» Le echó la culpa al cansancio; con la luz de la mañana se le despejaría la mente. Iban a deshacerse del coche y de Kathryn Brown, iban a despedirse de Evelyn Ortega y entonces Lucía volvería a ser solamente la chilena del sótano. Pero no quería que llegara ese momento, quería que se detuvieran los relojes y nunca tuvieran que despedirse.

Después de la ducha se puso la camiseta y los pantalones, porque le faltó valor para echar mano del pijama que tenía en la mochila. Si Lucía se había burlado del exhaustivo equipaje que empacó para sólo dos días, le iba a parecer ridículo que hubiera incluido un pijama. Y, pensándolo bien, lo era. Volvió reanimado a la habitación, consciente de que le sería difícil dormir; cualquier variación en sus rutinas le provocaba insomnio y más si le faltaba su almohada hipoalérgica de diseño ergonómico. Mejor no mencionarle jamás su almohada a Lucía, decidió. La encontró acostada en los escasos centímetros que el perro dejaba libre.

—Bájalo de la cama, Lucía —dijo, acercándose con la intención de hacerlo.

—Ni se te ocurra, Richard. Marcelo es muy sentimental, se ofendería.

—Dormir con animales es peligroso.

—¿Para qué?

—La salud, para empezar. Quién sabe qué enfermedades puede…

—Lo malo para la salud es lavarse las manos a cada rato, como haces tú. Buenas noches, Richard.

—Como quieras. Buenas noches.

Hora y media más tarde a Richard le comenzaron los primeros síntomas. Le pesaba el estómago y sentía un gusto raro en la boca. Se encerró en el baño y abrió todos los grifos para disimular la sonajera de sus tripas en ebullición. Abrió la ventana para disipar el olor y se quedó allí, tiritando en el excusado, maldiciendo la hora en que probó la comida china y preguntándose cómo era posible que él fuera el único enfermo de los tres. Los retortijones de vientre lo hicieron sudar frío. Al poco rato Lucía le golpeó la puerta.

—¿Estás bien?

—La comida estaba envenenada —murmuró.

—¿Puedo entrar?

—¡No!

—Abre, Richard, déjame ayudarte.

—¡No! ¡No! —gritó él con las pocas fuerzas disponibles.

Lucía forcejó con la puerta, pero él le había puesto el cerrojo. La odió en ese momento; lo único que deseaba era morirse allí mismo, sucio de caca y picado de pulgas, solo, completamente solo, sin testigos de su mortificación, que Lucía y Evelyn desaparecieran, que el Lexus y Kathryn se hicieran humo, que se le calmaran los espasmos del vientre, expulsar de una vez toda la porquería, ponerse a gritar de impotencia y rabia. Lucía le aseguró a través de la puerta que la comida no estaba mala, que a Evelyn y a ella no les cayó mal, que se le iba a pasar, eran sólo nervios, y se ofreció para hacerle un té. No le contestó, tenía tanto frío que se le había congelado la mandíbula. A los diez minutos, como si ella hubiera convocado un milagro, se le tranquilizaron los intestinos, pudo ponerse de pie, examinar su rostro verde en el espejo y darse otra larga ducha caliente, que calmó su temblor convulsivo. Un frío que partía los huesos entraba por la ventana, pero no se atrevió a cerrarla ni abrir la puerta, asqueado por el olor. Iba a quedarse allí hasta más no poder, pero comprendió que la idea de pasar la noche en el baño era poco práctica. Con las rodillas blandengues y todavía tiritando, salió finalmente, cerrando la puerta a sus espaldas, y se arrastró hasta la cama. Lucía, descalza, desmelenada y con una camiseta amplia que le llegaba a las rodillas, le trajo una taza humeante. Richard le pidió perdón por la fetidez, humillado hasta el tuétano.

—¿De qué hablas? Yo no huelo nada y Evelyn y Marcelo tampoco, los dos están durmiendo —respondió ella, poniéndole la taza en la mano—. Ahora vas a descansar y mañana estarás como nuevo. Hazme hueco, voy a dormir contigo.

—¿Qué has dicho?

—Que te corras, porque voy a meterme en tu cama.

—Lucía… no podías haber escogido un peor momento, estoy enfermo.

—¡Cómo te haces de rogar, hombre! Empezamos mal, a ti te corresponde tomar la iniciativa y en vez de eso me ofendes.

—Perdona, quise decir que…

—Déjate de mariconerías. Yo no molesto en nada, duermo sin moverme en toda la noche.

Y sin más se introdujo entre las sábanas y se acomodó con tres sacudones, mientras Richard, sentado en la cama, soplaba y sorbía su té, demorándose lo más posible, desconcertado, sin saber cómo interpretar lo que estaba sucediendo. Por último se tendió muy quieto a su lado, sintiéndose débil, dolorido y maravillado, completamente consciente de la inmensa presencia de esa mujer, de la forma de su cuerpo, su calor reconfortante, su extraña melena blanca, el contacto inevitable y excitante de su brazo contra el suyo, su cadera, su pie. Lucía había dicho la verdad: dormía de espaldas, con los brazos cruzados sobre el pecho, solemne y silenciosa como un caballero medieval tallado en la piedra de su sarcófago. Richard creyó que no iba a pegar ojo en las horas siguientes, que se quedaría despierto aspirando el aroma desconocido y dulce de Lucía, pero antes de terminar la idea se durmió. Feliz.

El lunes amaneció en calma. La tormenta se había disuelto finalmente millas adentro en el océano y la nieve cubría el paisaje como un manto de espuma, amortiguando todo sonido. Lucía dormía junto a Richard en la misma postura de la noche anterior y Evelyn dormía en la otra cama con el chihuahua enroscado en la almohada. Al despertar, Richard notó que todavía había olor a comida china en la habitación, pero ya no le molestaba como antes. Había pasado la noche inquieto al principio por la falta de costumbre de convivir y menos dormir con una mujer, pero el sueño lo sorprendió rápidamente y se fue flotando sin gravedad en el espacio sideral, un abismo vacío e infinito. Antes, cuando bebía demasiado, solía caer en un estado similar, pero ese era un estupor pesado muy diferente a la bendita paz de esas últimas horas en el motel con Lucía a su lado. Vio en su celular que ya eran las ocho y cuarto de la mañana y le sorprendió haber dormido tantas horas después del bochornoso episodio del excusado. Se levantó sigilosamente para ir a buscar café fresco para Lucía y Evelyn; necesitaba ventilarse y repasar los acontecimientos del día y de la noche anteriores, se sentía convulso por dentro, sacudido por un ciclón de emociones nuevas. Había despertado con la nariz en el cuello de Lucía, un brazo atravesado sobre su cintura y una erección de adolescente. El calor íntimo de esa mujer, su respiración tranquila, su cabeza desmelenada, todo era mejor de lo que imaginaba y le provocaba una mezcla de intenso erotismo e insoportable dulzura de abuelo.

Pensó vagamente en Susan, con quien se encontraba regularmente en un hotel de Manhattan como una medida profiláctica. Se avenían bien y una vez satisfecha la necesidad de los cuerpos, conversaban de todo menos de sentimientos. Nunca habían dormido juntos, pero si les alcanzaba el tiempo iban a comer a un restaurante marroquí muy discreto y después se separaban como buenos amigos. Si se cruzaban por casualidad en alguno de los edificios de la universidad, se saludaban con amable indiferencia, que no era una fachada para encubrir la relación clandestina, sino lo que ambos realmente sentían. Se estimaban, pero la tentación de enamorarse jamás había surgido.

Lo que sentía por Lucía no podía compararse, era lo opuesto. Con ella, a Richard se le borraron décadas del calendario y volvió a los dieciocho años. Se creía inmune y de repente se vio convertido en un muchacho víctima de las hormonas. Si ella llegara a adivinarlo se burlaría de él sin piedad. En las horas benditas de la noche estuvo acompañado por primera vez en veinticinco años, muy cerca de ella, respirando juntos. Fue muy sencillo dormir con ella y muy complicado lo que ahora le pasaba, esa mezcla de felicidad y terror, de anticipación y ganas de salir huyendo, esa urgencia del deseo.

«Esto es una locura», decidió. Quería hablarle, aclarar las cosas, averiguar si ella sentía lo mismo, pero no iba a precipitarse, podía asustarla y arruinarlo todo. Además, con Evelyn allí era muy poco lo que podrían hablar. Debía esperar, pero la espera se le estaba haciendo imposible; quizá al día siguien-

193

te ya no estarían juntos y habría pasado el momento de decirle lo que debía decirle. Si se atreviera, le soltaría allí mismo, sin preámbulos, que la quería, que la noche anterior deseaba abrazarla y no soltarla más. Si al menos tuviera un atisbo de qué pensaba ella, se lo diría. ¿Qué podía ofrecerle? Llevaba un tremendo bagaje encima; a su edad todo el mundo tenía bagaje, pero el suyo pesaba como granito.

Por segunda vez podía observarla dormida. Parecía una niña, no se había dado cuenta de que él se había levantado, como si fueran una vieja pareja que había compartido cama durante años. Quería despertarla a besos, decirle que le diera una oportunidad, invitarla a que lo invadiera, se instalara en su casa, que ocupara hasta el último resquicio de su vida con su cariño irónico y mandón. Nunca había estado tan seguro de algo. Imaginó que si Lucía llegara a quererlo sería un milagro. Se preguntó cómo había esperado tanto para darse cuenta de ese amor que lo ahogaba, que llenaba cada fibra de su ser, en qué estaba pensando. Había perdido cuatro meses como un puro bobalicón. Ese torrente de amor no podía ser producto del momento, tenía que haber ido creciendo desde septiembre, cuando ella llegó. Le dolía el pecho de miedo, como una herida deliciosa. «Bendita seas, Evelyn Ortega —pensó—, gracias a ti sucedió este milagro. Milagro, no hay otra definición para esto que siento.»

Había abierto la puerta en busca de aire frío, de oxígeno y de calma, pues se estaba ahogando en la avalancha súbita e incontenible de sentimientos. Richard no alcanzó a dar ni un paso afuera, porque se encontró cara a cara con un alce. El susto lo lanzó hacia atrás con una exclamación que despertó a Lucía y a Evelyn. Sin compartir su sorpresa, el animal se agachó para introducir su cabezota dentro de la habitación, pero las voluminosas astas planas se lo impidieron. Evelyn se encogió aterrorizada, nunca había visto un monstruo semejante, mientras Lucía buscaba afanosamente el celular para tomarle una foto. Posiblemente el alce se hubiera instalado en la pieza sin la intervención de Marcelo, quien se encargó del problema con su vozarrón ronco de perro de guerra. El alce retrocedió, sacudiendo los fundamentos del edificio de madera al estrellar las astas contra el umbral, y se alejó trotando despedido por un coro de risas nerviosas y ladridos furibundos.

Sudando por la descarga de adrenalina, Richard anunció que iba a buscar café mientras ellas se vestían, pero no alcanzó a llegar lejos. A pocos pasos de la puerta el alce había depositado un montón de excremento fresco, dos kilos de pelotillas blandas donde él metió la bota hasta el tobillo. Soltó una maldición y se fue saltando en un pie a la recepción, que por fortuna tenía una ventanilla que daba al estacionamiento, a pedir una manguera para lavarse. Había puesto tanto cuidado en que nadie se fijara en ellos ni pudiera recordarlos durante su peregrinaje temerario, y ese animal, con su desfachatez, había echado sus precauciones por tierra. «Si hay algo memorable es un idiota encharcado en caca», concluyó Richard. Pésimo augurio para el resto del viaje. ¿O sería buen augurio? «Nada malo puede suceder —decidió—, estoy protegido por esta chiquillada de haberme enamorado.» Y se echó a reír, porque si no fuera por el descubrimiento del amor, que pintaba el mundo con colores ardientes, se creería víctima de un maleficio. Como si el asunto de la desdichada Kathryn Brown fuera insuficiente, le tocaba mal tiempo, pulgas, comida envenenada, úlcera y cagatina propia y otra del alce.

Evelyn

Frontera de México y Estados Unidos

Los días se hacían inacabables para Evelyn Ortega en el tedio y el calor sofocante del campamento de Nuevo Laredo, pero apenas empezaba el frescor de la noche, el lugar se transformaba en una ratonera de actividad clandestina y de vicios. Cabrera les había advertido a Evelyn y sus otros pasajeros que no se mezclaran con nadie y se cuidaran de mostrar dinero, pero resultó imposible. Estaban rodeados de migrantes como ellos, pero mucho más necesitados. Algunos llevaban meses pasando penurias, habían intentado cruzar el río varias veces sin lograrlo o habían sido arrestados al otro lado y deportados a México, porque enviarlos a sus países de origen salía más caro. La mayoría no podía pagar a los coyotes. Los más patéticos eran los niños que viajaban solos, ni el más tacaño podría abstenerse de ayudarlos. El grupo de Evelyn compartió sus provisiones y el agua limpia con dos hermanos que andaban siempre de la mano, un niño de ocho años y una niña de seis. Habían escapado hacía un año de la casa de unos tíos que los maltrataban en El Salvador, habían vagado por Guatemala viviendo de caridad y llevaban meses andando de un lado a otro en México, uniéndose a otros migrantes que los adoptaban temporalmente. Pretendían encontrar a su madre en Estados Unidos, pero no sabían en qué ciudad.

Por la noche los pasajeros de Cabrera dormían por turnos para impedir que les robaran hasta el alma. Al segundo día cayeron unos chubascos, se mojaron los cartones y quedaron a la intemperie, como el resto de esa lamentable población itinerante. Así llegó la noche del sábado y entonces el campamento pareció despertar de su letargo, como si todos hubieran estado aguardando ese cielo sin luna. Mientras varios migrantes se preparaban para afrontar el río, los bandidos y policías municipales se pusieron en acción.

Pero Cabrera ya había negociado el salvoconducto para su grupo con las pandillas y con los uniformados; la noche siguiente, cuando se nubló el cielo y ni las estrellas brillaban, llegó el conocido de Cabrera, un hombre bajo, puros huesos y piel amarillenta, con la mirada vaga del adicto endurecido, que se presentó como El Experto. Cabrera les aseguró que a pesar de su dudoso aspecto, nadie estaba mejor cualificado que él; en tierra era un pobre diablo, pero en el agua era de absoluta confianza, conocía las corrientes y remolinos como nadie. Cuando estaba sobrio pasaba la vida estudiando el movimiento de las patrullas y de las poderosas luces de la noche; sabía elegir el momento de echarse al agua, cruzar entre dos pasadas del rayo de luz y llegar al lugar preciso entre las malezas para no ser vistos. Cobraba en dólares y por persona, un costo ineludible para el coyote, porque sin su pericia y audacia sería muy difícil dejar a sus pasajeros en suelo americano. «¿Saben nadar?», les preguntó El Experto. Ninguno pudo darle una respuesta afirmativa. Les indicó que no podían llevar consigo nada, sólo documentos de identidad y dinero, si es que les quedaba algo. Les hizo quitarse la ropa y las zapatillas y ponerlas en bolsas de basura de plástico negro, después las amarró al neumático de camión que les serviría de balsa. Les mostró cómo sujetarse con un brazo y nadar con el otro, sin patalear para evitar el ruido. «El que se suelte se chingó», les dijo.

Berto se despidió del grupo con abrazos y sus últimas recomendaciones. Dos de sus pasajeros, en calzoncillos, fueron los primeros en entrar al río, se aferraron al neumático y partieron guiados por El Experto. Se perdieron de vista en la negrura de las aguas. Quince minutos más tarde el hombre regresó andando por la orilla con el neumático a rastras. Había dejado a los otros dos en un islote en medio del río, escondidos entre las cañas, esperando al resto del grupo. Berto Cabrera le dio un último abrazo a Evelyn con lástima, porque dudaba de que esa infeliz pudiera sobrevivir a los obstáculos de su destino.

—A ti no te veo capaz de andar ciento treinta y cinco kilómetros por el desierto, chamaca. Obedécele a mi socio, él sabe qué hacer contigo.

El río resultó ser más peligroso de lo que parecía desde la orilla, pero ninguno vaciló, porque disponían de pocos segundos para sortear los rayos de luz. Evelyn entró al torrente en bragas y sostén, con sus compañeros a ambos lados, dispuestos a ayudarla si flaqueaba. Temía ahogarse, pero más temía que por su culpa todos fueran descubiertos. Se tragó una exclamación de susto al zambullirse en el agua fría y comprobar que el lecho era blanduzco y pasaban rozándola ramas, basura y tal vez culebras acuáticas. La circunferencia de goma mojada era resbaladiza, su brazo sano apenas alcanzaba a rodearla y el otro iba apretado contra el pecho; a los pocos segundos ya no tocaba fondo con los pies y la corriente la zarandeó. Se hundía y reaparecía en la superficie tragando agua y tratando desesperadamente de no soltarse. Uno de los hombres alcanzó a cogerla por la cintura antes de que la corriente la arrastrara. Le indicó que usara ambos brazos para sujetarse, pero Evelyn sentía un dolor insoportable en el hombro dislocado, que no había tenido tiempo de sanar, y no le respondían ni el brazo ni la mano. Sus compañeros la levantaron y la colocaron boca arriba sobre el neumático, ella cerró los ojos y se dejó llevar, entregada a su suerte.

El trayecto duró muy poco, apenas unos minutos, y se encontraron en el islote, donde se reunieron con los otros dos viajeros. Agazapados en la vegetación sobre un suelo arenoso, inmóviles, observaron la orilla estadounidense, tan próxima que podían escuchar la conversación de un par de patrulleros montando guardia junto a un vehículo provisto de un potente foco dirigido hacia el sitio donde ellos se hallaban. Pasó más de una hora sin que El Experto diera muestras de impaciencia; en verdad parecía haberse quedado dormido, mientras ellos temblaban de frío, con los dientes castañeteando y conscientes de los insectos y reptiles que caminaban sobre su cuerpo. A eso de la medianoche, El Experto se sacudió el sueño, como si tuviera una alarma interna, y en ese exacto momento el vehículo apagó el foco y lo oyeron alejarse.

—Tenemos menos de cinco minutos antes de que llegue la patrulla de relevo. En esta parte hay menos corriente, vamos a ir todos juntos y vamos a patalear, pero al otro lado no pueden hacer ni el menor ruido —les ordenó.

Entraron de nuevo al río, aferrados al neumático, que con el peso de seis personas se hundió a ras del agua, y lo impulsaron en línea recta. Poco después tocaron fondo y agarrándose de las cañas treparon la pantanosa pendiente de la otra orilla, ayudando a Evelyn entre todos. Habían llegado a Estados Unidos.

Instantes más tarde oyeron el motor de otro vehículo, pero ya estaban protegidos por la vegetación, fuera del alcance de las luces de reconocimiento. El Experto los condujo tierra adentro. Avanzaron a tientas en fila india, de la mano para no perderse en la oscuridad, apartando las cañas, hasta un pequeño claro, donde el guía encendió una linterna apuntando al suelo, les entregó las bolsas y les indicó con gestos que se vistieran. Se quitó la camiseta mojada y con ella volvió a sujetar el brazo contra el pecho a Evelyn, que había perdido la venda en el río. En ese momento ella se dio cuenta de que ya no tenía el sobre de plástico con los papeles que le había dado el padre Benito. Lo buscó por el suelo en la luz tenue de la linterna, con la esperanza de que se le hubiera caído allí mismo, pero al no encontrarlo entendió con preocupación que se lo llevó la corriente cuando su compañero la rescató sujetándola por la cintura. En esa maniobra se desprendió la cincha con el sobre. Había perdido la estampa bendecida por el Papa, pero tenía todavía al cuello el amuleto de la diosa-jaguar que debía protegerla del mal.

Estaban terminando de vestirse cuando apareció de la nada, como un espectro de la noche, el socio de Cabrera, un mexicano con tantos años en Estados Unidos, que hablaba español con acento enrevesado. Les tendió unos termos con café caliente mezclado con licor, que bebieron en silencio, agradecidos, mientras El Experto se marchaba sigilosamente, sin despedirse.

Entre susurros el socio ordenó a los hombres que lo siguieran en fila y a Evelyn que caminara sola en dirección contraria. La muchacha quiso protestar, pero no pudo emitir ni un sonido, muda y horrorizada ante el hecho de haber llegado hasta allí y ser traicionada.

—Me dijo Berto que tienes a tu madre aquí. Entrégate al primer guardia o patrulla que te salga al encuentro. No te van a deportar porque eres menor de edad —le dijo el socio, seguro de que a esa niña nadie le calcularía más de unos doce años. Evelyn no le creyó, pero sus compañeros habían oído que así era la ley en Estados Unidos. Le dieron un rápido abrazo y siguieron al socio, esfumándose de inmediato en la oscuridad.

Cuando Evelyn pudo reaccionar, sólo atinó a acurrucarse temblando entre las malezas. Trató de rezar en un murmullo, pero ninguna de las muchas oraciones de su abuela le vino a la memoria. Así pasó una hora, dos, quizá tres, perdió el sentido del tiempo y la capacidad de moverse, tenía el cuerpo agarrotado y un dolor sordo en el hombro. En algún momento percibió un largo aleteo furioso por encima de su cabeza y adivinó que eran murciélagos volando en busca de alimento, como los de Guatemala. Se hundió aún más en la vegetación, aterrada, porque todo el mundo sabía que chupaban la sangre humana.

Para no pensar en vampiros, serpientes o escorpiones, se concentró en idear algún plan para salir de allí. Seguramente vendrían otros grupos de migrantes a los que podría unirse, sólo era cuestión de esperar despierta. Invocó a la madre jaguar y a la madre de Jesús, como le había indicado Felicitas, pero ninguna de las dos acudió a socorrerla; esas madres divinas perdían sus poderes en Estados Unidos. Estaba totalmente abandonada.

Quedaban pocas horas de oscuridad, pero se estiraron eternamente. Poco a poco se le acostumbraron los ojos a la noche sin luna, que al principio parecía impenetrable, y pudo distinguir el tipo de vegetación a su alrededor, pastos altos y secos. La noche fue un largo tormento para Evelyn, hasta que por fin se anunció la luz del alba, que llegó de repente. En todas esas horas no había sentido a nadie cerca, ni migrantes ni guardias. Apenas comenzó a aclarar se atrevió a echar una mirada a su entorno. Estaba entumecida, le costó ponerse de pie y dar un par de pasos, tenía hambre y mucha sed, pero el brazo ya no le dolía. Sintió un anticipo del calor del día por el vapor elevándose del suelo como un velo de novia. La noche había sido silenciosa, interrumpida sólo por las advertencias de los altoparlantes a lo lejos, pero al amanecer despertó la tierra con el zumbido de insectos, el crujir de ramas bajo las patitas de roedores, el quejido de las cañas en la brisa y un ir y venir de gorriones en el aire. Aquí y allá vio manchas de color en los arbustos, un pájaro brujo de pecho rojo, una curruca amarilla o un arrendajo verde de cabeza azul, aves modestas comparadas con las de su aldea. Había crecido entre la algarabía de pájaros, plumas de mil colores, setecientas especies, paraíso de ornitólogos, según el padre Benito. Prestó oído a las severas advertencias en español de los altoparlantes y trató en vano de calcular la distancia a los puestos fronterizos, a las torres de control y al camino, si lo había. No tenía ni idea de dónde estaba. Le volvieron en oleadas las historias que circulaban de boca en boca entre los migrantes acerca de los peligros del norte, el desierto despiadado, los rancheros que disparaban a mansalva a quienes pisaran su propiedad en busca de agua, los guardias armados para dar batalla, los perros bravos entrenados para oler el sudor del miedo, las prisiones donde se podía pasar años sin que nadie supiera de uno. Si eran como las de Guatemala, ella prefería morir antes de ir a dar a una de esas celdas.

El día se arrastró hora a hora, minuto a minuto, con atroz lentitud. El sol se desplazó en el cielo, incendiando la tierra con un calor seco de brasas ardientes, muy diferente al que Evelyn conocía. Era tanta su sed, que dejó de sentir hambre. A falta de un árbol que diera sombra, escarbó la tierra con un palo entre unas matas, para espantar a las culebras, y allí se acurrucó como pudo, después de clavar el palo en el suelo, para que el desplazamiento de la sombra le indicara el transcurso del tiempo, como había visto hacer a su abuela. Oyó a intervalos regulares el paso de vehículos y de helicópteros volando bajo, pero al comprender que siempre hacían el mismo recorrido, dejó de prestarles atención. Estaba confundida, sentía la cabeza llena de algodón, los pensamientos se le atropellaban en la mente. Por el palo dedujo el mediodía y esa fue la hora de las primeras alucinaciones, las formas y colores de la ayahuasca, armadillos, ratas, los cachorros de jaguar sin su madre, el perro negro de Andrés, muerto hacía cuatro años, que llegó en perfecta salud a visitarla. Durmió a ratos, agobiada por la incandescente canícula, aturdida de fatiga y sed.

Fue cayendo la tarde con la mayor parsimonia sin que bajara la temperatura. Una víbora negra, larga y gruesa le pasó por encima de una pierna como una terrible caricia. Petrificada, la muchacha esperó sin respirar, sintiendo el peso del reptil, el roce de su piel satinada, la ondulación de cada músculo de ese cuerpo de manguera deslizándose sin prisa. No se parecía a ninguna de las culebras de su aldea. Cuando el reptil se alejó, Evelyn se puso de pie de un salto y aspiró aire a bocanadas, mareada por un formidable golpe de terror, con el corazón al galope. Le costó horas reponerse y bajar la guardia; no le dieron las fuerzas para permanecer el día entero de pie escudriñando el suelo. Tenía los labios partidos, sangrantes, la lengua hinchada como un molusco en la boca seca, la piel ardiente de fiebre.

Por fin cayó la noche y empezó a refrescar. Para entonces Evelyn estaba exhausta, ya no le importaban serpientes, murciélagos, guardias con fusiles ni monstruos de pesadilla, sólo sentía la necesidad impostergable de beber agua y descansar. Enroscada en el suelo se entregó a la desgracia y la soledad deseando morir pronto, morir dormida y no despertar más.

La muchacha no murió esa segunda noche en territorio estadounidense, como esperaba. Despertó al amanecer en la misma postura en que se acostó, sin recordar lo sucedido desde que dejó el campamento de Nuevo Laredo. Estaba deshidratada y necesitó varios intentos para estirar las piernas, ponerse en pie, acomodarse el brazo en cabestrillo y dar un par de pasos de anciana. Le dolía cada fibra del cuerpo, pero lo más presente era la sed. Antes que nada debía hallar agua. No podía enfocar la vista ni pensar, pero había vivido siempre en la naturaleza y la experiencia le indicó la cercanía de agua; estaba rodeada de juncos y maleza, sabía que crecen donde hay humedad. Impulsada por la sed y la angustia echó a andar sin rumbo, apoyada en el mismo palo que antes le sirviera para determinar la hora.

Alcanzó a avanzar unos cincuenta metros zigzagueando, cuando la detuvo el ruido de un motor muy cercano. Instintivamente se tiró de bruces por tierra y se aplastó entre los altos pastos. El vehículo pasó muy cerca y pudo escuchar la voz de un hombre en inglés y otra voz cascada, como de una radio o teléfono, respondiendo. Permaneció inmóvil mucho rato después de que el motor se hubo alejado y por fin la sed la obligó a seguir gateando entre los pastizales en busca del río. Espinas le arañaban la cara y el cuello, una rama le desgarró la camiseta y las piedras le abrieron llagas en las manos y las rodillas. Se puso de pie y siguió agachada, a tientas, sin atreverse a asomar la cabeza para orientarse. La mañana recién comenzaba, pero ya la reverberación de la luz era cegadora.

De pronto le llegó el sonido del río con la claridad de otra alucinación y eso le dio ánimo para apurar el paso, olvidando toda precaución. Primero sintió el barro en los pies y enseguida, apartando los pastizales, se encontró frente al Río Grande. Con un grito se lanzó al agua hasta la cintura, bebiendo a dos manos, desesperadamente. El agua fría la recorrió por dentro como una bendición, bebió y bebió a tragos profundos, sin pensar en la mugre y los animales muertos que flotaban en esas aguas. Allí el río no era profundo y pudo agacharse y sumergirse por completo, sintiendo el placer infinito del agua en la piel resquebrajada, en el brazo dislocado, en la cara rasguñada, mientras su largo pelo negro flotaba como algas a su alrededor.

Acababa de salir del río y estaba tendida en la orilla, volviendo de a poco a la vida, cuando la descubrieron los patrulleros.

La agente de inmigración que le correspondió a Evelyn Ortega cuando fue detenida en la frontera se encontró en uno de los cubículos frente a una niña cabizbaja, encogida y temblorosa, que no había tocado el jugo de fruta ni las galletas que le puso sobre la mesa para darle confianza. Quiso tranquilizarla con una leve caricia en la cabeza y sólo consiguió asustarla más. Le habían advertido de que la chica tenía problemas mentales y solicitó un poco más de tiempo para la entrevista. Muchos de los menores que pasaban por allí estaban traumatizados, pero sin una orden oficial era imposible conseguir una evaluación psicológica. Debía confiar en su intuición y experiencia.

Ante el silencio pertinaz de la niña creyó que no entendía español. Tal vez hablaba sólo maya, y gastó preciosos minutos antes de darse cuenta de que entendía sin dificultad, pero sufría un impedimento del habla, entonces le dio papel y lápiz para anotar las respuestas, rogando que supiera escribir; la mayoría de los niños que llegaban al Centro de Detención nunca habían asistido a la escuela.

—¿Cómo te llamas? ¿De dónde vienes? ¿Tienes algún familiar aquí?

Evelyn anotó con buena caligrafía su nombre, el de su aldea y su país, el nombre de su madre y un número. La agente suspiró aliviada.

—Esto facilita mucho las cosas. Vamos a llamar a tu madre para que te venga a buscar. Te dejarán ir con ella temporalmente, hasta que un juez decida sobre tu caso.

Evelyn pasó tres días en el Centro de Detención sin hablar con nadie, aunque estaba rodeada de mujeres y niños provenientes de Centroamérica y México. Muchos eran de Guatemala. Tenían dos comidas diarias, leche y pañales para los niños menores, camas de campaña y frazadas militares, muy necesarias porque el aire acondicionado mantenía una temperatura invernal, que provocaba una epidemia constante de tos y refrío. Era un lugar de paso, nadie se quedaba allí por mucho tiempo, los detenidos eran trasladados lo antes posible a otras instalaciones. Los menores con parientes en Estados Unidos eran entregados sin averiguar demasiado, porque faltaban tiempo y personal para ocuparse de cada caso.

No fue Miriam quien acudió a buscar a Evelyn, sino un hombre llamado Galileo León, quien se presentó como su padrastro. Ella nada sabía de su existencia y se plantó firme en su decisión de no irse con él, porque había oído hablar sobre chulos y traficantes que acechaban a los menores. A veces los niños eran reclamados por desconocidos, que se los llevaban con sólo firmar un papel. Un oficial tuvo que llamar a Miriam por teléfono para que aclarara la situación y así se enteró Evelyn de que su madre tenía marido. Muy pronto descubriría que además de padrastro tenía dos medio hermanos, de cuatro y tres años.

—¿Por qué no vino la madre de la niña a buscarla? —le preguntó el oficial de turno a Galileo León.

—Porque perdería el trabajo. No se crea que esto es fácil para mí tampoco. Estoy perdiendo cuatro días de ganancia por culpa de esta chava. Soy pintor y mis clientes no esperan —replicó el hombre en un tono humilde, que contrastaba con sus palabras.

—Le vamos a entregar a la chica bajo la presunción de temor creíble. ¿Entiende lo que es eso?

—Más o menos.

—El juez debe decidir si son válidas las razones por las cuales la chica salió de su país. Evelyn tendrá que demostrar un miedo tangible y concreto, por ejemplo, que fue agredida o está bajo amenaza. Usted se la va a llevar en libertad bajo palabra.

—¿Hay que pagar una fianza? —preguntó el hombre, alarmado.

—No. Es una cifra nominal que se anota en el libro, pero no se le cobra al migrante. Le notificarán por correo a casa de su madre la fecha para presentarse a un tribunal de inmigración. Antes de la audiencia Evelyn se entrevistará con un oficial de asilo.

—¿Un abogado? No podríamos pagarlo… —dijo León.

—El sistema está un poco atascado, porque llegan muchos niños a pedir asilo. La realidad es que ni la mitad consigue consejero, pero si le toca uno, es gratis.

—Afuera me dijeron que por tres mil dólares me lo consiguen.

—Son traficantes y estafadores, no les crea. Espere la notificación del tribunal, es todo lo que tiene que hacer por el momento —agregó el oficial, dando por terminado el trámite.

Hizo una copia de la licencia de conducir de Galileo León para agregarla a la ficha de Evelyn, una medida casi inútil, porque el Centro no tenía capacidad para seguir la pista de cada niño. Se despidió de Evelyn apurado; lo esperaban varios casos más ese día.

Galileo León, nacido en Nicaragua, había inmigrado ilegalmente a Estados Unidos a los dieciocho años, pero había obtenido la residencia acogiéndose a la ley de Amnistía de 1995. Por desidia no había hecho los trámites para hacerse ciudadano. Era de corta estatura, pocas palabras y mal gestado; a primera vista no inspiraba confianza ni simpatía.

La primera parada fue en Walmart para comprarle ropa y artículos de aseo. La muchacha creyó estar soñando al ver las dimensiones de la tienda y la variedad infinita de artículos, cada uno en diferentes colores y tamaños, un laberinto de pasillos llenos a reventar. Temiendo perderse para siempre, se aferró al brazo del padrastro, quien se orientó como un explorador fogueado, la llevó directamente a la sección correspondiente y le indicó que escogiera ropa interior, camisetas, tres blusas, dos vaqueros, una falda, un vestido y zapatos para salir. Aunque le faltaba poco para cumplir dieciséis años, su talla correspondía a la de una niña estadounidense de diez o doce. Confundida, Evelyn quiso elegir lo más barato, pero no conocía la moneda y se demoraba demasiado.

—No te fijes en los precios, aquí todo es barato y tu mamá me dio dinero para vestirte —le explicó Galileo.

De allí la llevo a un McDonald's a comer hamburguesas con papas fritas y una copa gigantesca de helado coronada con una guinda, que en Guatemala habría alcanzado para una familia completa.

—¿A vos nadie te enseñó a dar las gracias? —le preguntó el padrastro con más curiosidad que intención de reproche.

Evelyn asintió, sin atreverse a mirarlo, lamiendo la última cucharada del helado.

—¿Me tenés miedo acaso? No soy ningún ogro.

—Gra… gra… soy… —balbuceó ella.

—¿Sos tonta o tartamuda?

—Tar… tar…

—Ya veo, perdona —la interrumpió Galileo—. Si no podés hablar como los cristianos, no sé cómo te las vas a arreglar en inglés. ¡Vaya lío! ¿Qué vamos a hacer con vos?

Pasaron la noche en un motel de camioneros en la carretera. La pieza era mugrienta, pero tenía una ducha caliente. Galileo le ordenó que se bañara, dijera sus oraciones y se acostara en la cama de la izquierda, porque él siempre dormía cerca de la puerta, era una manía suya. «Voy a salir a fumar y cuando vuelva quiero verte dormida», le dijo. Evelyn obedeció a toda prisa. Se dio una ducha corta y se acostó vestida y con zapatillas, tapada hasta la nariz con el cobertor, fingiendo que dormía y planeando la fuga apenas ese hombre la tocara. Se sentía muy cansada, le dolía el hombro y el temor le cerraba el pecho, pero invocó a su abuela y eso le dio valor. Sabía que su mamita habría ido a la iglesia a prender velas por ella.

Galileo tardó más de una hora en regresar. Se quitó los zapatos, entró al baño y cerró la puerta. Evelyn escuchó correr el agua en el excusado y por el rabillo del ojo lo vio regresar a la habitación en calzoncillos, camiseta y calcetines. Se preparó para saltar de la cama. Su padrastro colgó los pantalones en la única silla disponible, le puso cerrojo a la puerta y apagó la luz. Por los visillos gastados de la ventana entraba el reflejo azul de un aviso de neón con el nombre del motel y en la penumbra Evelyn lo vio hincarse junto a la cama que le correspondía. En un murmullo, Galileo León rezó largamente. Cuando por fin se metió en su cama, Evelyn estaba dormida.

Richard

Salieron del motel a las nueve con sólo un café en el cuerpo y hambre. Lucía exigió que fueran a desayunar a alguna parte, necesitaba comida caliente en un plato normal, nada de cartones y palillos chinos, dijo. Acabaron en un Denny's, las mujeres frente a un banquete de panqueques con miel, mientras Richard cuchareaba una avena insípida. Al salir de Brooklyn el día anterior habían acordado andar separados en público, pero con el transcurso de las horas la cautela se fue aflojando, empezaban a sentirse tan cómodos juntos que hasta Kathryn Brown había sido incorporada al grupo con naturalidad.

El camino se presentaba mejor que el día anterior. Había nevado muy poco durante la noche y la temperatura seguía varios grados bajo cero, pero había cesado el viento y la nieve había sido despejada de los caminos. Pudieron ir más rápido y a esa velocidad Richard calculó que estarían en la cabaña alrededor del mediodía con buena luz para disponer del Lexus. Sin embargo, hora y media más tarde, al dar una curva, se encontró a cien metros de las luces intermitentes azules y rojas de varios carros de la policía bloqueando la carretera. No había desvío y si daba media vuelta llamaría la atención.

El estómago le subió a la garganta con el contenido del desayuno y se le llenó la boca de bilis. Náusea y un reflejo fantasma de la diarrea anterior lo alarmaron. Tanteó el bolsillo superior de la chaqueta, donde normalmente llevaba sus pastillas rosadas, sin encontrarlas. Por el espejo retrovisor vio a Lucía detrás de él, haciéndole una señal optimista con los dedos cruzados. Delante había varios vehículos detenidos, una ambulancia y un autobomba. Un patrullero le indicó que se pusiera en la cola. Richard se quitó el verdugo de esquiar y le preguntó qué sucedía en el tono más tranquilo que fue capaz de articular.

—Choque múltiple.

—¿Alguna fatalidad, oficial?

—No estoy en condiciones de dar esa información.

Con la frente apoyada en los brazos sobre el volante, descompuesto, Richard esperó con los demás conductores, contando los segundos. Se le había desencadenado un incendio en el estómago y en el esófago.

No recordaba haber tenido una acidez tan feroz como esa, temió que se le hubiera reventado la úlcera y estuviera sangrando por dentro. Había que ver la jodida mala suerte de que le tocara un atasco justamente en ese momento, cuando tenían un muerto a cuestas y necesitaba un baño urgentemente, se le podían retorcer los intestinos. ¿No sería apendicitis lo que tenía? La avena había sido un error, no recordó que aflojaba las tripas. «Si estos jodidos policías no despejan la vía, me lo voy a hacer aquí mismo, es lo último que me faltaba. Qué va a pensar Lucía, que soy una piltrafa de hombre, un mentecato con diarrea crónica», dijo en voz alta.

Los minutos se arrastraban con lentitud de caracol en el reloj del automóvil. En eso sonó su celular.

—¿Estás bien? Pareces desmayado. —La voz de Lucía le llegó del cielo.

—No sé —le contestó, levantando la cabeza del volante.

—Es psicosomático, Richard. Estás nervioso. Tómate tus píldoras.

—Están en mi bolso en tu auto.

—Te las llevo.

—¡No!

Vio a Lucía bajarse del Subaru por una puerta y a Evelyn por la otra con Marcelo en brazos. Lucía se acercó al Lexus con la mayor naturalidad y le golpeó la ventanilla con los nudillos. Él bajó el vidrio dispuesto a recibirla a gritos, pero ella le pasó rápidamente las pastillas en el instante que uno de los patrulleros se acercaba a grandes trancos.

—¡Miss! ¡Permanezca dentro de su vehículo! —le ordenó.

—Perdone, oficial. ¿No tiene un fósforo? —le preguntó ella haciendo el gesto universal de llevarse un cigarrillo a los labios.

—¡Suba a su vehículo! ¡Y usted también! —le gritó el hombre a Evelyn.

Esperaron treinta y cinco minutos, el Subaru con los motores en marcha para mantener encendida la calefacción, y el Lexus convertido en refrigerador, antes de que empezaran a despejar el accidente. Una vez que se fueron las ambulancias y la autobomba, la policía autorizó a partir a los vehículos alineados en ambas direcciones. Al pasar frente al choque vieron una camioneta volcada con las cuatro ruedas en el aire, un automóvil irreconocible, con el frente totalmente achicharrado, que se había estrellado por detrás, y un tercero que se le montó encima. El día estaba claro, la tormenta había pasado y ninguno de los tres conductores pensó en el hielo negro.

Richard se había echado cuatro antiácidos a la boca. Todavía notaba la bilis y continuaban las llamaradas en el estómago. Iba doblado sobre el volante, bañado de sudor frío, con la vista nublada de dolor, cada minuto más convencido de que se estaba desangrando por dentro. Por el celular le avisó a Lucía de que no aguantaba más y se detuvo en el primer recodo de la carretera que encontró. Ella se estacionó detrás en el momento en que él abría la puerta y vomitaba estrepitosamente sobre el pavimento.

—Vamos a buscar ayuda. Debe de haber un hospital por aquí —dijo Lucía, pasándole una servilleta de papel y una botella de agua.

—Nada de hospital. Se me va a pasar. Necesito un baño…

Sin darle oportunidad a Richard de contradecirla, Lucía le ordenó a Evelyn que manejara el Subaru y ella se instaló al volante del Lexus. «Ve despacio, Lucía. Ya has visto lo que puede pasar si el coche patina», le dijo Richard antes de echarse en posición fetal en el asiento trasero. Pensó que exactamente en esa misma postura, separada de él por el respaldo del asiento y un tabique de plástico, estaba Kathryn Brown.

Cuando Richard vivía en Río de Janeiro se bebía metódicamente; era una obligación social, parte de la cultura, requisito indispensable en cualquier reunión, incluso de trabajo, paliativo en una tarde lluviosa o un mediodía caliente, incentivo para la discusión política, remedio para el resfrío, la tristeza, los amores contrariados o el desencanto después de un partido de fútbol. Richard no había vuelto en muchos años a esa ciudad, pero suponía que todavía sería así. Ciertas costumbres tardan varias generaciones en morir. En esa época ingería tanto alcohol como sus amigos y conocidos, nada excepcional, creía. Muy raras veces se embriagaba hasta la inconsciencia, era un estado muy poco placentero; prefería la sensación de flotar, de ver el mundo sin aristas, amable, tibio. No le había dado importancia a la bebida hasta que Anita lo tildó de problema y empezó a llevarle la cuenta de las copas, al principio discretamente y después humillándolo con comentarios en público. Tenía buena cabeza para el licor, podía echarse al cuerpo cuatro cervezas y tres caipiriñas sin consecuencias fatales; al contrario, se le evaporaba la timidez y creía volverse encantador; pero se medía para mantener tranquila a su mujer y por la úlcera, que a veces le daba sorpresas desagradables. Nunca comentó a su padre, a quien escribía a menudo, el asunto de la bebida, porque Joseph era abstemio y no lo habría comprendido.

Después de dar a luz a Bibi, Anita quedó encinta tres veces y en cada ocasión sufrió una pérdida espontánea. Soñaba con una familia grande, como la suya; ella era una de las hijas menores entre once hermanos y tenía incontables primos y sobrinos. Cada embarazo frustrado aumentaba su desesperación. Se le metió en la cabeza que era una prueba divina o un castigo por alguna falta imprecisa y poco a poco se le fueron acabando la fuerza y la alegría.

Sin esas virtudes muy principales el baile dejó de tener sentido para ella y terminó por vender su célebre academia. Las mujeres de la familia Farinha, abuela, madre, hermanas, tías y primas, cerraron filas en torno a ella, turnándose para acompañarla. Como Anita no se despegaba de Bibi, vigilándola ansiosamente, aterrada de perderla, trataron de distraerla y la pusieron a escribir un libro con las recetas de cocina de varias generaciones de Farinha, con la creencia de que ningún mal resiste el remedio del trabajo y el consuelo de la comida. La hicieron organizar cronológicamente ochenta álbumes de fotografías familiares y cuando terminó inventaron otros pretextos para mantenerla ocupada. A regañadientes, Richard permitió que llevaran a su mujer y a Bibi a la hacienda de los abuelos durante un par de meses. El sol y el viento le mejoraron el ánimo a Anita. Regresó del campo con cuatro kilos más y arrepentida de haber vendido la academia, porque tenía deseos de volver a bailar.

De nuevo hicieron el amor como en los tiempos en que no hacían nada más. Iban a escuchar música y a bailar. Venciendo su torpeza atávica, Richard daba un par de vueltas con ella en la pista y apenas comprobaba que todos los ojos estaban fijos en su mujer, unos porque reconocían a la reina de la Academia Anita Farinha y otros por simple admiración o deseo, la cedía galantemente a otros hombres más ligeros de pies, mientras él bebía en su mesa y la observaba con ternura, pensando vagamente en su existencia.

Tenía edad sobrada para planear el futuro, pero era fácil postergar esa inquietud con un vaso en la mano. Había obtenido su doctorado hacía más de dos años y no le había sacado ningún provecho, fuera de un par de artículos que pudo colocar en publicaciones universitarias en Estados Unidos, uno sobre los derechos de los indígenas a la tierra en la Constitución de 1988 y otro sobre violencia de género en Brasil. Se ganaba la vida dando clases de inglés. Por curiosidad, más que por ambición, se presentaba de vez en cuando a alguno de los avisos de empleo del *American Political Review*. Consideraba que ese tiempo en Río de Janeiro era una pausa gentil en su destino, unas vacaciones dilatadas; pronto debería empezar a labrarse una carrera profesional, pero eso podía esperar un poco más. Esa ciudad invitaba al placer y al ocio. Anita poseía una casa pequeña cerca de la playa y la venta de su negocio, más las clases de inglés, les daba para vivir.

A Bibi le faltaba poco para cumplir tres años cuando por fin las diosas oyeron las plegarias de Anita y del resto de las mujeres de su familia. «Se lo debo a Yemayá», dijo Anita cuando le anunció a su marido que estaba encinta. «Vaya, pensé que me lo debías a mí», se rió él, levantándola en un abrazo de ogro. El embarazo se desarrolló sin problemas y llegó a término a su debido tiempo, pero el parto presentó complicaciones y al final hubo que traer el niño al mundo por cesárea. El médico le advirtió a Anita que no debía tener más hijos, al menos por unos años, pero eso no la afectó demasiado ya que tenía en los brazos a Pablo, un bebé sano y de apetito voraz, el hermanito de Bibi que la familia esperaba.

Un mes después, al amanecer, Richard se inclinó sobre la cuna para sacar al niño y pasárselo a Anita, extrañado de que no hubiera chillado de hambre, como hacía cada tres o cuatro horas. Estaba dormido tan apaciblemente, que vaciló al levantarlo. Una oleada de ternura lo sacudió hasta los huesos, le picaron los ojos y se le cerró la garganta con esa gratitud apabullante que lo invadía a menudo en presencia de Bibi. Anita recibió al recién nacido con la camisa abierta y alcanzó a ponérselo al pecho antes de darse cuenta de que no respiraba. Un alarido visceral de animal torturado sacudió la casa, el barrio, el mundo entero.

Fue necesario hacer una autopsia. Richard trató de ocultársele a Anita, porque la idea de que el pequeño Pablo sería cortado metódicamente era demasiado atroz, pero debían averiguar la causa de la muerte. El informe del patólogo la atribuyó a síndrome de muerte súbita, muerte de cuna, como decía en letras mayúsculas, un accidente imposible de prever. Anita se sumió en un dolor oscuro y profundo, una caverna insondable de donde su marido fue excluido. Richard se vio rechazado por su mujer y relegado al último rincón de su hogar como un estorbo por el resto de los Farinha, que invadieron su privacidad para cuidar a Anita, se hicieron cargo de Bibi y tomaban decisiones sin consultarlo. Los parientes se apoderaron de su pequeña familia, suponiéndolo incapaz de entender la magnitud de la tragedia, porque su sensibilidad era muy diferente a la de ellos. En el fondo Richard se sintió aliviado, porque en verdad era un forastero en ese territorio del duelo. Aumentó sus horas de clases, salía temprano de su casa y regresaba tarde con diferentes pretextos. En ese período bebía más. El alcohol en suficiente cantidad era una distracción necesaria.

Los viajeros estaban a pocos kilómetros del desvío cuando oyeron una sirena y surgió un coche policial que esperaba disimulado detrás de unos arbustos. Lucía vio las luces girando entre ella y el Subaru, que venía detrás. Pensó seriamente apretar a fondo el acelerador y jugarse la vida, pero un grito de Richard la obligó a modificar su plan. Avanzó unos metros más hasta que pudo detenerse en la cuneta. «Ahora sí que estamos jodidos», dijo Richard incorporándose con dificultad. Lucía bajó la ventanilla y esperó sin respirar mientras el patrullero se le plantaba detrás. Por su lado pasó el Subaru disminuyendo la velocidad y ella alcanzó a hacerle una seña a Evelyn de que continuara sin detenerse. Un momento después se le acercó un policía.

—Sus documentos —le exigió.

—¿Cometí alguna infracción, oficial?

—Sus documentos.

Lucía buscó en la guantera y le pasó los papeles del Lexus y su licencia internacional de conducir, pensando que podía estar vencida, no recordaba cuándo la había sacado en Chile. El hombre los examinó lentamente y observó a Richard, que se había sentado y se estaba acomodando la ropa en el asiento trasero.

—Baje del coche —le ordenó a Lucía.

Ella obedeció. Le temblaban las piernas, que apenas la sostenían. Pensó fugazmente en que así se sentía un afroamericano cuando lo paraba la policía y que si Richard hubiera venido manejando el trato habría sido distinto. En ese momento Richard abrió la puerta y se bajó, agachado.

—¡Espere dentro del vehículo, señor! —le gritó el policía acercando la mano derecha a la funda de su arma.

Richard se acuclilló sacudido de arcadas y vomitó el resto del plato de avena a los pies del hombre, que retrocedió asqueado.

—Está enfermo, tiene úlcera, oficial —le dijo Lucía.

—¿Cuál es su relación con él?

—Soy… soy… —balbuceó Lucía.

—Es mi ama de casa. Trabaja para mí —logró articular Richard entre dos arcadas.

El hombre colocó automáticamente los estereotipos en su lugar: la empleada latina conduciendo a su patrón, probablemente al hospital. El tipo parecía enfermo de verdad. Curiosamente, la mujer tenía una licencia extranjera; no era la primera vez que él veía un carnet internacional. ¿Chile? ¿Dónde quedaba eso? Esperó a que Richard se enderezara y volvió a indicarle que se subiera al automóvil, pero su tono era conciliador. Fue detrás del Lexus, llamó a Lucía y le señaló la cajuela.

—Sí, oficial. Acaba de ocurrir. Hubo un accidente múltiple en la carretera, tal vez usted se enteró. Un coche que no alcanzó a frenar me pegó, pero fue nada, apenas una leve abolladura y la cubierta del foco. Pinté la ampolleta con barniz de uñas hasta que encuentre el repuesto.

—Tengo que darle una notificación.

—Debo llevar al señor Bowmaster al médico.

—Esta vez la voy a dejar ir, pero debe reemplazar la luz antes de veinticuatro horas. ¿Entiende?

—Sí, oficial.

—¿Necesita ayuda con el enfermo? Puedo escoltarla al hospital.

—Muchas gracias, oficial. No será necesario.

Lucía volvió al volante con taquicardia, luchando por calmar la respiración, mientras el coche policial se alejaba. «Me va a dar un infarto», pensó, pero treinta segundos después estaba sacudida de risa nerviosa. Si le hubieran pasado una multa su identidad y los datos del automóvil habrían quedado registrados en el parte policial y entonces sí que las aprensiones de Richard se hubieran cumplido en todo su magnífico horror.

—Nos libramos enjabonados —comentó, secándose lágrimas de risa, pero a Richard no le pareció nada divertido.

El Subaru los estaba esperando un kilómetro más adelante y poco después Richard descubrió la entrada a la cabaña de Horacio, apenas un sendero casi invisible culebreando entre los pinos, cubierto por unos centímetros de nieve. Avanzaron lentamente en el bosque, rogando para que los vehículos no se atascaran, sin ver ni rastro de vida humana, durante unos diez minutos, hasta que de pronto apareció el techo inclinado de una cabaña de cuento de hadas, de donde colgaban carámbanos como decoración de Navidad.

Richard, debilitado por los vómitos, pero con menos dolor, abrió el candado del portón con su llave, estacionaron los coches y se bajaron. Abrió la cerradura y tuvo que empujar la puerta con todo el peso del cuerpo para moverla, porque la madera se había hinchado con la humedad. Al entrar, una bocanada nauseabunda les dio en la cara. Después de correr al baño, Richard les explicó que la casa había permanecido cerrada durante más de dos años y seguramente los murciélagos y otros animalejos se habían adueñado de ella.

—¿Cuándo vamos a disponer del Lexus? —preguntó Lucía.

—Hoy mismo, pero dame media hora para reponerme —dijo él, echándose de bruces en el sofá desvencijado de la sala, sin atreverse a pedirle que se tendiera con él y lo abrazara para quitarle el frío.

—Descansa. Pero si nos quedamos mucho rato aquí nos vamos a congelar —dijo Lucía.

—Hay que encender el generador y llenar las estufas de combustible. Hay latas de keroseno en la cocina. Las cañerías estarán congeladas y supongo que algunas rotas, eso se verá en primavera. Vamos a derretir nieve para cocinar. No podemos usar la chimenea, alguien podría ver el humo.

—Tú no estás en condiciones de hacer nada. ¡Vamos, Evelyn! —dijo Lucía, tapando a Richard con una manta apolillada y tiesa como cartón, que encontró sobre una silla.

Poco más tarde las mujeres tenían dos estufas encendidas, pero no lograron hacer funcionar el agonizante generador y tampoco lo logró Richard cuando pudo ponerse de pie. En la cabaña había una cocinilla de keroseno, que se usaba cuando iban a pescar en el hielo, y Richard había incluido en el equipaje tres linternas, sacos de dormir y otras comodidades esenciales para una exploración amazónica, además de algunos paquetes de comida vegetariana disecada, que él llevaba en sus largas excursiones en bicicleta. «Alimento de burro», comentó Lucía de buen humor, procurando hervir agua en la minúscula cocinilla, que resultó casi tan poco cooperadora como el generador. Una vez remojada en agua hirviendo, la comida de burro se transformó en una cena decente, que Richard fue incapaz de probar, limitándose a un caldo y media taza de té para mantenerse hidratado; su estómago no soportaba nada más. Después volvió a echarse arropado en la manta.

Evelyn

Miriam, la madre de Evelyn Ortega, llevaba más de diez años sin ver a los tres hijos que dejó con la abuela en Guatemala, pero reconoció a Evelyn de inmediato cuando llegó a Chicago, por las fotos y porque era igual a la abuela. «No salió a mí, por suerte», pensó al verla bajar de la furgoneta de Galileo León. La abuela, Concepción Montoya, era de sangre mezclada, había sacado lo mejor de la raza maya y de la blanca y había sido una belleza en la adolescencia, antes de que la usaran los soldados. Evelyn había heredado sus finos rasgos, saltándose una generación. Miriam, en cambio, era de facciones toscas, tronco pesado y piernas cortas, como probablemente había sido su padre, ese «violador indio bajado del cerro», como ella agregaba siempre al referirse a su progenitor. Su hija era todavía una niña con una gruesa trenza negra colgando hasta la cintura y un rostro delicado. Miriam corrió hacia ella y la estrechó apretadamente, repitiendo su nombre y llorando de gusto por tenerla y de tristeza por los otros hijos asesinados. Evelyn se dejó abrazar sin un gesto para retribuir la efusividad de su madre; esa mujer gorda de pelo amarillo era una desconocida.

Aquel primer encuentro marcó el tono de la relación entre

madre e hija. Evelyn hablaba lo menos posible para evitar el bochorno de las palabras que se le enredaban en la boca y Miriam sentía ese silencio como un reproche. Aunque Evelyn nunca tocó el tema, Miriam aprovechaba cualquiera ocasión para dejar en claro que ella no había abandonado a sus hijos por gusto, sino por necesidad. Todos habrían pasado hambre si ella se hubiera quedado en Monja Blanca del Valle haciendo tamales con la abuela, ¿acaso Evelyn no lo entendía? Cuando a su vez fuera madre comprendería la enormidad del sacrificio que ella había hecho por su familia.

Otro tema que flotaba en el ambiente era la suerte corrida por Gregorio y Andrés. Miriam creía que si ella hubiera estado en Guatemala, habría criado a los hijos con mano firme, Gregorio no se habría desviado por el camino de la delincuencia y Andrés no hubiera muerto por culpa de su hermano. En esas ocasiones Evelyn sacaba la voz para defender a su mamita, que les había dado buenas costumbres; su hermano se hizo malo por flojo y no por falta de palmetazos de la abuela.

La familia León vivía en un barrio de casas remolque, una veintena de viviendas similares, cada una con un pequeño patio, que compartían con un loro y una perra grande y mansa. A Evelyn le dieron una colchoneta de espuma, que ella colocaba en el suelo de la cocina por la noche. Contaban con un baño mínimo y un lavadero exterior en el patio. A pesar de la estrechez, todos se llevaban bien, en parte porque trabajaban en distintos turnos. Miriam limpiaba oficinas de noche y casas por la mañana, estaba ausente desde la medianoche hasta el mediodía siguiente. Galileo no tenía horario fijo y cuando estaba en la casa era discreto como si estuviera en falta, para evitar el constante mal humor de su mujer. Una vecina cuidaba a los niños por un precio razonable, pero cuando llegó Evelyn le dieron a ella esa responsabilidad. Por las tardes Miriam estaba en casa y eso le permitió a Evelyn ir a clases de inglés durante el primer año, uno de los beneficios para inmigrantes que ofrecía la iglesia, y después empezó a trabajar con su madre. Miriam y Galileo eran pentecostales y sus vidas giraban en torno a los servicios y las actividades sociales de su iglesia.

Galileo le explicó a Evelyn que él había encontrado su redención en el Señor y una familia en sus hermanos y hermanas de la fe: «Fui hombre de mala vida hasta que fui a la iglesia y allí el Espíritu Santo descendió sobre mí. De eso hace nueve años». A la muchacha le costó imaginar que ese hombre mojigato fuera capaz de una mala vida. Según Galileo, un rayo divino lo tiró al suelo durante un servicio religioso y entre los revolcones del trance expulsó a Satanás, mientras la entusiasta congregación cantaba y rezaba por él a pleno pulmón. Desde entonces su vida había tomado otro rumbo, dijo, había conocido a Miriam, que era muy mandona, pero buena, y lo ayudaba a mantenerse en el camino de la rectitud. Dios le había dado los dos hijos. Su relación con Dios era familiar, conversaban como un hijo con su padre, le bastaba pedir algo con el fervor de su corazón y le era otorgado. Había dado testimonio público de su fe y había sido bautizado por inmersión en una piscina local, tal como esperaba que Evelyn lo hiciera, pero ella postergaba ese momento por lealtad al padre Benito y a su abuela, para quienes cambiarse de iglesia sería una afrenta.

La armonía entre los habitantes del remolque peligraba en las raras visitas de Doreen, una hija de Galileo, producto de amores transitorios en sus años mozos con una inmigrante de la República Dominicana, que vivía del contrabando y de la adivinación con cartas. Según Miriam, Doreen había sacado de su madre la genialidad para engañar a los imbéciles, era drogadicta y andaba por el mundo arrastrando una humareda fatídica, por eso lo que tocaba se convertía en caca de perro. Tenía veintiséis años y aparentaba cincuenta, no había trabajado honradamente ni un solo día de su existencia, pero se jactaba de manejar dinero a montones. Nadie se atrevía a preguntarle cómo lo obtenía, porque sospechaban que sus métodos eran inconfesables, pero parecía que, así como lo ganaba, lo perdía. Entonces llegaba donde su padre a exigir un préstamo sin ninguna intención de devolverlo. Miriam la detestaba y Galileo le tenía miedo; delante de ella se arrastraba como un gusano y le daba lo que podía, siempre menos de lo que ella quería. Miriam le atribuía sangre ruin, sin especificar qué significaba eso, y la despreciaba por ser negra, pero tampoco se atrevía a hacerle frente. Nada en el físico de Doreen podía imponer temor, era flaca, gastada, con ojos de roedor, dientes y uñas amarillos y encorvada por debilidad de los huesos, pero irradiaba una terrible rabia contenida, como una cacerola a presión a punto de estallar. Miriam ordenó a su hija mantenerse lejos del radar de esa mujer; nada bueno se podía esperar de ella.

La orden de su madre fue innecesaria, porque a Evelyn se le cortaba la respiración con la proximidad de Doreen. La perra empezaba a aullar en el patio avisando de su llegada con varios minutos de antelación. Eso advertía a Evelyn de que debía escabullirse, pero no siempre lo lograba a tiempo. «¿Adónde vas tan rápido, sordomuda retardada?», la interceptaba Doreen amenazante. Era la única que la insultaba; los demás se acostumbraron a descifrar el significado de las frases entrecortadas de Evelyn antes de que las terminara. Galileo León se apuraba en darle dinero a su hija para que se fuera y en cada oportunidad le rogaba que lo acompañara a la iglesia aunque fuera una sola vez. Mantenía la esperanza de que el Espíritu Santo se dignara a descender sobre ella para salvarla de sí misma, como le había ocurrido a él.

Pasaron más de dos años sin que le llegara a Evelyn la notificación de los tribunales que le habían anunciado en el Centro de Detención. Miriam vivía pendiente del correo, aunque para entonces probablemente el expediente de su hija se había perdido en los vericuetos del Servicio de Inmigración y podría vivir sin documentos el resto de sus días sin ser molestada. Evelyn había hecho el último año de la escuela secundaria y se había graduado con toga y birrete, como el resto de su clase, sin que nadie le pidiera papeles para probar su existencia.

La crisis económica de los últimos años había agravado el antiguo resentimiento contra los latinos; millones de estadounidenses, estafados por las financieras y los bancos, perdieron la casa o el empleo y encontraron un chivo expiatorio en los inmigrantes. «A ver si algún americano de cualquier color va a trabajar por la miseria que nos pagan a nosotros», alegaba Miriam. Ganaba menos del mínimo legal y hacía más horas para cubrir los gastos, porque los precios subían, pero los sueldos se mantenían congelados. Evelyn iba con ella y otras dos mujeres a limpiar oficinas por la noche. Eran un equipo formidable, que llegaba en un Honda Accord con su material de aseo y una radio a pilas para escuchar a los predicadores evangélicos y las canciones mexicanas. Tenían por norma trabajar juntas, así se protegían de los peligros nocturnos, desde asaltos en la calle hasta acoso sexual en los edificios cerrados. Se labraron reputación de amazonas después de una zurra de escobas, baldes y cepillos que propinaron a un oficinista rezagado que trató de sobrepasarse con Evelyn en un baño. El guardia de seguridad, otro latino, se hizo el sordo durante un buen rato y cuando finalmente intervino, el galán parecía atropellado por un camión, pero se abstuvo de acudir a la policía para denunciar a sus agresoras; prefirió aguantar la humillación callado.

Miriam y Evelyn trabajaban codo a codo, se repartían las tareas domésticas, la crianza de los niños, el cuidado del loro y la perra, las compras y el resto de los quehaceres inevitables, pero les faltaba la intimidad fácil de madre e hija, parecían estar siempre de visita. Miriam no sabía cómo tratar a esa hija silenciosa. Oscilaba entre dejarla de lado o demostrarle su cariño con regalos. Evelyn era un alma solitaria, no había hecho amistad con nadie, ni en la escuela ni en la iglesia. Miriam pensaba que ningún muchacho se interesaba en ella porque seguía teniendo aspecto de mocosa desnutrida. Los inmigrantes llegaban con los huesos a la vista y en pocos meses iban camino a la obesidad con la dieta de comida rápida y barata, pero Evelyn era naturalmente inapetente, le repugnaban la grasa y el azúcar y echaba de menos los frijoles de su abuela. Miriam no sabía que cualquiera que se acercara a menos de un metro ponía a Evelyn en ascuas; el trauma de la violación estaba grabado a fuego en su memoria y en su cuerpo, asociaba el contacto físico con violencia, sangre y, sobre todo, con su hermano Andrés degollado. Su madre estaba enterada de lo que le había ocurrido, pero nadie le contó los detalles y Evelyn nunca pudo hablar de eso. A la muchacha el aislamiento le convenía, porque le ahorraba el esfuerzo de hablar.

Miriam no tenía quejas, la hija cumplía sus obligaciones a tiempo y nunca estaba de manos cruzadas, obedeciendo el precepto de su abuela, para quien el ocio era la madre de todos los vicios. Sólo se relajaba con sus dos hermanos, quienes le enseñaron a manejarse con el ordenador, y con los chiquillos de la iglesia, que no la juzgaban. Mientras los padres asistían al servicio, ella cuidaba a una veintena de niños en una sala adyacente, así se saltaba el largo sermón del pastor, un mexicano exaltado que lograba galvanizar a la congregación hasta el punto de la histeria. Evelyn inventaba juegos para entretener a los niños, les cantaba, los hacía bailar con ayuda de una pandereta y era capaz de contarles cuentos sin demasiado titubeo, siempre que no hubiera adultos de testigos. El pastor de la iglesia le aconsejó que estudiara para maestra; estaba claro que el Señor le había dado ese talento y desperdiciarlo era escupir al cielo. Le había prometido ayudarla a obtener sus papeles de residencia, pero su influencia, tan poderosa en las esferas celestiales, era ineficaz en las áridas oficinas del Servicio de Inmigración.

La cita con el juez se habría postergado indefinidamente sin la intervención de Doreen. La hija de Galileo León se había deteriorado en esos pocos años y casi nada quedaba de su arrogancia, pero la rabia permanecía íntegra. Solía aparecer cubierta de moretones que atestiguaban su carácter feroz; cualquier provocación le servía de pretexto para batirse. Tenía una cicatriz de filibustero en la espalda, producto de una puñalada, que les mostraba a los niños como una insignia de honor, proclamando ufana que la dejaron por muerta desangrándose en un callejón entre cubos de basura. Evelyn se había enfrentado con ella en escasas ocasiones, porque su estrategia de huida normalmente le daba buen resultado. Si estaba sola con los niños, salía escapando con ellos a rastras apenas la perra empezaba a aullar. Ese día, sin embargo, el plan le falló, porque los niños estaban con escarlatina. La fiebre había comenzado tres días antes con dolor de garganta y ya estaban cubiertos de ronchas; era imposible sacarlos de la cama en un día frío de comienzos de octubre. Doreen entró pateando la puerta y amenazando con envenenar a la maldita perra. Evelyn se preparó para la retahíla de insultos que le llovería encima apenas la mujer comprendiera que su padre no estaba y no había dinero en la casa.

Desde la pequeña habitación de los niños Evelyn no podía ver en qué estaba la otra, pero la oía revolver y maldecir de impaciencia. Temiendo su reacción si no hallaba lo que buscaba, se armó de valor y fue a la cocina con ánimo de interceptarla antes de que llegara donde estaban los niños. Para disimular se dispuso a preparar un emparedado, pero Doreen no le dio tiempo. Arremetió como toro de lidia y antes de que Evelyn alcanzara a ver lo que se le venía encima, la cogió por el cuello con ambas manos, sacudiéndola con la fuerza de la adicción. «¿Dónde está el dinero? ¡Habla, retrasada, o te mato!» Evelyn trató inútilmente de soltarse de aquellas garras tenaces. A los gritos de Doreen asomaron sus hermanitos asustados y se echaron a llorar en el momento en que la perra, que rara vez entraba en la casa, cogía a la agresora por la chaqueta y empezaba a tirar gruñendo. Doreen empujó a Evelyn y se volvió para darle una patada al animal. La muchacha perdió pie, cayó hacia atrás, dándose en la nuca con la esquina del mesón de la cocina. Doreen repartió patadas entre la perra y Evelyn, pero en medio de su demencia tuvo un chispazo de cordura para comprender lo que había hecho y salió corriendo con un rosario de palabrotas. Una vecina, atraída por el bochinche, encontró a Evelyn en el suelo y a los dos niños desconsolados. Llamó a Miriam, a Galileo y a la policía, por ese orden.

Galileo León llegó minutos después que la policía y para entonces Evelyn estaba tratando de incorporarse, sostenida por una mujer de uniforme. El mundo le daba vueltas en torbellino, una lluvia de manchas negras le nublaba la vista y el dolor le partía el cráneo de tal manera que le costaba explicar lo sucedido, pero sus hermanitos repetían entre mocos y sollozos el nombre de Doreen. Galileo no pudo impedir que se llevaran a Evelyn en una ambulancia al hospital y que levantaran un informe policial de lo sucedido.

En el servicio de emergencia cosieron a Evelyn el cuero cabelludo con varios puntos, la dejaron en observación unas horas y la mandaron a su casa con un frasco de analgésicos y la recomendación de descansar, pero el incidente habría de seguir afectándola, porque ya existía el informe. Al día siguiente fue a buscarla la policía y la interrogaron sobre su relación con Doreen durante dos horas antes de soltarla. Volvieron un par de días más tarde y se la llevaron de nuevo, pero esta vez las preguntas fueron sobre su entrada en Estados Unidos y sus motivos para dejar su país. Vacilando, aterrada, Evelyn trató de contar lo sucedido a su familia, pero se le entendía poco y los agentes fueron perdiendo la paciencia. En el cuarto estaba presente un hombre sin uniforme que tomaba notas y no abrió la boca ni para dar su nombre.

Como Doreen tenía una imputación por drogas y otros delitos, llegaron a la casa tres agentes con un perro entrenado y registraron hasta el último resquicio sin hallar nada que les interesara. Galileo León se las arregló para desaparecer y le tocó a Miriam la vergüenza de ver cómo arrancaban el linóleo del suelo y destripaban sus colchones buscando drogas. Varios vecinos se asomaron a curiosear y después de que se fueran los agentes con su perro se quedaron rondando a la espera del segundo acto del drama. Tal como suponían, cuando volvió Galileo su mujer se le fue encima enfurecida. Todo era culpa suya y de esa puta de hija que tenía, cuántas veces le había repetido que no quería verla en su casa, era un pobre diablo, débil de carácter, con razón nadie lo respetaba, y dale y dale con una cantinela épica que empezó en la casa, siguió en el patio y la calle y terminó en la iglesia, donde la pareja llegó escoltada por varios testigos a consultar al pastor. Al cabo de unas horas a Miriam se le acabó el combustible y se le enfrió la ira, una vez que Galileo hubo prometido tímidamente mantener a su hija alejada.

Ese mismo día, a las ocho de la noche, cuando Miriam todavía estaba colorada por la pataleta, llamaron a la puerta del remolque. Era el hombre que tomaba notas en la estación de policía. Venía del Servicio de Inmigración, dijo a modo de presentación. El aire se congeló, pero no pudieron impedirle la entrada. El agente estaba acostumbrado al efecto que causaba y trató de aliviar la tensión hablando en español, les contó que se había criado con sus abuelos mexicanos, que estaba orgulloso de sus orígenes y se movía con naturalidad entre las dos culturas. Lo oyeron incrédulos, porque el hombre era blanco puro, con ojos claros de pescado y machucaba el idioma sin piedad. Al ver que nadie apreciaba su intención de congraciarse, pasó de lleno al objeto de su visita. Sabía que Miriam y Galileo tenían residencia y sus hijos habían nacido en Estados Unidos, pero la situación de Evelyn Ortega estaba por verse. Tenía la ficha del Centro de Detención con la fecha de su arresto en la frontera y a falta de un certificado de nacimiento iba a suponer que había cumplido dieciocho años; era ilegal y por lo tanto elegible para ser deportada.

El silencio de mausoleo duró un par de minutos, mientras Miriam calculaba si ese hombre venía con la ley bajo el brazo o pretendía un soborno. De pronto Galileo León, habitualmente vacilante, se pronunció con una voz firme que nadie le había oído antes.

—Esta niña es refugiada. Nadie es ilegal en esta vida, todos tenemos derecho a vivir en el mundo. El dinero y el crimen no respetan fronteras. Yo le pregunto, señor, ¿por qué los humanos tenemos que hacerlo?

—Yo no hago las leyes. Mi trabajo es hacer que se cumplan —replicó el otro, desconcertado.

—Mírela bien, ¿qué edad cree que tiene? —dijo Galileo señalando a Evelyn.

—Se ve muy joven, pero necesito el certificado de nacimiento para probarlo. En su ficha dice que el certificado se lo llevó el agua cuando cruzó el río. Eso fue hace tres años; entretanto podrían haber conseguido una copia.

—¿Quién iba a hacer eso? Mi madre es una anciana iletrada y en Guatemala esos trámites demoran mucho y cuestan dinero —intervino Miriam, recién repuesta de la sorpresa al ver a su marido opinando como leguleyo.

—Lo que cuenta la muchacha sobre pandillas y sus hermanos asesinados es común, ya lo he oído antes. Hay muchas historias así entre inmigrantes. Los jueces también las han oído. Algunos las creen y otros no. El asilo o la deportación dependerán del juez que le toque —dijo el agente antes de irse.

Galileo León, siempre dócil, era partidario de esperar el curso de la ley, que se hace esperar pero llega, como decía. Miriam opinaba que si la ley llega, nunca favorece al más débil, y se puso de inmediato en campaña para hacer desaparecer a su hija. No le preguntó a Evelyn su parecer cuando puso en acción a sus contactos de la red clandestina de inmigrantes indocumentados ni cuando aceptó enviarla a trabajar a la casa de una gente en Brooklyn. Había obtenido el dato por otra mujer, miembro de la misma iglesia, cuya hermana conocía a alguien que había sido empleada doméstica en esa familia y daba testimonio de que no se fijaban en papeles ni en otras minucias. Mientras la muchacha cumpliera sus obligaciones, nadie iba a preguntarle su estado legal. Evelyn quiso saber cuáles serían esas obligaciones y le explicaron que se trataba de cuidar a un niño enfermo, nada más.

Miriam le mostró Nueva York en un mapa a su hija, la ayudó a empacar sus pertenencias en una maletita de peregrino, le dio una dirección en Manhattan y la puso en un bus Greyhound. Diecinueve horas más tarde Evelyn se presentó en la Iglesia Pentecostal Latinoamericana, un edificio de dos pisos que por fuera nada tenía de la dignidad de un templo, donde la recibió una congregante de buena voluntad. La mujer leyó la carta de presentación del pastor de Chicago, le ofreció alojamiento por esa noche en su propio apartamento y al día siguiente le indicó cómo llegar en metro a la iglesia del Tabernáculo de la Nueva Vida en Brooklyn. Allí otra mujer casi idéntica a la anterior le dio una bebida gaseosa, un panfleto con los servicios religiosos y las actividades sociales del tabernáculo e instrucciones para dar con la dirección de sus nuevos empleadores.

A las tres de la tarde de un día otoñal de 2011, cuando los árboles empezaban a desnudarse y la calle estaba cubierta de una hojarasca crujiente y efímera, Evelyn Ortega tocó el timbre de una casa de tres pisos, situada en una esquina, con estatuas mutiladas de héroes griegos en el jardín. Allí habría de vivir y trabajar los años siguientes en paz y con documentos falsos.

Lucía y Richard

Una vez en la cabaña del lago, Richard Bowmaster se durmió en un instante, mejorado de la tripa, pero derrotado por la fatiga de ese largo domingo y afectado por la mezcla de amor recién descubierto e incertidumbre que lo consumía. Entretanto Lucía y Evelyn cortaron una toalla en pedazos y salieron a borrar las huellas digitales del Lexus. De acuerdo con las instrucciones de internet en el celular, bastaba con limpiarlas con un paño, pero Lucía había insistido en usar alcohol para mayor seguridad, porque podían permanecer identificables aunque el vehículo estuviera sumergido en el lago. «¿Cómo lo sabes?», le había preguntado Richard antes de dormirse, y ella le respondió, como antes: «No me preguntes». En la luz azulada de la nieve frotaron las partes visibles del automóvil por fuera y por dentro sistemáticamente, menos el interior de la cajuela. Volvieron a la cabaña para calentarse con una taza de té y conversar, mientras Richard descansaba. Disponían de tres horas antes de que oscureciera.

Evelyn había estado callada desde la noche anterior, colaborando en lo que le pidieran con el aire ausente de una sonámbula. Lucía adivinó que estaba sumida en su pasado, repasando la tragedia de su corta vida. Había abandonado sus esfuerzos por distraerla o animarla, porque comprendió que la situación era mucho más angustiosa para la muchacha que para ella y Richard. Evelyn estaba aterrorizada, pendía sobre ella el peligro de Frank Leroy, más grave que el de ser arrestada o deportada, pero había otro motivo que Lucía venía presintiendo desde que salieron de Brooklyn.

—Nos contaste cómo murieron tus hermanos en Guatemala, Evelyn. También Kathryn tuvo una muerte violenta. Me imagino que eso te trae malos recuerdos.

La chica asintió sin levantar la cara de la taza humeante.

—A mi hermano también lo mataron —agregó Lucía—. Se llamaba Enrique y yo lo quería mucho. Suponemos que fue detenido, pero ya no supimos nada más de él. No pudimos enterrarlo, porque no nos entregaron sus restos.

—¿Esss... es... es... seguro que murió? —preguntó Evelyn, titubeando más que nunca.

—Sí, Evelyn. Pasé años investigando la suerte de los detenidos que no aparecieron, como Enrique. Escribí dos libros sobre eso. Murieron torturados o ejecutados y los cuerpos eran dinamitados o los tiraban al mar. También se han hallado fosas comunes, pero pocas.

Con gran dificultad, tropezando con las palabras, Evelyn logró decir que al menos a sus hermanos Gregorio y Andrés los habían enterrado con la debida reverencia, aunque al velorio habían asistido muy pocos vecinos por temor a la pandilla. En la casa de su abuela habían encendido velas y quemado hierbas fragantes, les cantaron, los lloraron, brindaron con ron por ellos, los enterraron con algunas de sus cosas, para que nos les faltaran en la otra vida, y se les habían dicho misas durante nueve días, como es la costumbre, porque nueve son los meses que pasa el niño en el vientre de su madre antes de nacer y nueve son los días que demora el finado en renacer en el cielo. Sus hermanos tenían tumbas en tierra consagrada, donde su abuela iba a dejarles flores los domingos y llevarles comida en el Día de los Muertos.

—Kathryn, como mi hermano Enrique, no tendrá nada de eso… —murmuró Lucía, conmovida.

—Las almas sin descanso vienen a espantar a los vivos —dijo Evelyn en una exhalación, sin vacilar.

—Lo sé. Vienen a vernos en los sueños. A ti ya se te apareció Kathryn, ¿verdad?

—Sí… Anoche.

—Siento mucho que no podamos despedir a Kathryn con los ritos de tu pueblo, Evelyn, pero voy a mandarle a decir misas por nueve días. Te prometo que lo haré.

—¿Su ma… ma… mamá reza por su… su… hermano?

—Rezó por él hasta el último día de su vida, Evelyn.

Lena Maraz comenzó a despedirse del mundo en 2008, más por cansancio que por enfermedad o por vejez, después de haber buscado a su hijo Enrique durante treinta y cinco años. Lucía nunca se perdonaría no haberse dado cuenta de lo deprimida que estaba su madre; creía que si hubiera intervenido mucho antes, habría podido ayudarla. Sólo lo advirtió al final, porque Lena se las arregló para ocultarlo y ella, distraída en lo suyo, no había prestado atención a los síntomas. En los últimos meses, cuando ya no pudo seguir fingiendo que la vida le interesaba, Lena se alimentaba sólo de caldo y un poco de puré de verduras. Permanecía postrada con eterna fatiga, reducida a esqueleto y pellejo, indiferente a todo menos a Lucía y su nieta Daniela. Se preparaba para morir por inanición, de la manera más natural, en su fe y en su ley. Le pedía a Dios que no demorara en llevársela y que por favor le permitiera mantener su dignidad hasta el final. Mientras sus órganos se iban cerrando lentamente, su mente nunca había estado más viva que entonces, más abierta, sensible y presente. Aceptó la debilidad progresiva de su cuerpo con gracia y humor, hasta que perdió el control de algunas funciones que para ella eran absolutamente privadas; entonces lloró por primera vez. Fue Daniela quien logró convencerla de que los pañales y los cuidados más íntimos que recibía de Lucía, de ella y de un enfermero que la visitaba una vez por semana no eran un castigo por pecados del pasado, sino una oportunidad de ganar el cielo. «No puedes irte al cielo con tu altanería intacta, abuela, tienes que practicar un poco de humildad», le decía en tono de cariñoso reproche. A Lena le pareció razonable y se resignó a no dar guerra. Sin embargo, pronto no hubo forma de que tragara algo más que unas cucharadas de yogur y unos sorbos de tisana de manzanilla. El enfermero mencionó la posibilidad de alimentarla por una sonda, pero su hija y su nieta se negaron a someterla a ese atropello: debían respetar la irrevocable decisión de Lena.

Desde su cama Lena apreciaba el pedazo de cielo de su ventana, agradecía un baño de esponja, a veces pedía que le leyeran poemas o le pusieran las canciones románticas que solía bailar en su juventud. Estaba presa en ese cuerpo devastado, pero libre del dolor abismal por su hijo, porque a medida que pasaban los días, aquello que al comienzo era un presentimiento, una sombra fugaz, el roce de un beso en la frente, fue adquiriendo contornos cada vez más precisos. Enrique estaba a su lado, esperando con ella.

Nada podía detener el asedio de la muerte, pero Lucía, aterrada al ver a su madre consumirse, se convirtió en su carcelero, privándola de los cigarrillos, su único placer, porque pensaba que eso le quitaba el apetito y la estaba matando. Daniela, que tenía el don de captar la necesidad ajena y la bondad para tratar de remediarla, adivinó que la abstinencia era el peor tormento de su abuela. Ese año había terminado la escuela secundaria, tenía planes para ir a estudiar a Miami en septiembre y entretanto tomaba cursos intensivos de inglés. Pasaba cada tarde a ver a Lena, así libraba a Lucía durante algunas horas para que pudiera trabajar. A los dieciocho años Daniela, alta y bella, con los rasgos eslavos de sus antepasados, jugaba al solitario o se instalaba en la cama de su abuela a hacer las tareas de inglés, mientras Lena dormitaba con ese ronquido líquido de los últimos momentos. Lucía no sospechaba que Daniela suministraba a su abuela los cigarrillos prohibidos, que llevaba de contrabando escondidos en su sostén. Habrían de pasar varios años antes de que Daniela le confesara a su madre esos pecados de misericordia.

El lento camino a la muerte desarmó el testarudo rencor de Lena contra el marido que la había traicionado y pudo hablar de él con su hija y su nieta en el soplo de voz que le iba quedando.

—Enrique lo ha perdonado, ahora te toca perdonarlo a ti, Lucía.

—No le tengo pica, mamá. Casi no lo conocí.

—Precisamente, hija, esa ausencia es la que debes perdonar.

—En realidad, nunca me hizo falta, mamá. Enrique, en cambio, quería tener un padre; estaba muy dolido, se sentía abandonado.

—Eso fue cuando era chico. Ahora entiende que su padre no actuó por maldad, estaba enamorado de esa mujer. No supo el daño que nos hizo a todos, a nosotros tanto como a ella y su hijo. Enrique lo entiende.

—¿Qué clase de hombre sería mi hermano ahora, a los cincuenta y siete años?

—Sigue teniendo veintidós, Lucía, y sigue siendo idealista y apasionado. No me mires así, hija. Estoy perdiendo la vida, pero no estoy perdiendo la cabeza.

—Hablas como si Enrique estuviera aquí.

—Está.

—Ay, mamá…

—Sé que lo mataron, Lucía. Enrique se niega a decirme cómo, quiere convencerme de que fue rápido y no sufrió mucho, porque cuando lo detuvieron estaba herido, desangrándose, y eso lo libró de la tortura. Se puede decir que murió peleando.

—¿Te habla?

—Sí, hija. Me habla. Está conmigo.

—¿Puedes verlo?

—Puedo sentirlo. Me ayuda cuando me ahogo, me acomoda las almohadas, me seca la frente, me pone cubos de hielo en la boca.

—Esa soy yo, mamá.

—Sí, eres tú y Daniela, pero también es Enrique.

—Dices que sigue siendo joven.

—Nadie envejece después de muerto, hija.

En esos últimos días de su madre, Lucía comprendió que la muerte no era un final, no era ausencia de vida, sino una poderosa ola oceánica, agua fresca y luminosa, que se la llevaba a otra dimensión. Lena se iba desprendiendo de la tierra firme y se iba dejando llevar por la ola, libre de ancla y de la fuerza de gravedad, liviana, pez translúcido impulsado por la corriente. Lucía dejó de luchar contra lo inminente y descansó. Sentada junto a su madre respiraba a conciencia, lentamente, y la iba invadiendo una inmensa quietud, un deseo de irse con ella, dejarse arrastrar y disolverse en el océano. Por primera vez sentía su propia alma como una luz incandescente por dentro, sosteniéndola, una luz eterna e invulnerable a los afanes de la existencia. Encontró un punto de calma absoluta en el centro de sí misma. No había nada que hacer, sólo esperar. Acallar el ruido del mundo. Supo que así experimentaba su madre la cercanía de la muerte y entonces desapareció el terror que la había dominado al ver cómo su madre se iba consumiendo y apagando como una vela.

Lena Maraz murió una de esas mañanas de febrero en que el sofoco del verano chileno se anuncia temprano. Había estado adormilada durante días, respirando apenas con un jadeo intermitente, aferrada a la mano de Enrique, mientras su nieta rogaba que le fallara pronto el corazón y saliera de una vez de ese pantano de agonía. Lucía, en cambio, entendía que su madre debía andar el último trecho a su propio paso, sin apuro. Había pasado la noche echada a su lado esperando el desenlace y Daniela se había recostado en el sofá de la sala. La noche se les hizo muy corta. Al amanecer Lucía se lavó la cara con agua fría, bebió una taza de café, despertó a Daniela y fueron juntas a instalarse a ambos lados de la cama. Por un instante Lena pareció volver a la vida, abrió los ojos y los fijó en su hija y su nieta. «Las quiero mucho, chiquillas. Vámonos, Enrique», murmuró. Cerró los párpados y Lucía sintió aflojarse la mano de su madre entre las suyas.

El frío se colaba en el interior de la cabaña a pesar de las estufas y tuvieron que abrigarse con toda la ropa disponible. A Marcelo hubo que arroparlo con un chaleco, además de su capa, pues tenía poco pelo y era friolento. El único acalorado era Richard, que despertó de la siesta transpirando y renovado. Empezaba a caer nieve como plumitas y anunció que era hora de ponerse en acción.

—¿Dónde exactamente vamos a desprendernos del auto? —le preguntó Lucía.

—Hay un acantilado a menos de un kilómetro de aquí. En esa parte el lago es hondo, debe tener unos quince metros de profundidad. Espero que el sendero esté transitable, porque es el único acceso.

—Supongo que la cajuela está bien cerrada…

—Por el momento el alambre ha resistido, pero no te puedo asegurar que permanecerá cerrada en el fondo del lago.

—¿Sabes cómo evitar que el cuerpo flote si se abre la tapa?

—No nos pongamos en ese caso —dijo Richard, estremeciéndose ante una posibilidad que no se le había ocurrido.

—Abriéndole el vientre para que le entre agua.

—Pero ¡qué dices, Lucía!

—Eso hacían con los prisioneros que tiraban al mar —dijo ella con la voz quebrada.

Los tres permanecieron en silencio, absorbiendo el horror de lo que acababa de salir a la luz y seguros de que ninguno de ellos sería capaz de hacerlo.

—Pobre, pobre señorita Kathryn… —murmuró finalmente Evelyn.

—Perdona, Richard, pero no podemos seguir adelante con esto —dijo Lucía, a punto de llorar, como Evelyn—. Sé que fue idea mía y que yo te traje obligado hasta aquí, pero he recapacitado. Todo esto ha sido pura improvisación, no hicimos un buen plan, no reflexionamos a fondo. Claro que no había tiempo para eso…

—¿Qué me quieres decir? —la interrumpió Richard, alarmado.

—Desde anoche Evelyn no deja de pensar en el espíritu de Kathryn, que anda vagando en pena, y yo no dejo de pensar que esa desdichada tiene familia. Seguramente tiene mamá… Mi madre pasó la mitad de su vida buscando a mi hermano Enrique.

—Lo sé, Lucía, pero esto es diferente.

—¿Cómo diferente? Si seguimos adelante con esto, Kathryn Brown será una persona desaparecida, como mi hermano. Habrá gente que la quiere y que la buscará sin cesar. El sufrimiento de esa incertidumbre es peor que la certeza de su muerte.

—¿Qué vamos a hacer entonces? —preguntó Richard, después de una larga pausa.

—Podríamos dejarla donde sea encontrada…

—¿Y si no la encuentran? ¿O si el cuerpo está tan descompuesto que no puede ser identificado?

—Siempre se puede identificar. Ahora basta un pedacito de hueso para identificar un cadáver.

Richard se paseaba a grandes pasos por la sala con las manos en el vientre, pálido, pensando en una solución. Entendía las razones de Lucía y compartía sus escrúpulos; tampoco él deseaba someter a la familia de esa mujer a una búsqueda sin fin. Debieron haberlo discurrido antes de llegar al punto en que se hallaban, pero todavía estaban a tiempo de remediarlo. La muerte de Kathryn Brown era responsabilidad del asesino, pero su desaparición sería suya y no podía asumir esa nueva culpa; ya tenía suficiente con las culpas antiguas. Debían dejar el cuerpo en un sitio alejado del lago y de la cabaña, donde estuviera a salvo de animales de rapiña y fuera hallado con el deshielo de la primavera, dentro de dos o tres meses. Eso daría a Evelyn la oportunidad de irse a un lugar seguro. Enterrar a Kathryn sería muy difícil. Cavar un hueco en la tierra congelada era una tarea que no emprendería estando sano y menos con el tormento de la úlcera. Le planteó el problema a Lucía, quien evidentemente ya lo había considerado.

—Podemos dejar a Kathryn en Rhinebeck —dijo ella.

—¿Por qué allí?

—No me refiero en el pueblo, sino en el Instituto Omega.

—¿Qué es eso?

—Para resumir digamos que es un centro espiritual, pero es mucho más que eso. He estado allí para retiros y conferencias. El Instituto tiene casi doscientos acres de prodigiosa naturaleza en un sitio aislado, cerca de Rhinebeck. Lo cierran en los meses de invierno.

—Pero debe de haber personal de mantenimiento.

—Sí, para las instalaciones, pero los bosques se cubren de nieve y no necesitan cuidados especiales. El camino a Rhinebeck y los alrededores es bueno, hay bastante tráfico, así es que no llamaríamos la atención y una vez que entremos en el terreno de Omega nadie nos vería.

—No me gusta, es muy arriesgado.

—A mí sí, porque es un lugar espiritual, con buena energía, en medio de bosques espectaculares. Allí me gustaría que dejaran mis cenizas. A Kathryn también le gustaría.

—Nunca sé si hablas en serio, Lucía.

—Totalmente en serio. Pero si tienes una idea mejor…

Para entonces nevaba de nuevo y comprendieron que era el momento de disponer del automóvil, antes de que el acceso fuera intransitable. Faltó tiempo de discutir más, estaban de acuerdo en que Kathryn debía ser encontrada y para eso habría que trasladarla al Subaru.

Richard les entregó guantes desechables, con instrucciones de no tocar el Lexus sin ellos. Movió el vehículo para ponerlo al lado del Subaru y enseguida cortó los alambres de la cerradura con un alicate. Kathryn Brown llevaba allí por lo menos dos o tres días con sus noches y muy poco había cambiado, dormía debajo del tapiz. Al tocarla estaba helada, pero parecía menos dura que cuando Lucía intentó moverla en Brooklyn. A Richard se le escapó un sollozo al verla; en la luz diáfana de la nieve, esa joven acurrucada como un niño tenía el mismo aire trágico de vulnerabilidad que Bibi. Cerró los ojos, aspirando a bocanadas el aire helado para desprenderse de ese fogonazo despiadado de la memoria y obligarse a volver al presente. No era su Bibi, su niña adorada, era Kathryn Brown, una mujer desconocida. Mientras Evelyn observaba la escena murmurando plegarias en alta voz, paralizada, Richard y Lucía emprendieron la tarea de extraer el cuerpo de la cajuela, que resultó más pesado que en vida por el agobio de haberse muerto de repente. Por fin pudieron dar la vuelta a Kathryn y le vieron la cara por primera vez. Tenía los ojos abiertos. Eran redondos y azules, ojos de muñeca.

—Ándate a la casa, Evelyn. Mejor que no veas esto —le ordenó Lucía, pero la chica, clavada en su sitio, no le obedeció.

Kathryn era una joven delgada y de corta estatura, con pelo corto color chocolate y aspecto de adolescente, vestida con ropa de yoga. Tenía un hueco negro en la mitad de la frente, tan nítido como si estuviera pintado, y un poco de sangre coagulada en la mejilla y el cuello. La observaron durante un par de minutos con infinita lástima, imaginando cómo sería en plena vida. Incluso en la postura torcida en que se hallaba, mantenía una cierta elegancia de bailarina en reposo.

Lucía la cogió por las piernas a la altura de las rodillas y Richard por las axilas, la levantaron y a duras penas lograron trasladarla al Subaru. Forcejeando, la colocaron en la cajuela, la taparon con el mismo tapiz y encima pusieron una lona. Con el equipaje dentro de la cajuela, nadie sospecharía.

—Murió de un tiro de pistola de bajo calibre —dijo Lucía—. La bala quedó incrustada en el cráneo, no hay orificio de salida. Murió instantáneamente. El asesino tiene buena puntería.

Richard, todavía conmocionado por el recuerdo vívido del momento en que perdió a su Bibi, veintitantos años atrás, lloraba sin sentir las lágrimas que se le congelaban en las mejillas.

—Seguramente Kathryn lo conocía —agregó Lucía—. Estaban frente a frente, tal vez conversando. Esta mujer no esperaba la bala, tiene expresión desafiante, se ve que no tuvo miedo.

Evelyn, que había logrado superar la inmovilidad y estaba limpiando las huellas de la cajuela del Lexus, los llamó.

—Miren —anunció, señalando una pistola al fondo de la cajuela.

—¿Es de Leroy? —le preguntó Richard, levantándola por el cañón con cuidado.

—Se parece.

Richard entró en la cabaña, sosteniendo el arma entre el pulgar y el índice, y la puso sobre la única mesa. Suponiendo que la bala salió de esa pistola de Frank Leroy, les había caído encima otra responsabilidad indeseable: entregar o no entregar el arma a la policía, encubrir a un culpable o quizá incriminar a un inocente.

—¿Qué haremos con la pistola? —le preguntó a Lucía, una vez reunidos en el interior de la vivienda.

—Soy partidaria de dejarla en el Lexus. ¿Para qué nos vamos a complicar más la existencia? Ya tenemos bastantes problemas.

—Es la prueba más importante contra el asesino, no podemos tirarla al lago —objetó Richard.

—Bueno, ya veremos. Por ahora lo más urgente es deshacernos del coche. ¿Tienes fuerzas para eso, Richard?

—Me siento mucho mejor. Aprovechemos la luz; va a oscurecer temprano.

El sendero, único acceso al acantilado, era casi invisible en la espuma blanca que emparejaba el mundo. El plan de Richard consistía en ir al lago con los dos vehículos, despeñar el Lexus y regresar en el otro. En condiciones normales se podía recorrer la corta distancia a pie en veinte minutos; la nieve era un impedimento, pero ofrecía la ventaja de cubrir las huellas en pocas horas. Decidió que él conduciría el Lexus delante, provisto de una pala, y Lucía iría detrás en el otro coche. Ella alegó que más lógico sería que el Subaru, con tracción de cuatro ruedas, abriera el camino. «Hazme caso, sé lo que hago», le contestó Richard, dándole un beso impulsivo en la punta de la nariz. Pillada por sorpresa, Lucía soltó una exclamación. Dejaron a Evelyn con el perro y con instrucciones de mantener las cortinas cerradas y encender una sola lámpara, si fuera necesario; mientras menos luz, mejor. Richard calculó que estarían de regreso en menos de una hora, si todo salía bien.

Orientándose por la separación de los árboles, cuyas ramas cargadas de nieve se inclinaban hasta el suelo, enfiló lentamente por el sendero que sólo él adivinaba, porque lo había recorrido antes, culebreando en el bosque, con Lucía atrás. Debieron retroceder varios metros en una ocasión, cuando se perdió el rastro, y poco más adelante el Lexus quedó atascado en la nieve. Richard se bajó a limpiar alrededor de las ruedas con la pala, después guió a Lucía para que empujara con el otro vehículo, tarea nada fácil, porque patinaba. Entonces ella entendió por qué el Subaru debía ir detrás; empujar era difícil, pero tirar habría sido casi imposible. En eso perdieron media hora, mientras iba oscureciendo y la temperatura descendía.

Por fin se encontraron con el lago a la vista, un inmenso espejo plateado que reflejaba el cielo azul gris en la quietud estricta de un paisaje invernal pintado en Holanda. Allí terminaba bruscamente el sendero. Richard descendió a explorar y anduvo de allá para acá, observando el acantilado, hasta que dio con lo que buscaba a unos treinta metros de donde estaban. Le explicó a Lucía que ese era el punto exacto con la profundidad necesaria y que deberían empujar a mano el Lexus, porque tratar de conducirlo hasta allí era muy peligroso. De nuevo Lucía comprendió las razones de Richard para que el Lexus fuera adelante, ya que en ese paso delgado no podría adelantar al otro coche. Empujarlo resultó complicado, se les hundían las botas en el terreno blando, en algunas partes las ruedas se atascaban en la nieve, que debían despejar con la pala, y en otras patinaban en el hielo.

Desde arriba el acantilado no le pareció muy alto a Lucía, pero según Richard esa era una impresión engañosa; desde esa altura el impacto y el peso del vehículo partirían el hielo. Con dificultad colocaron el automóvil perpendicular al lago, Richard lo puso en punto muerto y entre los dos le dieron una última arremetida. El coche avanzó despacio y las ruedas delanteras se asomaron al abismo, pero el resto se atascó en el borde del acantilado con un golpe sordo y el vehículo quedó balanceándose en la panza con tres partes del cuerpo en tierra y el resto colgando. Volvieron a empujarlo a todo pulmón sin lograr moverlo.

—¡Sólo esto nos faltaba! ¡Coopera, maldito cacharro! —exclamó Lucía, dándole una patada antes de dejarse caer sentada, jadeando.

—Debimos haber agarrado velocidad desde más atrás —apuntó Richard.

—Demasiado tarde. ¿Qué vamos a hacer ahora?

Durante largos minutos estuvieron tratando de recuperar el ritmo de la respiración, midiendo el desastre sin que se les ocurriera ninguna solución, cubiertos de nieve. En eso estaban cuando de pronto el automóvil inclinó la proa en varios grados y se deslizó unas cuantas pulgadas, arrastrándose penosamente. Richard dedujo que el calor de la máquina empezaba a deshacer la nieve debajo. Corrieron a ayudarlo y un instante después el Lexus se fue de bruces y cayó del acantilado con la pesadez de un paquidermo herido de muerte. Desde arriba lo vieron aterrizar de punta en el lago y por un instante pareció que se quedaría allí en posición vertical, como una extraña escultura metálica, pero entonces oyeron el tremendo crujido, la superficie se partió como un cristal en mil pedazos y el coche se hundió lentamente con un suspiro de adiós, levantando una ola de agua helada y fragmentos de hielo azul. Mudos de estupor, fascinados, Lucía y Richard lo contemplaron sumergirse, tragado por el agua oscura, hasta desaparecer por completo en el fondo del lago.

—En un par de días se habrá congelado la superficie y no quedará ni rastro —dijo Richard, finalmente, cuando se disolvió la última ondulación del agua.

—Hasta la primavera, con el deshielo.

—Aquí el lago es hondo, no creo que lo encuentren. Nadie viene por aquí —dijo Richard.

—Dios lo quiera —dijo Lucía.

—Dudo que Dios apruebe nada de lo que hemos hecho —sonrió él.

—¿Por qué no? Ayudar a Evelyn es un acto de compasión, Richard. Contamos con aprobación divina. Si no me crees, pregúntaselo a tu padre.

Richard

Río de Janeiro

Después de la muerte del pequeño Pablo, las semanas y los meses fueron un mal sueño del cual ni Anita ni Richard fueron capaces de escapar. Bibi cumplió cuatro años y la familia Farinha lo celebró con exageración en casa de sus abuelos, para compensar la tristeza que reinaba en su hogar. La niña pasaba de mano en mano entre su abuela y sus numerosas tías, demasiado sabia, serena y circunspecta para su edad, como siempre lo había sido.

Pero por las noches mojaba la cama. Despertaba empapada, y entonces se quitaba sigilosamente el pijama y se deslizaba desnuda y en puntillas a la habitación de sus padres. Dormía entre los dos y a veces su almohada amanecía húmeda del llanto de su madre.

El delicado equilibrio que Anita había mantenido en los años de sus abortos espontáneos se partió con la muerte del bebé. Ni Richard ni el persistente afecto de la familia Farinha pudieron ayudarla, pero entre todos lograron arrastrarla a la consulta de un psiquiatra, que le recetó un cóctel de medicamentos. Las sesiones terapéuticas transcurrían casi en silencio;

ella no hablaba y los esfuerzos del psiquiatra se estrellaban contra el duelo profundo de su paciente.

Como recurso desesperado, las hermanas de Anita la llevaron a consultar a María Batista, una respetada *iyalorixá*, madre de santos del candomblé. Todas las mujeres de la familia, en algún momento trascendental de sus vidas, habían hecho el viaje a Bahía para ir al *terreiro* de María Batista. Era una mujer madura, voluminosa, con una sonrisa imborrable en su rostro color melaza, vestida de blanco desde las zapatillas hasta el turbante y adornada con una cascada de collares simbólicos. La experiencia la había hecho sabia. Hablaba en voz baja, miraba a los ojos y acariciaba las manos de quienes acudían a ella para ser guiados en el camino de la incertidumbre.

Examinó el destino de Anita con su intuición, ayudada por los *búzios,* las conchas de caurí. No dijo lo que vio, porque su papel era impartir esperanza, ofrecer soluciones y dar consejo. Le explicó que el sufrimiento no cumple ningún propósito, es inútil, a menos que pueda ser usado para limpiar el alma. Anita debía rezar y pedirle ayuda a Yemayá, orixá de la vida, para salir de la prisión de los recuerdos. «Tu hijo está en el cielo y tú estás en el infierno. Vuelve al mundo», le dijo. A las hermanas Farinha les aconsejó que le dieran tiempo a Anita; en algún momento se le agotaría la reserva de llanto y su espíritu sanaría. La vida es persistente. «Las lágrimas son buenas, lavan por dentro», agregó.

Anita regresó de Bahía tan desconsolada como había partido. Se encerró en sí misma, indiferente a las atenciones de su familia o de su marido, alejada de todos, menos de Bibi. Retiró a su hija de la guardería infantil para tenerla siempre a la vista, protegida por un cariño opresivo y temeroso. Bibi, sofocada por ese abrazo trágico, cargaba ella sola con la responsabilidad de impedir que su madre se deslizara irrevocablemente hacia la locura. Sólo ella podía secarle el llanto y aliviarle la pena con caricias. Aprendió a no mencionar a su hermanito, como si hubiera olvidado su breve existencia, y fingir alegría para distraerla. La niña y su padre convivían con un fantasma. Anita pasaba buena parte del día durmiendo o inmóvil en un sillón, vigilada por alguna mujer de la familia, porque el psiquiatra había advertido contra el suicidio. Las horas transcurrían idénticas para Anita, sus días se sucedían con terrible lentitud y le sobraban horas para llorar a Pablo y los niños que no alcanzaron a nacer. Tal vez las lágrimas se le hubieran secado finalmente, como dijo María Batista, pero faltó tiempo para eso.

A Richard lo afectó más la desesperación insondable de su mujer que la muerte del bebé. Había deseado y amado a ese hijo, pero menos que Anita, y no alcanzó a familiarizarse con él. Mientras la madre lo criaba pegado al pecho, arrullándolo en una letanía amorosa constante, unidos ambos por el cordón invencible del instinto maternal, él recién empezaba a conocerlo cuando lo perdió. Había dispuesto de cuatro años para enamorarse de Bibi y aprender a ser su padre, pero pasó sólo un mes con Pablo. Su muerte inesperada lo estremeció, pero mucho más lo afectó la reacción de Anita. Llevaban juntos varios años y estaba acostumbrado a los cambios de humor de su mujer, quien en cuestión de minutos pasaba de la risa y la pasión a la ira o la tristeza. Había encontrado maneras de manejar los impredecibles estados de ánimo de Anita sin alterarse, los atribuía a su temperamento tropical, como lo calificaba lejos del alcance de ella, porque lo hubiera acusado de racista. Sin embargo, en el duelo de Pablo no podía ayudarla, porque ella lo rechazaba; apenas toleraba a su familia y menos lo toleraba a él. Bibi era su único consuelo.

Entretanto la vida bullía en las calles y las playas de esa ciudad erótica. En febrero, el mes más caluroso, la gente andaba casi desnuda, los hombres en pantalones cortos y a menudo descamisados, y las mujeres con vestidos ligeros, luciendo escotes y piernas. Cuerpos juveniles, bellos, bronceados, sudorosos, cuerpos y más cuerpos exhibiéndose desafiantes, Richard los veía por todas partes. Su bar favorito, donde se dirigía automáticamente por las tardes a refrescarse con cerveza o aturdirse con cachaza, era uno de los oasis obligados de los jóvenes. A eso de las ocho empezaba a llenarse y a las diez el ruido era de tren en marcha y el olor a sexo, sudor, alcohol y perfume podía palparse como algodón. En un rincón discreto circulaban cocaína y otras drogas. Richard, convertido en cliente habitual, no necesitaba pedir su trago, el barman se lo servía apenas se acercaba al mostrador. Había hecho amistad con varios clientes leales como él, que a su vez le habían presentado a otros. Los hombres bebían, conversaban a gritos por encima del bochinche, miraban el fútbol en la pantalla, discutían de goles o de política y a veces se les iba la mano y terminaban enojados. Entonces intervenía el barman y los echaba afuera. Las muchachas se dividían en dos categorías, las intocables, porque iban del brazo de un hombre, y las que llegaban en grupo a ejercitar el arte de seducir. Si aparecía una mujer sola, normalmente tenía edad suficiente para desdeñar las malas lenguas y siempre encontraba quien la cortejara por amabilidad, con esa galantería masculina de los brasileños que Richard era incapaz de imitar, porque la confundía con acoso sexual. Por su parte, él era blanco fácil de las chicas que andaban pidiendo guerra. Aceptaban sus tragos, bromeaban con él y en la intimidad de la apretada multitud del local lo acariciaban hasta obligarlo a responder. Richard se olvidaba de Anita en esos momentos, aquellos juegos eran inocuos, no representaba ni el menor peligro para su matrimonio, como hubiera sucedido si Anita se tomara las mismas libertades.

La joven que habría de ser inolvidable para Richard no se contaba entre las más hermosas en esas noches de caipiriña, pero era atrevida, de risa clara y ganas de probar todo lo que se le ofrecía. Se convirtió en la mejor camarada para la juerga, pero Richard la mantenía al margen de su vida, como si fuera un maniquí que sólo cobraba vida en su presencia para acompañarlo en el bar con alcohol y cocaína. Significaba tan poco en su vida, creía él, que para simplificar la llamaba Garota, el nombre genérico de las chicas bellas de Ipanema establecido por la antigua canción de Vinicius de Moraes. Ella lo inició en el rincón de la droga y en la mesa de póquer de la trastienda, donde se apostaba barato y se podía perder sin consecuencias serias. Era incansable, podía pasar la noche entera bebiendo y bailando y al día siguiente irse directamente a su trabajo de administrativa en un consultorio dental. Le contaba su vida inventada a Richard, siempre una versión distinta, en un portugués frenético y enredado, que a él le sonaba como música. Al segundo trago él se lamentaba de su triste vida doméstica y al tercero lloriqueaba en el hombro de ella. La Garota se le sentaba en las rodillas, lo besaba hasta ahogarse y se le refregaba con mohines tan excitantes, que él volvía a su casa con los pantalones manchados y una inquietud que no alcanzaba a ser remordimiento. Richard planeaba el día en función del encuentro con esa chica que daba color y sabor a su existencia. Eternamente alegre y bien dispuesta, la Garota le recordaba a la Anita de antes, aquella de quien se enamoró en la Academia de Baile y que se iba esfumando rápidamente en la neblina de su desventura. Con la Garota él volvía a ser un joven despreocupado; con Anita se sentía pesado, envejecido y juzgado.

El trayecto entre el bar y el apartamento de la Garota era corto y las primeras veces Richard lo hizo en grupo. A las tres de la madrugada, cuando echaban del local a los últimos clientes, algunos iban a dormir la borrachera en la playa o a seguir la fiesta en casa de uno de ellos. El apartamento de la Garota era el más conveniente, pues quedaba a menos de cinco cuadras. En varias ocasiones Richard despertaba con la primera luz del alba en un sitio que por breves segundos le resultaba desconocido. Se incorporaba mareado y confundido, sin reconocer a los hombres y mujeres revueltos y despatarrados en el suelo o sobre los sillones.

Las siete de la mañana de un sábado lo sorprendió sobre la cama de la Garota vestido y con zapatos. Ella estaba desnuda, abierta de piernas y brazos, con la cabeza colgando, la boca abierta, un hilo de sangre seca en el mentón y los párpados entornados. Richard no tenía idea de lo que había sucedido ni por qué se encontraba allí, las horas anteriores estaban en absoluta oscuridad, lo último que recordaba era la mesa de póquer en una nube de humo de cigarrillos. Cómo llegó hasta esa cama era un misterio. En varias ocasiones anteriores el alcohol lo había traicionado, su mente se perdía mientras su cuerpo actuaba automáticamente; debía existir un nombre y una razón científica para esa condición, pensaba. Al cabo de un par de minutos reconoció a la mujer, pero no pudo explicarse la sangre. ¿Qué había hecho? Temiendo lo peor, la sacudió, gritándole sin recordar su nombre, hasta que ella dio señales de vida. Entonces, aliviado, sumergió la cabeza en el lavabo con agua fría hasta perder la respiración y recuperar algo de equilibrio. Salió disparado y llegó a su casa con cuchilladas taladrándole las sienes, los huesos molidos y una inextinguible acidez estomacal quemándolo por dentro. Improvisó una disculpa apresurada para Anita: había sido detenido por la policía junto a otros por un estúpido altercado en la calle, había pasado la noche en la cárcel y no le permitieron avisar a su casa por teléfono.

La mentira fue innecesaria, porque encontró a Anita en el sueño profundo de sus somníferos y a Bibi jugando callada con sus muñecas. «Tengo hambre, papá», dijo abrazándose a sus piernas. Richard le preparó cacao y un plato de cereal, sintiéndose indigno del amor de esa niña, manchado, inmundo; no se atrevió a tocarla antes de darse una ducha. Después la sentó en sus rodillas y hundió la nariz en su pelo de ángel, aspirando su olor a leche cuajada y sudor inocente, jurando para sí que en adelante su familia sería su principal prioridad. Iba a dedicarse en cuerpo y alma a sacar a su mujer del pozo en que estaba sumida y compensar a Bibi por meses de negligencia.

Sus propósitos duraron diecisiete horas y las escapadas nocturnas se hicieron más frecuentes, largas e intensas. «¡Te estás enamorando de mí!», le hizo ver la Garota y para no defraudarla, él lo admitió, aunque el amor nada tenía que ver con su comportamiento. Ella era desechable, podía ser reemplazada por docenas de otras parecidas, frívolas, hambrientas de atención, temerosas de la soledad.

El siguiente sábado despertó cerca de las nueve de la mañana en la cama de ella. Perdió algunos minutos buscando su ropa en el desorden del apartamento, sin apurarse, porque supuso que Anita todavía estaría semiinconsciente con píldoras; se levantaba cerca del mediodía. Tampoco Bibi le preocupaba, porque a esa hora habría llegado la empleada y se habría hecho cargo de ella. Su vago sentido de culpa se iba volviendo imperceptible; la Garota tenía razón, la única víctima en esa situación era él por estar atado a una esposa enferma mental. Si él manifestaba algún indicio de preocupación por engañar a Anita, la muchacha le repetía el mismo refrán: ojos que no ven, corazón que no siente. Anita no sabía o fingía no saber nada de sus escapadas y él tenía derecho a pasarlo bien. La Garota era una diversión pasajera, apenas una huella en la arena, pensaba Richard, sin imaginar que llegaría a ser una cicatriz imborrable en su memoria. La infidelidad le molestaba menos que las consecuencias del alcohol. Después de una noche de parranda, le costaba trabajo recuperarse, podía pasar el día con el estómago en llamas y el cuerpo molido, incapaz de pensar con claridad, con los reflejos adormecidos, andando con pesadez de hipopótamo.

Tardó un poco en encontrar su coche, estacionado en una

calle lateral, y también tardó en introducir la llave en el contacto y echar a andar el motor; una conspiración misteriosa entorpecía sus facultades, se movía en cámara lenta. A esa hora había poco tráfico y a pesar del garrotazo en el cerebro, logró recordar la ruta a su casa. Habían pasado veinticinco minutos desde que despertó junto a la Garota y necesitaba con urgencia una taza de café y una larga ducha caliente. Iba saboreando el café y la ducha al acercarse a la entrada de su garaje.

Después buscaría mil explicaciones del accidente y ninguna sería suficiente para alterar la imagen nítida que habría de quedar fija en sus retinas para siempre.

Su hija lo estaba esperando en la puerta y al ver aparecer su coche en la esquina corrió a saludarlo, como siempre hacía dentro de la casa apenas él llegaba. Richard no la vio. Sintió el batacazo sin saber que había pasado por encima de Bibi. Frenó al instante y entonces oyó los gritos destemplados de la empleada. Supuso que había atropellado a un perro, porque la verdad que presentía en los vericuetos de su mente era insoportable. Saltó del asiento, impulsado por un formidable terror, que barrió de un plumazo la resaca de la borrachera, y al no ver la causa del golpe alcanzó a sentir un instante de alivio. Pero entonces se agachó.

A él le tocó extraer a su hija de debajo del automóvil. El golpe no había desordenado nada: el pijama con dibujos de ositos estaba limpio, en la mano empuñaba un muñeco de trapo, tenía los ojos abiertos con la expresión de dicha irresistible con que siempre lo recibía. La levantó con infinito cuidado, loco de esperanza, y la sostuvo contra su pecho, besándola y llamándola, mientras desde muy lejos, desde otro universo, le llegaban los gritos de la empleada y los vecinos, los bocinazos del tráfico detenido y después las sirenas de la policía y la ambulancia. Cuando captó la magnitud de su desgracia, se preguntaría dónde estaba Anita en ese momento, por qué no la escuchó ni la vio entre la muchedumbre confusa apiñada a su alrededor. Mucho más tarde se enteró de que al sentir el frenazo y el alboroto, ella se asomó a la ventana del segundo piso y desde arriba, paralizada, presenció todo, desde el primer gesto de su marido arrodillándose junto al coche, hasta la ambulancia perdiéndose calle arriba con su ulular de lobos y su luz roja de mal augurio. Desde la ventana Anita Farihna supo sin la menor duda que Bibi no respiraba y asumió ese sablazo final del destino como lo que era: su propia ejecución.

Anita se hizo pedazos. Recitaba incoherencias en un monólogo ininterrumpido y cuando dejó de comer fue a dar con sus huesos a una clínica psiquiátrica administrada por alemanes. Le plantaron al lado a una enfermera de día y otra de noche, ambas tan parecidas en su físico rotundo y su autoridad imponente, como gemelas descendientes de un coronel prusiano. Esas temibles matronas se encargaron de alimentarla durante dos semanas por un tubo al estómago con un líquido espeso oloroso a vainilla, así como de vestirla contra su voluntad y llevarla prácticamente en vilo a pasear por el patio de los locos. Aquellos paseos y otras actividades obligatorias, como los documentales de delfines y osos panda, destinados a combatir pensamientos destructivos, no tuvieron ningún efecto apreciable en ella. Entonces el director de la clínica sugirió terapia electroconvulsiva, un método eficaz y de poco riesgo para arrancarla de la indiferencia, como dijo. El tratamiento era bajo anestesia, la paciente ni se enteraba, y el único inconveniente menor era pérdida temporal de la memoria, que en el caso de Anita sería una bendición.

Richard escuchó la explicación y decidió esperar, porque era incapaz de someter a su mujer a varias sesiones de electroshock, y por una vez la familia Farihna estuvo de acuerdo. También estuvieron de acuerdo en no prolongar su estancia en esa institución teutónica más allá de lo indispensable. Apenas fue posible quitarle el tubo y darle una papilla nutritiva a cucharaditas, se llevaron a la paciente a la casa de su madre. Si antes las hermanas se habían propuesto turnarse para cuidarla, después del accidente de Bibi no la dejaban sola ni un instante. De día y de noche había alguien con ella, vigilando y rezando.

De nuevo Richard fue excluido del mundo femenino donde languidecía su mujer. Ni siquiera pudo acercarse para tratar de explicarle lo ocurrido y clamar por su perdón, aunque no cabía perdón posible. Sin que nadie pronunciara la palabra frente a él, fue tratado como un asesino. Y así exactamente se sentía. Vivía solo en su casa, mientras los Farihna retenían a su mujer. «La han secuestrado», le decía por teléfono a su amigo Horacio, que lo llamaba desde Nueva York. En cambio a su padre, que también lo llamaba regularmente, no le confesaba el desastre de su existencia sino que lo tranquilizaba con una versión optimista en la que Anita y él, con ayuda psicológica y de la familia, estaban superando el duelo. Joseph sabía que Bibi había muerto atropellada, pero no sospechaba que Richard conducía el vehículo.

La empleada, que antes iba a cuidar a Bibi y hacer limpieza, se fue el mismo día del accidente y no regresó ni a cobrar su sueldo. También la Garota se esfumó, porque Richard ya no podía pagarle los tragos y por miedo supersticioso: creía que las desgracias de Richard las causaba una maldición y eso solía ser contagioso. En torno a Richard crecía el desorden y se alargaban las hileras de botellas en el suelo, en la nevera fermentaban productos con pelos verdes que habían perdido su naturaleza original y la ropa sucia se reproducía sola como truco de ilusionista. Su mal aspecto asustó a los alumnos de sus clases, que fueron desapareciendo rápidamente, y se encontró sin fondos por primera vez. Los últimos ahorros de Anita se destinaron a pagar la clínica. Empezó a beber ron ordinario a granel, solo en su casa, porque debía dinero en el bar. Pasaba el tiempo echado frente a la televisión encendida a toda hora para evitar el silencio y la oscuridad, donde flotaba la presencia transparente de sus niños. A los treinta y cinco años se consideraba medio muerto, porque ya había vivido media vida. La otra mitad no le interesaba.

En esa época de desgracia para Richard, su amigo Horacio Amado-Castro, convertido en director del Centro de Estudios Latinoamericanos y del Caribe en la Universidad de Nueva York, decidió prestarle más atención a Brasil y pensó que de paso podía darle una oportunidad a Richard. Eran camaradas desde los años de soltería, cuando él iniciaba su carrera académica y Richard preparaba su tesis doctoral. En esos años había ido a visitarlo a Río de Janeiro y su amigo lo trató con tan exquisita hospitalidad, a pesar de su escuálido presupuesto de estudiante, que se quedó dos meses con él y fueron juntos al Mato Grosso, a explorar la selva amazónica con una mochila a la espalda. Consolidaron una de esas amistades masculinas sin asomo de sentimentalismo, inmunes a la distancia y el tiempo. Más tarde viajó de nuevo a Río de Janeiro para ser testigo en la boda de Richard y Anita. En los años siguientes se vieron muy poco, pero el afecto quedó resguardado en un rincón seguro de la memoria; ambos sabían que podían contar con el otro. Desde que supo lo ocurrido con Pablo y Bibi, Horacio llamaba a su amigo un par de veces por semana para tratar de levantarle el ánimo. En el teléfono la voz de Richard era irreconocible, arrastraba las palabras y se repetía con la obtusa incoherencia de los ebrios. Horacio comprendió que Richard necesitaba tanta ayuda como Anita.

Fue él quien le avisó a Richard, antes de que se publicara en las revistas especializadas, que existía una vacante en la universidad y le aconsejó presentarse de inmediato. La competencia por el puesto sería fuerte y en eso él no podía ayudarlo, pero si pasaba las pruebas necesarias y lo acompañaba la suerte podría encabezar la lista. Su tesis doctoral todavía se estudiaba, ese era un punto a su favor, y sus artículos publicados eran otro, pero había transcurrido más tiempo del conveniente desde entonces; Richard había perdido años de carrera profesional remoloneando en la playa y bebiendo caipiriñas. Para complacer a su amigo, Richard envió su solicitud sin grandes esperanzas y se llevó la enorme sorpresa de que dos semanas más tarde le llegara una respuesta invitándole a presentarse para una entrevista. Horacio tuvo que mandarle dinero para el avión a Nueva York. Richard se preparó para viajar sin darle explicaciones a

Anita, que en ese momento estaba en la clínica de los alemanes. Se convenció a sí mismo de que no actuaba por egoísmo; si le daban el puesto, Anita estaría mucho mejor atendida en Estados Unidos, donde contaría con el seguro médico de la universidad para cubrir los gastos. Además, la única forma de recuperarla como esposa era arrancarla de las garras de los Farinha.

Después de exhaustivas entrevistas, Richard fue contratado a partir de agosto. Estaban en abril. Calculó que había tiempo suficiente para que Anita se repusiera y para organizar el traslado. Entretanto tuvo que pedirle otro préstamo a Horacio para los gastos ineludibles, con la intención de pagarle con la venta de la casa, siempre que Anita lo permitiera, porque la propiedad era de ella.

A Horacio Amado-Castro nunca le había faltado dinero gracias a la fortuna familiar. A los setenta y seis años, su padre seguía ejerciendo su tiranía de patriarca desde Argentina con el mismo carácter férreo de siempre, resignado a la desdicha de que uno de sus hijos se hubiera casado con una yanqui protestante y dos de sus nietos no hablaran español. Los visitaba varias veces al año para refrescar su vasta cultura en museos, conciertos y teatro, y para supervisar sus inversiones en bancos de Nueva York. Su nuera lo detestaba, pero lo trataba con la misma hipócrita cortesía de él con ella. Hacía años que el viejo pretendía comprarle una vivienda apropiada a Horacio. El estrecho apartamento de Manhattan donde vivía esa familia, en un décimo piso de un conglomerado de veinte edificios idénticos de ladrillo rojo, era una ratonera indigna de un hijo suyo. Horacio iba a heredar la parte correspondiente de su fortuna apenas él fuera a la tumba, pero en la familia todos eran longevos y él pensaba vivir un siglo; sería estúpido que Horacio esperara hasta entonces para llevar una vida holgada pudiendo hacerlo antes, decía entre carraspeos y chupadas de su cigarro cubano. «No quiero deberle nada a nadie y menos a tu padre, que es un déspota y me detesta», determinó la yanqui protestante, y Horacio no se atrevió a contradecirla. Por fin el viejo encontró la forma de convencer a esa nuera testaruda. Un día llegó con una adorable perrita para los nietos, una bola de pelos con ojos dulces. La llamaron Fifi, sin imaginar que pronto el nombre le quedaría chico. Era una esquimal canadiense, un perro de trineo que llegaría a pesar cuarenta y ocho kilos, y, ante la imposibilidad de quitársela a los niños, la nuera cedió y el abuelo hizo un cheque sustancioso. Horacio buscó una casa con patio para Fifi en los alrededores de Manhattan y acabó adquiriendo una *brownstone* en Brooklyn poco antes de que su amigo Richard Bowmaster llegara a trabajar en su facultad.

Richard aceptó el puesto en Nueva York sin preguntarle a su mujer, porque dedujo que ella no estaba en condiciones de entender la situación. Se trataba de hacer lo mejor para ella. Calladamente se desprendió de casi todo lo que poseían y empacó el resto. No fue capaz de tirar las cosas que habían pertenecido a Bibi o la ropita de Pablo, las embaló en tres cajones y poco antes de partir los confió al cuidado de su suegra. Preparó las maletas de Anita sin escrúpulos, sabiendo que a ella le daba lo mismo; desde hacía un tiempo se vestía con ropa de gimnasia y se había mochado el pelo con tijeras de cocina.

Su plan de rescatar a su mujer con algún pretexto y salir de la ciudad sin melodrama fracasó, porque la madre y las hermanas de Anita adivinaron sus intenciones apenas llegó con los tres cajones para guardar y averiguaron el resto con olfato de sabuesos. Se empeñaron en impedir el viaje. Le hicieron ver la fragilidad de Anita, cómo iba a sobrevivir en esa ciudad brava, en una lengua enrevesada, sin su familia y sus amigas; si estaba deprimida entre los suyos, cómo iría a estarlo entre americanos desconocidos. Richard se negó a oír razones, su decisión era irrevocable. Aunque se abstuvo de decirlo, para evitar ofensas, consideraba que había llegado la hora de pensar en su propio futuro y dejarse de tantas contemplaciones con esa esposa histérica. Por su parte, Anita demostró total indiferencia por su suerte. Le daba lo mismo esto o aquello, aquí o allá.

Provisto de una bolsa con frascos de medicamentos, Richard condujo a su mujer al avión. Anita avanzó mansamente sin mirar hacia atrás y sin un gesto de despedida para su familia, que lloraba en masa separada de ella por un vidrio en el aeropuerto. Durante las diez horas de viaje estuvo despierta, sin comer ni preguntar adónde iban. En el aeropuerto de Nueva York los esperaban Horacio y su esposa.

Horacio no reconoció a la mujer de su amigo, la recordaba bella, sensual, toda curvas y sonrisa, pero quien apareció ante sus ojos había envejecido una década, arrastraba las zapatillas y miraba de un lado a otro furtivamente, como esperando ser atacada. No respondió a los saludos ni permitió que la mujer de Horacio la acompañara al baño. «Dios nos libre, esto es mucho peor de lo que pensé», murmuró Horacio. Su amigo tampoco se veía bien. Richard había bebido durante la mayor parte del vuelo, aprovechando el licor gratis, traía una barba de tres días, la ropa hecha una piltrafa, olía a sudor de borracho y sin la ayuda de Horacio se habría quedado varado con Anita en el aeropuerto.

Los Bowmaster se instalaron en un apartamento de la universidad destinado a miembros de la facultad, que Horacio les había conseguido; era un hallazgo, porque estaba en el centro de la ciudad, tenía una renta baja y existía una lista de espera. Después de depositar las maletas en la entrada y entregarle las llaves, Horacio se encerró con su amigo en uno de los cuartos para aleccionarlo. Había cientos, si no miles de postulantes para cada vacante académica en Estados Unidos, le dijo. La oportunidad de enseñar en la Universidad de Nueva York no se presentaba dos veces y más valía aprovecharla. Debía controlar la bebida y causar buena impresión desde el comienzo, no podía presentarse en el estado de suciedad y descuido en que estaba.

—Yo te he recomendado, Richard. No me dejes en mal lugar.

—¿Cómo se te ocurre? Estoy medio muerto con el viaje y con la salida de Río, mejor dicho, la huida. Para qué te cuento la tragedia de los Farihna porque nos veníamos. Quédate tranquilo, en un par de días me verás aparecer impecable en la universidad

—¿Y Anita?

—¿Qué hay con ella?

—Está muy delicada, no sé si puede quedarse sola, Richard.

—Tendrá que acostumbrarse, como todo el mundo. Aquí no cuenta con su familia para que la mime. Sólo cuenta conmigo.

—Entonces no le falles, hermano —dijo Horacio al despedirse.

Evelyn

Brooklyn

Evelyn Ortega comenzó su trabajo con los Leroy en 2011. La casa de las estatuas, como ella llamaría siempre a la residencia de esa familia, había pertenecido a un mafioso de los años cincuenta y su numerosa parentela, incluidas dos tías solteras y una bisabuela siciliana que se negó a salir de su pieza cuando instalaron en el jardín a los griegos en pelotas. El gángster murió en su ley y la casa pasó por otras manos antes de ser adquirida por Frank Leroy, a quien el pasado turbio de la propiedad y las estatuas deterioradas por la intemperie y la caca de paloma le hacían gracia. Además, estaba bien situada en una calle discreta y en un barrio que se había vuelto respetable. Cheryl, su mujer, hubiera preferido un apartamento moderno en vez de esa mansión pretenciosa, pero las decisiones grandes y chicas estaban a cargo de él y jamás se discutían. La casa de las estatuas tenía varias ventajas instaladas por el gángster para la comodidad de su familia: acceso de silla de ruedas, un ascensor interno y garaje para dos vehículos.

A Cheryl Leroy le bastaron cinco minutos con Evelyn Ortega para darle el empleo. Necesitaba una niñera con urgencia, no podía fijarse en detalles. La anterior había salido hacía cinco días y no había vuelto. Seguramente había sido deportada; eso pasaba por emplear indocumentadas, decía. Su marido se encargaba normalmente de contratar, pagar y despedir al servicio. A través de su oficina tenía contactos para conseguir inmigrantes latinos y asiáticos dispuestos a trabajar por nada, pero por norma no mezclaba el trabajo con la familia. Esos contactos eran inútiles para conseguir una niñera de confianza, habían tenido experiencias lamentables. Como ese era uno de los pocos puntos en que la pareja estaba de acuerdo, Cheryl las buscaba a través de la Iglesia Pentecostal, que siempre disponía de una lista de mujeres buenas buscando trabajo. También la joven de Guatemala debía de ser indocumentada, pero prefería olvidarlo por el momento; ya se ocuparía de eso más adelante. Le gustaron su cara honesta y sus modales respetuosos, presintió que había dado con una gema, muy distinta a otras niñeras que habían desfilado por su casa. Sus únicas dudas fueron sobre la edad de la chica, pues parecía recién salida de la pubertad, y su tamaño. Había leído en alguna parte que las personas más bajas del planeta son las mujeres indígenas de Guatemala y tenía la prueba ante sus ojos. Se preguntó si esa muchachita de nada, con huesos de codorniz y tartamuda, sería capaz de habérselas con su hijo Frankie, quien debía pesar más que ella y era incontrolable en sus pataletas.

Por su parte Evelyn creyó que la señora Leroy era actriz de Hollywood, tan alta y tan rubia. Debía mirarla hacia arriba, como a los árboles, tenía músculos en los brazos y las pantorrillas, ojos celestes como el cielo de su aldea y una cola de pelo amarillo que se meneaba con vida propia. Estaba bronceada, con un tono anaranjado que ella nunca había visto, y hablaba con voz entrecortada, como su abuelita Concepción, aunque no era tan vieja como para que le fallara el aire. Parecía muy nerviosa, un potrillo listo para salir de carrera.

Su nueva patrona la presentó al resto del personal, una cocinera y su hija, encargada del aseo, que trabajaban de nueve a cinco, lunes, miércoles y viernes. Le mencionó a Iván Danescu, que no era empleado de la casa, pero prestaba servicios, y a quien vería otro día, y le aclaró que su marido, el señor Leroy, sólo mantenía un contacto mínimo, el indispensable, con los domésticos. La condujo en ascensor al tercer piso y eso acabó de convencer a Evelyn de que había aterrizado entre millonarios. El ascensor era una jaula de pájaros de hierro forjado en un diseño floral, del ancho necesario para una silla de ruedas. La pieza de Frankie era la misma que medio siglo antes ocupaba la bisabuela siciliana: amplia, con el techo inclinado y una claraboya, además de la ventana, oscurecida por la copa de un arce en el jardín. Frankie, de unos ocho o nueve años, tan rubio como su madre y con una palidez de tísico, estaba atado a una silla de ruedas frente a la televisión. Su madre le explicó a Evelyn que las correas impedían que se cayera o se hiciese daño en caso de convulsiones. El niño requería supervisión constante, porque se ahogaba y en ese caso había que sacudirlo y golpearle la espalda para devolverle el aliento, usaba pañales y debían darle de comer, pero no daba problemas, era un querubín, se hacía querer de inmediato. Sufría de diabetes, pero estaba muy bien controlado, ella misma se encargaba de medir sus niveles y administrar la insulina. Todo esto y algo más alcanzó a explicarle deprisa antes de despedirse y desaparecer rumbo al gimnasio, como dijo.

Evelyn, confundida y cansada, se sentó junto a la silla, le tomó la mano al niño, tratando de estirarle los dedos agarrotados, y le dijo en *spanglish*, sin tartamudear, que iban a ser buenos amigos. Frankie respondió con gruñidos y aleteos espasmódicos, que ella interpretó como una bienvenida. Así comenzó la relación de amor y guerra que llegaría a ser fundamental para ambos.

En los quince años que llevaban juntos, Cheryl Leroy se había resignado a la autoridad brutal de su marido, pero no había aprendido a esquivar a tiempo sus ataques. Permanecía con él por el hábito de la desdicha, la dependencia económica y el hijo enfermo. A su analista le había admitido que también lo soportaba por adicción a la comodidad: ¿cómo iba a renunciar a sus talleres de crecimiento espiritual, al club de lectura, a sus clases de pilates, que la mantenían en forma, aunque menos de lo deseable? Se requería tiempo y recursos para todo eso. Sufría al compararse con mujeres realizadas e independientes tanto como con aquellas que circulaban desnudas en el gimnasio. Ella nunca se quitaba toda la ropa en el vestuario, era muy hábil en el manejo de la toalla para entrar y salir de la ducha o la sauna sin mostrar los verdugones en su cuerpo. Por donde examinara su vida, salía en desventaja. El inventario de sus deficiencias y limitaciones era doloroso; había fracasado en las ambiciones de la juventud y ahora, al sumar los signos de la edad, lloraba.

Estaba muy sola, sólo tenía a su Frankie. Su madre había muerto hacía once años y su padre, con quien siempre se había llevado mal, se volvió a casar. Su nueva esposa era de China, la conoció por internet y se la trajo sin preocuparse de que no compartieran el mismo idioma ni pudieran comunicarse. «Mejor así, tu madre era muy habladora», fue su comentario cuando le notificó su boda a Cheryl. Vivían en Texas y nunca la habían invitado a visitarlos ni habían hecho amago de ir a verla en Brooklyn. Jamás preguntaban por el nieto con parálisis cerebral. Cheryl sólo había visto a la mujer de su padre en las fotografías que le enviaban cada Navidad, en las que ambos aparecían con gorros de Santa Claus, él con una sonrisa oronda y ella con expresión confundida.

Todo se le iba aflojando a Cheryl, a pesar de sus esfuerzos, no sólo el cuerpo, sino también su destino. Antes de cumplir cuarenta la vejez había sido un enemigo lejano, a los cuarenta y cinco la sentía acechando, tenaz e implacable. Alguna vez soñó con una carrera profesional, tuvo ilusiones de salvar el amor y estuvo orgullosa de su estado físico y su belleza, pero eso pertenecía al pasado. Estaba quebrada, vencida. Llevaba varios años tomando drogas para la depresión, la ansiedad, el apetito y el insomnio. El gabinete del baño y el cajón de su mesilla de noche contenían docenas de píldoras de mil colores, muchas que ya habían expirado y otras tantas que había olvidado para qué servían, pero ninguna podía reparar una vida rota. Su analista, el único hombre que no la había hecho sufrir y la escuchaba, le había recetado varios paliativos en los años de psicoterapia y ella había obedecido como niña buena, como había obedecido mansamente a su padre, a los novios temporales de su juventud y como ahora a su marido. Largas caminatas, budismo zen, diversas dietas, hipnosis, manuales de autoayuda, terapia de grupo… nada daba resultados permanentes. Empezaba algo y durante un tiempo parecía ser el remedio tan buscado, pero la ilusión duraba poco.

El analista estaba de acuerdo con ella en que la causa principal de sus pesares no era tanto el hijo enfermo como la relación con su marido. Le había hecho ver que la violencia siempre es progresiva, tal como ella misma había comprobado en los años con ese hombre; a cada rato perecían mujeres asesinadas que pudieron haber escapado a tiempo, decía, pero él no podía intervenir, como hubiera deseado cuando la veía llegar con una costra de maquillaje y gafas de sol. Su papel consistía en darle tiempo para tomar sus propias decisiones; él proveía un oído atento y un lugar seguro para desmenuzar los secretos. Era tanto el temor de Cheryl por su marido, que se crispaba al escuchar su automóvil en el garaje o sus pasos en la casa. Era imposible adivinar el estado de ánimo de Frank Leroy, porque cambiaba en un instante sin causa previsible; ella rogaba para que llegara distraído, ocupado o sólo de paso a cambiarse de ropa y salir, contaba los días para verlo partir de viaje. Le había confesado al analista que deseaba ser viuda y él había asentido sin demostrar la menor sorpresa, porque había escuchado lo mismo de otras pacientes con menos motivos que Cheryl Leroy para ansiar la muerte del cónyuge y había concluido que es un sentimiento femenino normal. El ámbito de su consulta estaba poblado de mujeres sometidas y furiosas, no conocía otras.

Cheryl se sentía incapaz de sobrevivir sola a cargo de su hijo. No había trabajado desde hacía años y su diploma de consejera familiar era una tremenda ironía, ni siquiera le había servido para abordar la relación con su marido. Frank Leroy le hizo saber antes de casarse que deseaba una esposa a tiempo completo. Ella se rebeló al principio, pero la pesadez y pereza del embarazo la obligaron a ceder. Cuando nació Frankie abandonó la idea de trabajar, porque el niño necesitaba su atención total. Durante un par de años lo cuidó sola noche y día, hasta que una crisis de nervios la mandó a la consulta del analista, quien le recomendó conseguir ayuda, ya que podía pagarla. Entonces, mediando una procesión de niñeras, Cheryl obtuvo algo de libertad para sus limitadas actividades. Frank Leroy no conocía la mayor parte de esas actividades, no porque ella se las ocultara, sino porque a él no le interesaban, tenía otras cosas en que pensar. Como las empleadas cambiaban con frecuencia y tenía muy poco que decirles, Frank Leroy decidió que era inútil aprender sus nombres. Cumplía con creces manteniendo a la familia, pagando salarios, cuentas y los gastos astronómicos de su hijo.

Apenas Frankie nació se supo que algo estaba mal, pero habrían de pasar varios meses antes de que se midiera la gravedad de su condición. Con delicadeza, los especialistas explicaron a los padres que probablemente no iba a caminar, hablar ni controlar la musculatura o los esfínteres, pero con los medicamentos adecuados, rehabilitación y cirugía para corregir la deformación de las extremidades, el niño podía progresar. Cheryl se negó a aceptar ese diagnóstico funesto, recurrió a cuanto ofrecía la medicina tradicional y además se lanzó a la caza de terapias alternativas y médicos brujos, incluso uno que curaba con ondas mentales por teléfono desde Portland.

Aprendió a descifrar los gestos y ruidos de su hijo, era la única que compartía una forma de lenguaje con él. Así se enteraba, entre otras cosas, de la conducta de las niñeras en su ausencia y por eso las despedía.

Para Frank Leroy ese hijo era una afrenta personal. Nadie merecía semejante calamidad, para qué lo habían resucitado cuando nació azul, habría sido más compasivo dejarlo ir, en vez de condenarlo a una vida de sufrimiento y condenar a los padres a una vida de cuidados. Se desentendió de él. Que la madre se hiciera cargo. Nadie pudo convencerlo de que la parálisis cerebral o la diabetes fueran accidentales, estaba seguro de que eran culpa de Cheryl por no haber hecho caso de las advertencias sobre el alcohol, el tabaco y los somníferos durante el embarazo. Su mujer le había dado un hijo fallido y no podía tener otros, porque después del parto, que casi le cuesta la vida, sufrió una histerectomía. Consideraba que Cheryl era un desastre como esposa, un nudo de nervios, obsesionada con el cuidado de Frankie, frígida y con una fastidiosa actitud de víctima. La mujer que lo atrajo quince años antes era una valkiria, campeona de natación, fuerte y decidida, cómo iba a sospechar que en ese pecho de amazona latía un corazón pusilánime. Era casi tan alta y fuerte como él, bien podría hacerle frente, como al principio, cuando eran contrincantes apasionados, empezaban a golpes y terminaban haciendo el amor violentamente, un juego peligroso y excitante. Después de la operación, a Cheryl se le apagó el fuego. Para Frank su mujer se había convertido en un conejo neurótico capaz de sacarlo de quicio. Su pasividad era una provocación para él. No reaccionaba con nada, aguantaba suplicando, otra provocación, sólo conseguía aumentar la ira de Frank, quien perdía la cabeza y después quedaba preocupado, porque los moratones podían atraer sospechas; no quería problemas. Estaba amarrado a ella por Frankie, cuyas expectativas de vida eran las de un chico enclenque, pero podía durar muchos años. Leroy no sólo estaba anclado en ese matrimonio de pesadumbre por el hijo; el motivo principal para evitar el divorcio era porque le costaría muy caro. Su mujer sabía demasiado. Con lo frívola y sumisa que parecía, Cheryl se las había arreglado para investigar sus negocios y podía chantajearlo, arruinarlo, destruirlo. Ella ignoraba los detalles de sus actividades y cuánto tenía en sus cuentas secretas de las Bahamas, pero lo sospechaba y era muy lista en ese aspecto. Para eso sí que Cheryl se atrevía a hacerle frente. Si de proteger a Frankie o defender sus derechos se trataba, estaba dispuesta a pelear con uñas y dientes.

Quizá alguna vez se amaron, pero la llegada de Frankie mató cualquier ilusión que pudieran haber albergado. Cuando Frank Leroy supo que iba a ser padre de un hijo, ofreció una fiesta tan costosa como una boda. Él era el único varón entre varias hermanas, el único que podía pasar el apellido a sus descendientes; ese niño prolongaría la estirpe, como dijo el abuelo Leroy en el brindis de la fiesta. «Estirpe» era un término poco adecuado para tres generaciones de sinvergüenzas, le comentó Cheryl a Evelyn en uno de sus episodios de alcohol y tranquilizantes, cuando se lo contó. El primer Leroy de esa rama familiar fue un francés escapado de la cárcel de Calais en 1903, donde cumplía condena por robo. Llegó a Estados Unidos con su desfachatez por único capital y prosperó con imaginación y sin principios. Alcanzó a gozar de su buena fortuna durante varios años, hasta que volvieron a meterlo preso, esta vez por una estafa gigantesca que dejó a miles de pensionistas ancianos en la miseria. Su hijo, el padre de Frank Leroy, vivía desde hacía cinco años en Puerto Vallarta escapando de la justicia estadounidense por delitos cometidos y por fraude fiscal. Para Cheryl el hecho de que sus suegros estuvieran lejos y sin posibilidad de regresar era una bendición.

La filosofía de Frank Leroy, nieto del aquel canalla francés e hijo de otro parecido, era simple y clara: el fin justifica los medios si se obtiene beneficio propio. Cualquier negocio conveniente para uno, es buen negocio, aunque sea fatal para otros. Unos ganan y otros pierden, es la ley de la selva, y él nunca perdía. Sabía ganar dinero y esconderlo. Se las arreglaba para mostrarse casi indigente frente al Servicio de Impuestos mediante una contabilidad creativa, mientras fingía más opulencia de la real cuando le convenía. Así atraía la confianza de sus clientes, otros hombres tan poco escrupulosos como él. Inspiraba envidia y admiración. Era tan bribón como su padre y su abuelo, pero a diferencia de ellos tenía clase y frialdad, no malgastaba su tiempo en pequeñeces y evitaba riesgos. Seguridad ante todo. Su estrategia consistía en actuar a través de otros que daban la cara por él; ellos podían acabar presos, nunca él.

Desde el primer momento Evelyn trató a Frankie como a una persona razonable, partiendo de la base de que a pesar de las apariencias, era muy inteligente. Aprendió a moverlo sin partirse la espalda, bañarlo, vestirlo y alimentarlo sin apuro, para evitar que se atragantara. Muy pronto su eficiencia y cariño convencieron a Cheryl de que también podía delegar en ella el control de la diabetes de su hijo. Evelyn le medía el azúcar antes de cada comida y regulaba la administración de insulina, que ella misma le inyectaba varias veces al día. Había aprendido bastante inglés en Chicago, pero allí vivía entre latinos y tenía pocas oportunidades de practicarlo. En casa de los Leroy le hizo falta al principio para comunicarse mejor con Cheryl, pero pronto desarrollaron una relación afectuosa que no requería de muchas palabras para entenderse. Cheryl dependía de Evelyn para todo y la muchacha parecía adivinarle el pensamiento. «No sé cómo pude vivir sin ti, Evelyn. Prométeme que nunca te vas a ir», solía decirle la señora cuando estaba agobiada por la angustia o por la violencia de su marido.

A Frankie, Evelyn le contaba cuentos en *spanglish* y él escuchaba atento. «Tienes que aprender, así vamos a poder contarnos secretos sin que nadie nos entienda», le decía. Al principio el niño apenas captaba una idea por aquí y otra por allá, pero le gustaba el sonido y el ritmo de ese idioma melodioso, y al poco tiempo lo dominaba bien. Aunque no podía formular palabras, le contestaba a Evelyn a través del ordenador. Cuando lo conoció, a ella le tocaba lidiar con frecuentes arrebatos de cólera de Frankie, que atribuyó a la frustración de sentirse aislado y al aburrimiento, entonces se acordó del ordenador con que jugaban sus hermanitos en Chicago y pensó que si ellos podían usarlo a tan temprana edad, con mayor razón podría hacerlo Frankie, el chico más listo que había visto. Sus conocimientos informáticos eran mínimos y la idea de tener una de esas máquinas fabulosas a su disposición resultaba impensable, pero apenas lo propuso, Cheryl voló a comprar una para su hijo. Un joven inmigrante de la India, contratado para ese fin, le enseñó a Evelyn los fundamentos de computación y a su vez ella inició a Frankie.

La vida y el ánimo del niño mejoraron de manera sorprendente con el reto intelectual. Con Evelyn se convirtieron en adictos a la información y los juegos de todas clases. Frankie usaba el teclado con inmensa dificultad, las manos apenas le obedecían, pero pasaba horas entusiasmado frente al aparato. Superó rápidamente los fundamentos impartidos por el joven de la India y pronto le estaba enseñando a Evelyn lo que iba descubriendo solo. Pudo comunicarse, leer, entretenerse e investigar aquello que picaba su curiosidad. Gracias a esa máquina de posibilidades infinitas pudo probar que en verdad poseía una inteligencia superior y su inagotable cerebro encontró el contrincante perfecto para sus desafíos. El universo entero estaba a su disposición. Una cosa conducía a otra y esa a la siguiente, comenzaba con *La guerra de las galaxias* y terminaba con un lémur ratón de Madagascar, después de pasar por el *Australopithecus afarensis*, antepasado de la familia humana. Más tarde creó su cuenta de Facebook, donde llevaba una vida virtual con amigos invisibles.

Para Evelyn esa vida recluida en dulce intimidad con Frankie resultó ser un bálsamo para la violencia que había experimentado en el pasado. Se le terminaron las pesadillas recurrentes y pudo recordar a sus hermanos vivos, como en la última visión que tuvo con la chamana del Petén. Frankie llegó a ser lo más importante en su vida, tanto como su abuela lejana. Cada muestra de progreso del niño era un triunfo personal para ella. El cariño celoso que recibía de él y la confianza que le demostraba Cheryl le bastaban para sentirse contenta. No necesitaba más. Se comunicaba con Miriam por teléfono, a veces la veía por FaceTime y comprobaba cómo iban creciendo sus hermanitos, pero en esos años no se dio tiempo para ir a verla a Chicago. «No puedo dejar a Frankie, mamá, me necesita», era su explicación. Y Miriam tampoco tenía curiosidad por visitar a esa hija que en verdad era una extraña. Se mandaban fotos y regalos de Navidad y cumpleaños, pero ninguna de las dos hacía esfuerzos por mejorar una relación que nunca cuajó. Al principio Miriam temió que su hija, sola en una ciudad fría y con gente desconocida, sufriera; además, le parecía que le pagaban muy poco para todo el trabajo que hacía, aunque de eso Evelyn jamás se quejó. Finalmente Miriam se convenció de que Evelyn estaba mejor con los Leroy en Brooklyn que con su propia familia en Chicago. Su hija había madurado y ella la había perdido.

Tuvo que pasar un tiempo antes de que Evelyn le tomara el pulso a la extraña dinámica de la casa. El señor Leroy, como todos lo llamaban, incluso su mujer al referirse a él, era un hombre impredecible que se imponía sin levantar la voz; de hecho, mientras más bajo y lento hablara, más temible resultaba. Dormía en el primer piso en un cuarto en el que había hecho abrir una puerta al jardín para entrar y salir sin pasar por la casa. Eso le permitía mantener a su mujer y al servicio en ascuas, porque surgía de repente de la nada, como un truco de ilusionista, y del mismo modo desaparecía. El mueble más prominente de su cuarto era el armario que contenía sus armas bajo llave, pulidas y bien cebadas. Evelyn nada sabía de armas; en su pueblo las peleas eran a cuchillo o machete y los pandilleros usaban pistolas de contrabando, algunas tan primitivas que les estallaban en las manos, pero había visto suficientes películas de acción como para reconocer el arsenal de batalla de su patrón. En un par de ocasiones lo había vislumbrado cuando el señor Leroy e Iván Danescu, su hombre de confianza, lo limpiaban en la mesa del comedor. Leroy mantenía una pistola cargada en la guantera del Lexus, pero no así en el Fiat de su mujer o en la furgoneta con elevador para la silla de ruedas, que Evelyn usaba para trasladar a Frankie. Según él, se debía estar siempre preparado: «Si todos anduviéramos armados habría menos locos y terroristas en lugares públicos, porque apenas asomaran la cabeza alguien los despacharía»; muchos inocentes morían por esperar a la policía.

La cocinera y su hija le advirtieron a Evelyn contra el error de meter las narices en los asuntos de los Leroy, porque por andar averiguando habían despedido a más de una empleada. Ellas llevaban tres años en esa casa sin saber en qué se ocupaba el patrón, tal vez en nada, podía ser simplemente rico. Sólo sabían que traía mercancía de México y la movía de un estado a otro, pero el tipo de mercancía era un misterio. A Iván Danescu no se le sacaba palabra, era seco como pan añejo, pero era el hombre de confianza del señor Leroy y la prudencia indicaba mantenerse lejos de él. El patrón se levantaba temprano, tomaba una taza de café de pie en la cocina y se iba a jugar al tenis una hora. A su regreso se duchaba y desaparecía hasta la noche o durante varios días. Si se acordaba, pasaba a echar una mirada a Frankie desde la puerta antes de irse. Evelyn aprendió a evitarlo y abstenerse de mencionar al niño delante de él.

Por su parte, Cheryl Leroy se levantaba tarde, porque dormía mal, pasaba el día en sus clases y cenaba en una bandeja en la pieza de Frankie, salvo cuando su marido estaba de viaje. Entonces aprovechaba para salir. Tenía un solo amigo y prácticamente ninguna familia; sus únicas actividades fuera de la casa eran sus múltiples clases, sus médicos y su analista. Por las tardes empezaba a beber temprano y al anochecer el alcohol la transformaba en la niña llorona que fue en la infancia; entonces reclamaba la compañía de Evelyn. No podía contar con nadie más, esa humilde joven era su único apoyo, su confidente. Así se enteró Evelyn de los pormenores de la relación podrida de sus patrones, supo de los golpes y de cómo desde un comienzo Frank Leroy se había opuesto a las amistades de su mujer, cómo le prohibió recibir visitas en la casa, no por celos, como decía, sino por defender su privacidad. Sus negocios eran muy delicados y confidenciales, toda precaución era poca. «Después de que Frankie naciera se volvió todavía más estricto. No permite que nadie venga, porque le da vergüenza que vean al niño», le dijo Cheryl a Evelyn. Sus salidas nocturnas en ausencia del marido eran siempre al mismo lugar, un modesto restaurante italiano de Brooklyn, con manteles a cuadros y servilletas de papel, donde el personal ya la conocía, porque llevaba varios años yendo allí. Evelyn sabía que no comía sola, porque antes de salir concertaba una cita por teléfono. «Fuera de ti, él es mi único amigo, Evelyn», le dijo. Era un pintor cuarenta años mayor que ella, pobre, alcohólico y amable, con quien Cheryl compartía pasta hecha por la *mamma* en la cocina, chuletas de ternera y vino ordinario. Se conocían desde hacía mucho. Antes de casarse, ella había inspirado varios cuadros suyos y por un tiempo fue su musa. «Me vio en un campeonato de natación y me pidió que posara como Juno para un mural alegórico. ¿Sabes a quién me refiero, Evelyn? Juno era la diosa romana de la energía vital, la fuerza y la eterna juventud. Era una diosa guerrera y protectora. Él todavía me ve así, no sospecha cómo he cambiado.» Sería inútil tratar de explicarle a su marido lo que el afecto platónico de ese artista anciano representaba para ella y cómo esos encuentros en el restaurante eran los únicos momentos en que se sentía admirada y querida.

Iván Danescu era un tipo de mala catadura y peores modales, tan enigmático como su empleador. Su papel en la jerarquía doméstica era indefinido. Evelyn sospechaba que el patrón temía a Danescu casi tanto como el resto de los miembros de la casa, porque había visto a ese hombre levantarle la voz en tono desafiante y a Frank Leroy aguantar callado; debían de ser socios o cómplices. Como nadie se preocupaba por la niñera guatemalteca, insignificante y tartamuda, ella circulaba como un duende, traspasando las paredes y enterándose de los secretos mejor guardados. Suponían que ella apenas hablaba inglés y no entendía lo que escuchaba ni lo que veía. Danescu se comunicaba sólo con el señor Leroy, entraba y salía sin dar explicaciones y si se topaba con la señora la examinaba con insolencia, sin pronunciar palabra, pero a veces saludaba a Evelyn con un gesto difuso. Cheryl se cuidaba de provocarlo, porque en las dos ocasiones en que se atrevió a quejarse de él, recibió una bofetada de su marido. Danescu era mucho más importante que ella en esa casa.

Evelyn había estado rara vez con ese hombre. Al cumplirse un año de trabajo, cuando Cheryl estuvo segura de que la niñera no iba a irse y Frankie la quería tanto que a ella solían darle celos, le propuso que aprendiera a conducir para usar la furgoneta. En un gesto de inesperada amabilidad, Iván se ofreció para enseñarle. A solas con él en la privacidad del vehículo, Evelyn comprobó que el ogro, como lo llamaban las otras empleadas, era paciente como instructor y hasta podía sonreír cuando le ajustaba el asiento para que alcanzara los pedales, aunque esa sonrisa era apenas un rictus, como si le faltaran dientes. Ella resultó ser buena estudiante, se aprendió de memoria las leyes del tránsito y al cabo de una semana dominaba el vehículo. Entonces Iván le tomó una foto contra la pared blanca de la cocina. A los pocos días le entregó una licencia de conducir a nombre de una tal Hazel Chigliak. «Es un carnet tribal, ahora perteneces a una tribu de indios americanos», le anunció escuetamente.

Al principio Evelyn usaba la furgoneta sólo para llevar a Frankie a cortarse el pelo, a una piscina temperada o al centro de rehabilitación, pero al poco tiempo iban a tomar helados, de pícnic y al cine. En la televisión el niño veía películas de acción, asesinatos, tortura, explosiones y balazos, pero en el cine, sentado detrás de la última fila en su silla de ruedas, gozaba de las mismas historias sentimentales de amor y desencanto que su niñera. A veces terminaban los dos tomados de la mano, llorando. La música clásica lo calmaba y los ritmos latinos lo ponían frenético de alegría. Evelyn le colocaba una pandereta o maracas en las manos y mientras él sacudía los instrumentos, ella bailaba como una marioneta desarticulada, provocando paroxismos de risa en el niño.

Llegaron a ser inseparables. Evelyn renunciaba sistemáticamente a sus días de salida y nunca se le ocurrió pedir vacaciones, porque sabía que Frankie la echaría de menos. Por primera vez desde que su hijo nació, Cheryl podía estar tranquila. En el idioma particular de caricias, gestos y sonidos que compartían y mediante el ordenador, Frankie le pidió a Evelyn que se casara con él. «Tenés que crecer primero, patojito, y después veremos», le contestó ella, conmovida.

Si la cocinera y su hija sabían lo que sucedía entre el señor Leroy y su mujer, nunca lo comentaron. Evelyn tampoco podía hablar de eso, pero no podía fingir que no lo sabía, porque estaba incrustada en la familia, muy cercana a Cheryl. Las palizas ocurrían siempre a puerta cerrada, pero las paredes de esa casa antigua eran delgadas. Evelyn aumentaba el volumen de la televisión para distraer a Frankie, quien sufría ataques de angustia al escuchar a sus padres y a menudo terminaba arrancándose mechones de pelo. En las peleas surgía siempre el nombre de Frankie. Aunque su padre hiciera lo posible por pasar de él, ese hijo era omnipresente y su deseo de que se muriera de una vez era tan claro, que solía lanzarlo a la cara de su mujer. «Que se mueran los dos», ella y su monstruo, ese bastardo sin un solo gen de los Leroy, porque en su familia no existían tarados, ninguno de los dos merecía vivir, estaban de más. Y Evelyn escuchaba el chasquido terrible de los correazos. Cheryl, aterrada porque su hijo lo hubiera oído, trataba de compensar el odio del padre con su amor obsesivo de madre.

Después de esas zurras, Cheryl pasaba varios días sin moverse de la casa, escondida, sometiéndose callada a los cuidados de Evelyn, que la consolaba con el cariño seguro de una hija, le curaba los verdugones con árnica, la ayudaba a lavarse, le cepillaba el pelo, la acompañaba a ver seriales de televisión y escuchaba sus confesiones sin dar su opinión. Cheryl aprovechaba ese tiempo de reclusión para pasarlo con Frankie, leyéndole, contándole cuentos, sujetándole un pincel entre los dedos para que pintara. La intensidad de esa atención maternal podía volverse atosigante para el niño, que empezaba a ponerse nervioso y le escribía en el ordenador a Evelyn que lo dejaran solo, en español, para no ofender a su madre. La semana terminaba con el chiquillo descontrolado, su madre dopada de píldoras para la ansiedad y la depresión, más trabajo para Evelyn, quien jamás se quejaba, porque comparada con la existencia de su patrona, la suya era fácil.

Compadecía con toda su alma a la señora y deseaba protegerla, pero nadie podía intervenir. A Cheryl le había tocado ese marido brutal y tendría que aceptar el castigo hasta el día en que ya no pudiera más, entonces ella estaría a su lado para escapar con Frankie lejos del señor Leroy. Evelyn conocía casos semejantes, los había visto en su pueblo. El hombre se emborrachaba, peleaba con otro, lo humillaban en el trabajo, perdía una apuesta, en fin, cualquier causa podía provocar una golpiza a la mujer o a los niños, no era su culpa, así son los hombres y así es la ley de la vida, pensaba la muchacha. Seguramente las razones del señor Leroy para ejercer tanta maldad contra su mujer eran otras, pero las consecuencias eran las mismas. Los golpes llegaban de repente, sin anunciarse, y después él se iba dando un portazo y Cheryl se encerraba en su pieza a llorar hasta cansarse. Evelyn calculaba el momento de aparecer en puntillas a decirle que Frankie estaba bien, que tratara de descansar, para ofrecerle algo de comer, sus pastillas para los nervios, sus somníferos, unas compresas de hielo. «Tráeme el whisky, Evelyn, y quédate un rato conmigo», le decía Cheryl, desfigurada de llanto, aferrada a su mano.

En casa de los Leroy la discreción era obligatoria para la convivencia, tal como advirtieron las otras empleadas a Evelyn. A pesar del temor que le inspiraba el señor Leroy, quería mantener su puesto; en la casa de las estatuas se sentía segura como en su infancia con su abuela y contaba con comodidades nunca soñadas, todos los helados que quisiera, televisión, una cama mullida en la pieza de Frankie. Su sueldo era mínimo, pero no tenía gastos y podía enviarle dinero a su abuela, quien estaba reemplazando de a poco las paredes de barro y junco de su choza por otras de ladrillo y cemento.

El viernes de enero en que el estado de Nueva York se paralizó, la cocinera y su hija no acudieron a trabajar. Cheryl, Evelyn y Frankie permanecieron encerrados en la casa. Los medios de comunicación venían anunciando la tormenta desde el día anterior y cuando llegó fue peor de lo pronosticado. Empezó a caer un granizo pesado como garbanzos, que el viento lanzaba contra las ventanas con riesgo de quebrar los vidrios. Evelyn cerró las persianas y cortinas para proteger lo mejor posible a Frankie del ruido y trató de distraerlo con la televisión, pero esas medidas fueron inútiles, porque la metralla del granizo y el rugido de los truenos lo aterrorizaron. Cuando finalmente logró calmarlo, lo acostó con la intención de que se durmiera; para entonces no podía distraerlo con la televisión, porque la recepción era pésima. Preparándose para una posible falla de electricidad, se había provisto de una linterna y velas y había puesto la sopa en un termo para mantenerla caliente. Frank Leroy había salido en un taxi al amanecer. Partió a un club de golf en Florida, dispuesto a capear el temporal que se anunciaba. Cheryl pasó el día en cama, enferma y llorosa.

El sábado, Cheryl se levantó tarde, muy agitada, con la mirada demente de los días malos, pero a diferencia de otras ocasiones, estaba tan callada que Evelyn se asustó. A eso del mediodía, después de que llegara el jardinero a quitar la nieve de la entrada, se fue en el Lexus a una cita con su analista, como dijo. Regresó un par de horas más tarde, muy alterada. Evelyn le abrió los frascos de calmantes, contó las píldoras y le sirvió una buena medida de whisky, porque la señora no controlaba el temblor de las manos. Cheryl se tomó las pastillas con tres tragos largos. Había tenido un día fatal, dijo, estaba muy deprimida, la cabeza le iba a estallar, no quería ver a nadie y menos a su marido, mejor sería que ese desalmado no volviera más, que desapareciera, que se fuera de cabeza al infierno, bien merecido lo tendría por andar en lo que andaba, y no es que a ella le importara nada su suerte ni la del hijo de perra de Danescu, ese enemigo en su propia casa. «Malditos sean los dos, los odio», masculló tragando aire, febril.

—Los tengo en un puño, Evelyn, porque si se me antoja puedo hablar y entonces no tendrán dónde esconderse. Son criminales, asesinos. ¿Sabes a qué se dedican? Tráfico humano, transportan y venden gente. Los traen engañados de otras partes, los emplean como esclavos. ¡No me digas que no has oído de eso!

—Algo he oído… —admitió la muchacha, espantada ante el aspecto de su patrona.

—Los hacen trabajar como animales, no les pagan, los amenazan y los matan. Hay mucha gente metida en eso, Evelyn, agentes, transportistas, policías, guardias fronterizos y hasta jueces corruptos. Nunca faltan clientes para el negocio. Hay mucho dinero en eso, ¿entiendes?

—Sí, señora.

—Tuviste suerte que a ti no te agarraron. Habrías acabado en un burdel. Crees que estoy loca, ¿verdad, Evelyn?

—No, señora.

—Kathryn Brown, la fisioterapeuta de mi hijo, es una puta. Viene a esta casa a espiarnos; Frankie es nada más que un pretexto. Mi marido la trajo aquí. Se acuesta con él, ¿sabías? No. Cómo vas a saberlo, niña. La llave que encontré en su bolsillo es de la casa de esa puta. ¿Por qué crees que él tiene llave de esa casa?

—Señora, por favor… ¿cómo puede saber de dónde es esa llave?

—¿De qué otra parte puede ser? ¿Y sabes qué más, Evelyn? Mi marido quiere deshacerse de mí y de Frankie… ¡de su propio hijo! ¡Matarnos! Eso es lo que pretende y la Brown debe ser cómplice, pero yo estoy vigilando. Nunca bajo la guardia, siempre vigilando, vigilando…

En el límite de sus fuerzas, aturdida por el alcohol y los medicamentos, sujetándose a las paredes, la mujer se dejó conducir a su habitación. Evelyn la ayudó a desvestirse y acostarse. La muchacha no imaginaba que Cheryl supiera algo de la relación de Leroy con la fisioterapeuta. Ella llevaba meses con el secreto adentro como un tumor maligno, sin poder sacarlo a la luz. Con su vocación de invisibilidad escuchaba, observaba y sacaba conclusiones. Los había sorprendido varias veces cuchicheando en el pasillo o enviándose mensajes de texto de un extremo a otro de la casa. Los había oído planear unas vacaciones juntos y los había visto encerrarse en uno de los cuartos desocupados. Leroy sólo aparecía en la pieza de Frankie cuando Kathryn estaba haciéndole los ejercicios, entonces la mandaban a ella afuera con alguna excusa. No se cuidaban delante del niño, aunque ambos sabían que entendía todo, como si desearan que Cheryl descubriera su relación. Evelyn le había dicho a Frankie que ese era un secreto de ellos dos, que nadie más podía saberlo. Suponía que Leroy estaba enamorado de Kathryn, porque buscaba pretextos para estar con ella y en su presencia le cambiaba el tono de voz y la expresión de la cara, pero las razones de Kathryn para enredarse con un hombre de corazón malo, bastante mayor que ella, casado y padre de un niño enfermo, le resultaban difíciles de comprender, a menos que se sintiera tentada por el dinero que supuestamente él tenía.

Según Cheryl, su marido podía ser irresistible si se lo proponía; así sucedió cuando él la conquistó. Si algo se le metía en la cabeza a Frank Leroy, nada podía detenerlo. Se conocieron en el bar elegante del Ritz, donde ella había ido a divertirse con un par de amigas y él a cerrar un negocio. Cheryl contó a Evelyn que intercambiaron un par de miradas, midiéndose mutuamente en la distancia, y eso bastó para que él se le acercara con dos martinis y actitud decidida. «A partir de ese momento no me dejó tranquila. No pude escapar, me atrapó como la araña a una mosca. Siempre supe que iba a maltratarme, porque eso comenzó antes de casarnos, pero era como un juego. No pensé que iba a ser cada vez peor, cada vez más frecuente…» A pesar del terror y el odio que él le inspiraba, Cheryl admitía que era un hombre que atraía con su buena presencia, su ropa exclusiva, su aire de autoridad y misterio. Evelyn era incapaz de apreciar esas cualidades.

Estaba aquella tarde de sábado escuchando las lamentaciones incoherentes de Cheryl, cuando le llegó el olor desde la pieza de al lado avisándole de que debía cambiar los pañales a Frankie. Se le había afinado el olfato, además del oído y la intuición. Cheryl había quedado de comprar los pañales, pero en el estado en que llegó se le había olvidado. Evelyn calculó que el niño adormilado podía esperar mientras ella iba de una carrera a la farmacia. Se abrigó con un chaleco, su anorak, botas de goma y guantes y salió dispuesta a desafiar la nieve, pero se encontró con que la furgoneta tenía una rueda desinflada. El Fiat 500 de Cheryl estaba en reparación en el taller. Era inútil llamar a un taxi, tardaría en acudir con ese clima, y despertar a la señora tampoco era una opción, porque ya estaría comatosa. Iba a renunciar a los pañales y solucionar el problema con una toalla, cuando vio sobre el mueble de la entrada las llaves del Lexus, donde siempre se dejaban. Era el coche de Frank Leroy y ella nunca lo había conducido, pero supuso que debía ser más fácil que la furgoneta; el trayecto de ida y vuelta a la farmacia le ocuparía menos de media hora, la señora estaba en el limbo, no la echaría de menos y el problema quedaría resuelto. Comprobó que Frankie dormía tranquilo, lo besó en la frente y le susurró que volvería pronto. Y sacó cuidadosamente el automóvil del garaje.

Lucía

L a muerte de su madre, en 2008, provocó en Lucía Maraz una inseguridad inexplicable, ya que no había dependido de ella desde que partió al exilio a los diecinueve años. En la relación de ambas le había tocado a ella el papel de protectora emocional y en los últimos años también el de proveedora, porque la inflación fue reduciendo la pensión de Lena. Sin embargo, cuando se vio sin su madre, la sensación de vulnerabilidad fue tan poderosa como la tristeza de perderla. Su padre se había esfumado de su vida muy temprano, por lo que su madre y su hermano Enrique fueron toda la familia que tuvo; cuando ambos le faltaron tomó conciencia de que sólo contaba con Daniela. Carlos vivía en la misma casa, pero en materia de sentimientos estaba siempre ausente. Lucía también sintió por primera vez el peso de su edad. Había entrado hacía tiempo en la década de los cincuenta, pero se sentía como de treinta. Hasta ese momento envejecer y morir eran ideas abstractas, algo que le ocurría a otros.

Fue con Daniela a arrojar las cenizas de Lena en el mar, como ella había pedido sin dar razones, pero Lucía dedujo que deseaba acabar en las mismas aguas del Pacífico que su hijo. Como tantos otros, posiblemente el cuerpo de Enrique fue lanzado al mar atado a un riel, pero el espíritu que visitó a Lena en sus últimos días no lo confirmó. Contrataron a un pescador para que las llevara más allá de las últimas rocas, donde el océano se tornaba de color petróleo y no llegaban las gaviotas. De pie en el bote, bañadas en lágrimas, improvisaron una despedida para esa abuela sufrida y para Enrique, a quien nunca se habían atrevido a decirle adiós, porque Lena se había negado a aceptar su muerte en voz alta, aunque tal vez lo había hecho hacía muchos años en un compartimento secreto del corazón. El primer libro de Lucía se publicó en 1994 con detalles de los asesinatos, que nadie desmintió, y Lena lo había leído; también la había acompañado cuando Lucía declaró ante un juez en la investigación de los helicópteros del ejército. Debía de tener una idea bastante clara de la suerte corrida por su hijo, pero reconocerlo equivalía a renunciar a la misión que la obsesionó durante más de tres décadas. Enrique habría permanecido para siempre en la densa bruma de la incertidumbre, ni vivo ni muerto, a no ser por el prodigio de que acudiera al final a acompañar a su madre y conducirla a la otra vida.

En el bote, mientras Daniela sostenía la urna de cerámica, Lucía echó a volar puñados de ceniza con una oración para su madre, su hermano y el muchacho desconocido que todavía reposaba en el nicho de la familia Maraz en el cementerio. En todos esos años nadie identificó su fotografía en los archivos de la Vicaría y Lena llegó a estimarlo como otro miembro de su familia. La brisa mantuvo la ceniza flotando en el aire como polvo de estrella y después cayó flotando sin prisa en el mar.

Entonces Lucía comprendió que le tocaba reemplazar a su madre; era la mayor de su diminuta familia, la matriarca. La madurez le cayó de golpe en ese instante, pero no habría de abrumarla hasta dos años más tarde, cuando hubo de sumar sus pérdidas y enfrentarse a su vez a la muerte.

Al contarle a Richard ese período de su vida, Lucía omitió los tonos grises y se concentró en los hechos más diáfanos y los más sombríos. El resto ocupaba muy poco espacio en su memoria, pero Richard quería saber más. Conocía los dos libros de Lucía, donde la historia de Enrique servía de punto de partida y le daba un tono personal a un extenso reportaje político, pero sabía poco de su vida personal. Lucía le explicó que su matrimonio con Carlos Urzúa nunca fue de verdadera intimidad, pero la vocación romántica de ella o simple inercia le impidieron tomar una decisión. Eran dos seres errantes en el mismo espacio, tan distantes que se llevaban bien, porque para pelear se requiere proximidad. El cáncer habría de desencadenar el final de la pareja, pero ese final llevaba años gestándose.

Después de la muerte de su abuela, Daniela se fue a la Universidad de Miami en Coral Gables y Lucía inició una correspondencia frenética con ella, como la que había tenido con su madre cuando vivía en Canadá. Su hija estaba eufórica con su nueva existencia, fascinada con las criaturas acuáticas y ansiosa de explorar las veleidades del océano; tenía varios enamorados de ambos sexos y una libertad imposible de obtener en Chile, donde habría soportado el escrutinio de una sociedad intransigente. Un día le anunció a sus padres por teléfono que no se definía como mujer ni como hombre y practicaba relaciones poliamorosas. Carlos le preguntó si se refería a promiscuidad bisexual y le advirtió que era más conveniente abstenerse de pregonarlo en Chile, donde poca gente lo entendería. «Veo que le cambiaron el nombre al amor libre. Eso ha fracasado siempre y tampoco va a resultar ahora», le diagnosticó a Lucía, después de colgar con su hija.

Daniela interrumpió sus estudios y sus experimentos sexuales cuando su madre enfermó. Ese año 2010 fue de pérdidas y separaciones para Lucía, un largo año de hospitales, fatiga y temor. Carlos la dejó porque le faltó valor para ser testigo de su devastación, como dijo, avergonzado, pero decidido. Se negó a ver las cicatrices que le cruzaban el pecho, sentía una repulsión atávica por el ser estragado en que se estaba transformando ella y delegó la responsabilidad de cuidarla en su hija. Indignada con la conducta de su padre, Daniela se enfrentó a él con una aspereza insospechada; ella fue la primera en mencionar el divorcio como la única salida decente para una pareja que no se amaba. Carlos adoraba a su hija, pero su horror por el estado físico de Lucía fue más fuerte que su temor a defraudarla. Anunció que se iría temporalmente a un hotel a tranquilizarse, porque la tensión en la casa lo afectaba demasiado y le impedía trabajar. Tenía edad sobrada para jubilarse, pero había decidido que saldría de su oficina directo al cementerio. Lucía y Carlos se despidieron con la tibia cortesía que había caracterizado los años de su convivencia, sin muestras de hostilidad y sin aclarar nada. Antes de una semana, Carlos alquiló un apartamento y Daniela lo ayudó a instalarse.

Al principio Lucía sintió la separación como un vacío. Estaba acostumbrada a la ausencia emocional de su marido, pero cuando se fue del todo a ella le sobraba tiempo, la casa se le hizo enorme y había eco en los cuartos desocupados; de noche oía los pasos de Carlos merodeando y el agua corriendo en su baño. La ruptura de los hábitos y pequeñas ceremonias cotidianas le producía un gran desamparo, que se sumaba a la zozobra de esos meses sometida al maltrato de las medicinas para derrotar su enfermedad. Se sentía lastimada, frágil, desnuda. Daniela creía que el tratamiento le había anulado la inmunidad del cuerpo y del espíritu. «No hagas un inventario de lo que te falta, mamá, sino de lo que tienes», decía. Según ella, esa era una oportunidad única de sanar el cuerpo y sanar la mente, desprenderse de la carga innecesaria, limpiarse de rencores, complejos, malos recuerdos, anhelos imposibles y tanta otra basura. «¿De dónde sacas esa sabiduría, hija?», le preguntaba Lucía. «De internet», contestaba Daniela.

Carlos se fue tan radicalmente como si se hubiera trasladado a los confines de otro continente, aunque vivía a pocas cuadras de Lucía. No preguntó ni una sola vez por su estado de salud.

Lucía llegó a Brooklyn en septiembre de 2015, con la esperanza de que el cambio de ambiente fuera estimulante. Estaba cansada de las rutinas, era hora de barajar el naipe de su destino, a ver si le tocaban unas cartas algo mejores. Esperaba que Nueva York fuera el primer trecho de un largo periplo. Planeaba buscar otras oportunidades y viajar por el mundo mientras le alcanzaran las fuerzas y sus limitados recursos. Quería dejar atrás las pérdidas y dolores en los últimos años. Lo más duro había sido la muerte de su madre, que la afectó más que el divorcio y el cáncer. Al principio sintió el abandono de su marido como un sablazo a traición, pero pronto llegó a verlo como un regalo de libertad y paz. De eso hacía varios años y había tenido tiempo sobrado de reconciliarse con el pasado.

Le costó algo más recuperarse de la enfermedad, que a fin de cuentas fue lo que terminó por ahuyentar a Carlos. Mastectomía doble y meses de quimioterapia y radiación la dejaron flaca, pelada, sin pestañas ni cejas, con ojeras azules y cicatrices, pero estaba sana y su pronóstico era bueno. Le reconstruyeron los senos con implantes que se inflaban de a poco, a medida que los músculos y la piel iban cediendo para darles cabida, un proceso doloroso que soportó sin quejarse, sostenida por la vanidad. Cualquier cosa le parecía preferible a ese torso plano y cruzado de puñaladas.

La experiencia de ese año de enfermedad le infundió un ardiente deseo de vivir, como si el premio por el sufrimiento fuera haber descubierto la piedra filosofal, la esquiva sustancia de los alquimistas capaz de transformar el plomo en oro y rejuvenecer. El miedo a la muerte lo había perdido antes, cuando presenció el paso elegante de la vida a la muerte de su madre. Volvió a sentir con meridiana lucidez, como entonces, la presencia irrefutable del alma, esa esencia primordial que ni el cáncer ni nada podía afectar. Pasara lo que pasase, el alma prevalecería. Imaginaba su muerte posible como un umbral, y sentía curiosidad por lo que encontraría al otro lado. No temía cruzar ese umbral, pero mientras estuviera en el mundo deseaba vivir con plenitud, sin cuidarse de nada, invencible.

Los tratamientos médicos terminaron a fines de 2010. Durante meses había evitado mirarse al espejo, llevaba un gorro de pescador calado sobre la frente hasta que Daniela se lo tiró a la basura. La chica acababa de cumplir veinte años cuando a ella le dieron el diagnóstico y sin vacilar dejó los estudios y volvió a Chile a acompañarla. Lucía le rogó que no lo hiciera, pero más tarde comprendería que la presencia de su hija en ese trance era indispensable. Al verla llegar, casi no la reconoció. Daniela se había ido en invierno, una señorita pálida y demasiado arropada, y regresó color caramelo, con media cabeza afeitada y la otra mitad con mechas verdes, pantalones cortos, piernas peludas y botas de soldado, dispuesta a cuidar a su madre y entretener a los otros pacientes del hospital. Aparecía en la sala saludando a besos a la gente que reposaba en sus sillones enchufada al lento goteo de las drogas y repartía mantas, barras nutritivas, jugos de fruta y revistas.

No llevaba ni un año en la universidad, pero hablaba como si hubiera navegado los mares con Jacques Cousteau entre sirenas de cola azul y bergantines sumergidos. Inició a los pacientes en el término LGBT, lesbianas, gays, bisexuales y transexuales, cuyas sutiles diferencias debió explicar en detalle. Eso era una novedad entre los jóvenes de Estados Unidos; en Chile nadie lo sospechaba y menos los pacientes de esa sala de oncología. Les informó de que ella era de género neutral o fluido, porque no había obligación de aceptar la clasificación de hombre o mujer impuesta por los genitales, uno puede definirse como se le antoje y cambiar de opinión si más adelante otro género le queda más cómodo. «Como los indígenas de ciertas tribus, que se cambian el nombre en diferentes etapas de la vida, porque el que reciben al nacer ya no los representa», agregó a modo de aclaración, contribuyendo a la perplejidad general.

Daniela permaneció junto a su madre durante la convalecencia de la cirugía, en las horas lentas y fastidiosas de cada infusión y en el proceso del divorcio. Dormía a su lado, lista para saltar de la cama a ayudarla si la necesitaba; la sostuvo con su cariño brusco, sus bromas, sus sopas de convaleciente y su eficiencia para navegar en la burocracia de la mala salud. La llevó a rastras a comprarse ropa nueva y le impuso una dieta razonable. Y una vez que dejó a su padre cómodo en su nueva vida de soltero y a su madre firme en sus piernas, se despidió sin alarde y partió tan alegre como había llegado.

Antes de su enfermedad, Lucía llevaba una vida que ella definía como bohemia y Daniela como insalubre. Había fumado durante años, no hacía ejercicio, cenaba a diario con dos vasos de vino y helados de postre, le sobraban varios kilos y le dolían las rodillas. Cuando estaba casada se burlaba del estilo de vida de su marido. Ella comenzaba el día apoltronada en la cama con un café con leche y dos cruasanes, leyendo el periódico, mientras él bebía un espeso líquido verde con polen de abeja y partía corriendo como fugitivo hasta su oficina, donde lo esperaba Lola, su fiel secretaria, con ropa limpia. A su edad, Carlos Urzúa se mantenía en forma y andaba derecho como una lanza. Ella había comenzado a imitarlo de mala gana gracias a la férrea autoridad de Daniela y el resultado se vio pronto en la pesa del baño y en una vitalidad que no había tenido desde la adolescencia.

Lucía y Carlos volvieron a verse año y medio más tarde, cuando firmaron los papeles del divorcio, que desde hacía poco era legal en Chile. Todavía era muy pronto para que Lucía pudiera declararse completamente curada, pero había recuperado sus fuerzas y le habían reconstruido los senos. El cabello le salió blanco y decidió dejárselo corto, desordenado y de su color natural, salvo unas mechas insolentes que le pintó Daniela antes de irse a Miami. Al verla el día del divorcio, con diez kilos menos, senos de muchacha bajo una camisa escotada y pelos fosforescentes, Carlos dio un respingo. A Lucía le pareció que él se veía más apuesto que nunca y sintió un chispazo de pesar por el amor perdido, que se apagó de inmediato. En verdad no sentía nada por él, sólo agradecimiento por ser el padre de Daniela. Pensaba que le haría bien tenerle un poco de rabia, sería lo más sano, pero ni eso se le daba. Del amor encendido que le tuvo durante muchos años no quedaba ni el rescoldo de la desilusión. Su recuperación de la enfermedad fue ardua, pero tan completa como la recuperación del divorcio, y pocos años después, en Brooklyn, se acordaba rara vez de esa etapa de su pasado.

Julián llegó a su vida a comienzos de 2015, cuando Lucía se había resignado hacía varios años a la falta de amor y creía que su fantasía romántica se había secado en el sillón de la quimioterapia. Julián le demostró que la curiosidad y el deseo son recursos naturales renovables. Si Lena, su madre, hubiera estado viva, le habría advertido a Lucía el ridículo de una mujer de su edad con esas ínfulas y quizá hubiera tenido razón, porque con cada día que pasaba las oportunidades del amor disminuían y las del ridículo aumentaban, pero no toda la razón, ya que Julián apareció para quererla cuando menos lo esperaba. Aunque ese amorío se acabó casi tan rápidamente como empezó, le sirvió para saber que todavía tenía brasas internas capaces de encenderse. Nada había que lamentar. Lo vivido y lo gozado, bien vivido y bien gozado estaba.

Lo primero que notó en Julián fue su aspecto; sin ser del todo feo, a su parecer era muy poco atractivo. Todos sus enamorados, especialmente su marido, habían sido guapos, no por elección de su parte, sino por casualidad. Julián fue la mejor prueba de su falta de prejuicios contra los hombres feos, como le comentaría a Daniela. A simple vista era un chileno del montón, con mala postura, desgarbado, como si anduviera con ropa prestada, pantalones deformes de pana y chalecos tejido de abuelo. Tenía la piel cetrina de un español del sur, como sus antepasados, pelo gris, barba del mismo color y las manos blandas de quien nunca ha trabajado con ellas. Pero bajo su pinta de vencido había un tipo de inteligencia excepcional y un amante fogueado.

Bastaron un primer beso y lo que siguió esa noche para que Lucía se rindiera a un capricho juvenil, plenamente retribuido por Julián. Al menos por un tiempo. En los primeros meses Lucía recibió a manos llenas lo que le había faltado en su matrimonio; ese amante la hizo sentir querida y deseable, con él volvió a una juventud alborozada. Al principio Julián también apreció la sensualidad y la chacota, pero pronto el compromiso emocional lo asustó. Se le olvidaban las citas, llegaba tarde o llamaba a última hora con una excusa. Tomaba un vaso extra de vino y se quedaba dormido en medio de una frase o entre dos caricias. Se quejaba de falta de tiempo para leer y de cómo se había reducido su vida social, resentía la atención que le prestaba a Lucía. Seguía siendo un amante cuidadoso, más preocupado por dar placer que por recibirlo, pero ella lo notó vacilante; ya no se rendía al amor, estaba saboteando la relación. Para entonces Lucía había aprendido a reconocer la desilusión amorosa apenas asomaba su cabeza de gárgola y ya no la soportaba con la esperanza de que algo cambiara, como hizo durante los veinte años de su matrimonio. Tenía más experiencia y menos tiempo que perder. Se dio cuenta de que debía despedirse antes de que lo hiciera Julián, aunque le iban a hacer una falta enorme su humor, los juegos de palabras, el placer de despertar cansada a su lado, sabiendo que bastaba una palabra susurrada o una caricia distraída para volver a abrazarse. Fue una ruptura sin drama y quedaron amigos.

—He decidido darle un respiro a mi corazón roto —le dijo a Daniela por teléfono en un tono que no le resultó humorístico, como pretendía, sino quejoso.

—Qué cursilería, mamá. El corazón no se rompe como un huevo. Y si fuera como un huevo, ¿no es mejor romperlo para que se derramen los sentimientos? Es el precio por una vida bien vivida —replicó su hija, implacable.

Unos meses más tarde, en Brooklyn, a Lucía todavía la asaltaba de vez en cuando cierta nostalgia por Julián, pero era apenas un leve picor en la piel que no alcanzaba a molestarla. ¿Podría tener otro amor? No en Estados Unidos, pensaba, no era el tipo de mujer que atrae a los estadounidenses, qué mejor prueba que la indiferencia de Richard Bowmaster. No podía imaginar la seducción sin humor, pero la ironía chilena resultaba intraducible y para los del norte era francamente ofensiva. En inglés tenía el coeficiente intelectual de un chimpancé, como le dijo a Daniela. Sólo se reía de buena gana con Marcelo, de sus patas cortas y su cara de lémur; ese animal se daba el lujo de ser narcisista y gruñón, como un marido.

La tristeza de romper con Julián se le manifestó en un ataque de bursitis en las caderas. Pasó varios meses consumiendo analgésicos y caminando como un pato, pero se negó a ir al médico, segura de que el mal desaparecería cuando se curara del despecho. Así fue. Al aeropuerto de Nueva York llegó cojeando. Richard Bowmaster esperaba a la colega activa y alegre que había conocido y le tocó recibir a una extraña con zapatones ortopédicos y bastón, que emitía ruido de bisagra oxidada al levantarse de una silla. Sin embargo, a las pocas semanas la vio sin bastón y con botas a la moda. No podía adivinar que el prodigio se debió a una breve reaparición de Julián.

En octubre, un mes después de que Lucía se instalara en su sótano, Julián llegó a Nueva York para una conferencia y pudieron pasar juntos un domingo delicioso. Desayunaron en Le Pain Quotidien, dieron un paseo por Central Park, lentamente porque ella arrastraba los pies, y fueron tomados de la mano a la matiné de un musical en Broadway; después cenaron en un pequeño restaurante italiano con una botella del mejor chianti, brindando por la amistad. La complicidad seguía tan fresca como en el primer día, recuperaron sin esfuerzo el lenguaje en clave y las alusiones de doble sentido, que sólo ellos podían comprender. Julián se disculpó por haberla hecho sufrir, pero ella le respondió sinceramente que de eso apenas se acordaba. Esa mañana, cuando se habían encontrado frente a sendos tazones de café con leche y pan fresco, Julián le provocó una simpatía festiva, un deseo de olerle el pelo, acomodarle el cuello de la chaqueta y sugerirle que se comprara pantalones a su medida. Nada más. Allí, en el restaurante italiano, debajo de la silla, se le quedó el bastón.

Richard y Lucía

Norte de Nueva York

A las cinco de la tarde, cuando Lucía y Richard se reunieron con Evelyn en la cabaña, después de lanzar el automóvil al lago, cansados y sucios de barro y nieve, reinaba la oscuridad temprana del invierno matizada por el resplandor de la luna. La vuelta resultó más lenta de lo que habían calculado porque el Subaru dio un patinazo largo y terminó enterrado en un montículo de nieve. Nuevamente debieron recurrir a la pala para quitar la nieve alrededor de las ruedas, después arrancaron unas ramas de pino y las colocaron en el suelo. Richard puso marcha atrás y al segundo intento el coche se movió con un estertor, los neumáticos se adhirieron a las ramas y pudieron salir del atolladero.

Para entonces la noche les había caído encima, las huellas eran invisibles en el sendero y debieron avanzar adivinando la dirección. Perdieron el rumbo un par de veces, pero por suerte para ellos Evelyn había desobedecido las instrucciones y puesto un farol de keroseno en la entrada cuya luz vacilante los orientó en el último trecho.

El interior de la cabaña les pareció acogedor como un nido después de esa aventura, aunque las estufas apenas lograban mitigar el frío que se colaba por los intersticios de las viejas tablas. Richard se sabía responsable de las malas condiciones en que estaba esa primitiva vivienda; el par de años que había permanecido cerrada la habían deteriorado un siglo. Se propuso volver en cada temporada a ventilar y hacer reparaciones para que Horacio no lo acusara de negligencia cuando volviera. Negligencia. Esa palabra tenía el poder de estremecerlo.

En vista de la nieve y la oscuridad, decidieron descartar el plan original de irse a un hotel; además, les pareció inconveniente pasearse con Kathryn Brown en la cajuela del Subaru más de lo necesario. Se prepararon para pasar la noche de ese lunes lo más abrigados posible, tranquilos respecto al cuerpo, que se mantendría congelado. Habían pasado tantas tensiones en esos días, que optaron por postergar el problema de Kathryn y distraerse el resto de la tarde con un juego de Monopoly, que habían dejado allí los hijos de Horacio. Richard les enseñó las reglas. Para Evelyn, el principio de adquirir y vender propiedades, acaparar recursos, dominar el mercado y empujar a los contrincantes a la bancarrota era totalmente incomprensible. Lucía resultó peor jugadora que Evelyn, ambas perdieron miserablemente y al final Richard quedó millonario, pero fue una victoria mezquina, que lo dejó con la sensación de haber cometido una estafa.

Se las arreglaron para improvisar una cena con el resto de la comida de burro, llenaron las estufas de combustible y acomodaron los sacos de dormir sobre las tres camas de la habitación de los niños, todos juntos para aprovechar las dos estufas. No disponían de sábanas y las frazadas olían a humedad. Richard tomó nota de que en su próxima visita también debía reemplazar los colchones, donde podía haber chinches o nidos de roedores. Se quitaron las botas y se acostaron vestidos; la noche iba a ser larga y fría. Evelyn y Marcelo se durmieron de inmediato, pero Lucía y Richard se quedaron conversando hasta pasada la medianoche. Tenían todo que decirse en esa delicada etapa de tantear la intimidad. Se contaron los secretos, adivinando los rasgos del otro en la penumbra, cada uno preso dentro de su capullo, con las camas lado a lado, tan próximos que habría bastado la más leve intención para acabar besándose.

Amor, amor. Hasta ayer Richard andaba inventando torpes diálogos con Lucía, ahora se le precipitaban los versos sentimentales que jamás se atrevería a escribir. Decirle, por ejemplo, cómo la quería, cómo le agradecía que hubiera aparecido en su vida. Había llegado ligera desde lejos, traída por el viento de la buena fortuna y aquí la tenía, presente y cercana en el hielo y la nieve, con una promesa en sus ojos moros. Lucía lo encontró cubierto de heridas invisibles y a su vez él percibía claramente los finos cortes con que la vida la había marcado a ella. «El amor siempre se me ha dado a medias», le había confesado ella en una ocasión. Eso se terminó. Iba a amarla sin límite, absolutamente. Deseaba protegerla y hacerla feliz para que nunca se fuera, pasar juntos ese invierno y la primavera y el verano y para siempre, cultivar con ella la complicidad y la intimidad más profunda, compartir con ella hasta lo más secreto, incorporarla a su vida y a su alma. En verdad sabía muy poco de Lucía y menos de sí mismo, pero nada de eso importaba si ella correspondiera a su amor; en ese caso tendrían el resto de la vida para descubrirse mutuamente, para crecer y envejecer juntos.

Nunca imaginó que un amor desaforado, como el que tuvo por Anita en la juventud, pudiera volver a asaltarle. Ya no era el hombre que amó a Anita, sentía que le habían salido escamas de cocodrilo, visibles en el espejo, pesadas como una armadura. Le dio vergüenza haber vivido protegiéndose del desencanto, del abandono y la traición, temeroso de sufrir como le hizo sufrir Anita, asustado de la vida misma, cerrado a la aventura formidable del amor. «No quiero seguir en esta especie de media vida, no quiero ser este hombre cobarde, quiero que me quieras, Lucía», le confesó en esa noche extraordinaria.

Cuando Richard Bowmaster se presentó en 1992 a su nuevo empleo en la Universidad de Nueva York, su amigo Horacio Amado-Castro quedó sorprendido del cambio en su aspecto. Unos días antes había recogido en el aeropuerto a un ebrio desaliñado e incoherente y se arrepintió de haber insistido en llevarlo a su facultad. Lo admiraba cuando ambos eran estudiantes y jóvenes profesionales, pero de eso hacía años y entretanto Richard había descendido muy bajo. La muerte de sus dos hijos lo había herido en el alma, como a Anita. Intuía que iban a terminar separados, la muerte de un hijo quiebra a la pareja, pocas sobreviven a esa prueba, y ellos habían perdido a dos. A esa tragedia se sumaba el horror de que Richard fue el causante del accidente de Bibi. Le era imposible imaginar siquiera esa culpa; si algo semejante le ocurriera con uno de sus hijos, preferiría morir. Temía que su amigo fuera incapaz de asumir su puesto académico, pero Richard llegó impecable, afeitado, con el pelo recién cortado, un correcto traje gris de verano y corbata. El aliento le olía a alcohol, pero el efecto de los tragos no se notaba en su conducta o sus ideas. Desde el primer día se hizo apreciar.

La pareja se instaló en uno de los apartamentos para miembros de la facultad junto a Washington Square Park, en el undécimo piso. El espacio era pequeño, pero adecuado, los muebles funcionales y la situación muy conveniente, a diez minutos a pie de la oficina de Richard. Al llegar, Anita cruzó el umbral con el mismo aire de autómata que tenía desde hacía meses y se sentó frente a la ventana a mirar el pedazo insignificante de cielo entre los altos edificios circundantes, mientras su marido descargaba el equipaje, desempacaba y hacía una lista de provisiones para ir de compras. Eso marcó el tono de su breve convivencia en Nueva York.

—Me lo advirtieron, Lucía. Me lo advirtieron la familia de Anita y su psiquiatra en Brasil. Su estado era muy frágil, ¿cómo pude no hacer caso? La muerte de los niños la destrozó.

—Fue un accidente, Richard.

—No. Yo había pasado la noche de juerga, llegué mareado de sexo, cocaína y alcohol. No fue un accidente, fue un crimen. Y Anita lo sabía. Me tomó odio. No me permitía tocarla. Cuando la traje a Nueva York la separé de su familia, de su país; aquí estaba a la deriva, sin conocer a nadie ni hablar el idioma, totalmente distanciada de mí, que era la única persona que podía ayudarla. Le fallé en todo sentido. No pensé en ella, sólo en mí. Quería salir de Brasil, escapar de la familia Farinha, comenzar una carrera profesional que ya había postergado demasiado. A la edad que tenía entonces podría haber sido profesor asociado. Empecé muy tarde y me propuse ponerme al día, iba a estudiar, enseñar y sobre todo publicar. Desde el comienzo supe que había dado con el lugar perfecto para mí, pero mientras yo me pavoneaba en las salas y corredores de la universidad, Anita pasaba el día entero en silencio frente a la ventana.

—¿Tenía atención psiquiátrica? —le preguntó Lucía.

—Ese recurso estaba disponible y la esposa de Horacio se ofreció para acompañarla y ayudarla con la burocracia del seguro, pero Anita no quiso.

—¿Qué hiciste?

—Nada. Seguí ocupado en lo mío y hasta jugaba al squash para mantenerme en forma. Anita permanecía encerrada en el apartamento. No sé qué hacía todo el día, dormir, supongo. Ni siquiera contestaba el teléfono. Mi padre la iba a ver, le llevaba dulces, trataba de sacarla a pasear, pero ella ni lo miraba, creo que lo detestaba porque era mi padre. Un fin de semana me vine con Horacio a esta misma cabaña y la dejé sola en Nueva York.

—Estabas bebiendo mucho en esa época —concluyó Lucía.

—Mucho. Pasaba las tardes en bares. Guardaba una botella en el cajón de mi escritorio, nadie sospechaba que mi vaso contenía ginebra o vodka en vez de agua. Chupaba pastillas de menta para el aliento. Creía que no se me notaba, que tenía resistencia de mula para el trago; todos los alcohólicos se engañan con lo mismo, Lucía. Era otoño y la plazoleta frente al edificio estaba cubierta de hojas amarillas… —dijo Richard en un susurro, con la voz entrecortada.

—¿Qué pasó, Richard?

—Vino un policía a avisarnos, porque en la cabaña nunca hubo teléfono.

Lucía esperó largo rato sin interrumpir el llanto sofocado de Richard, sin sacar la mano de su saco de dormir para tocarlo, sin intentar consolarlo, porque entendió que no había consuelo posible para ese recuerdo. Sabía a grandes rasgos lo ocurrido a Anita, por rumores y comentarios entre los colegas de la universidad, y adivinó que era la primera vez que Richard hablaba de eso. La conmovió hondamente ser depositaria de aquella confidencia desgarradora, testigo de ese llanto purificador. Conocía, por haberlo experimentado al escribir y hablar sobre la suerte de su hermano Enrique, el extraño poder curativo de las palabras, de compartir el dolor y comprobar que otros también tienen su cuota; las vidas se parecen y los sentimientos son idénticos.

Se había aventurado con Richard más allá del terreno conocido y seguro, obligados ambos por la desventurada Kathryn Brown, y al hacerlo iban revelando quiénes eran. En la incertidumbre estaban comenzando una intimidad verdadera. Lucía cerró los ojos y trató de alcanzar a Richard con el pensamiento, puso su energía en cruzar los pocos centímetros que los separaban y arroparlo en su compasión, como había hecho tantas veces con su madre en las últimas semanas de su agonía, para mitigar la angustia de ella y también la propia.

La noche anterior en el motel se introdujo en la cama de Richard para averiguar cómo se sentía a su lado. Necesitaba tocarlo, olerlo, sentir su energía. Según Daniela, cuando se duerme con alguien se combinan las energías, lo cual puede ser enriquecedor para ambos o puede resultar muy negativo para el más débil. «Menos mal que no dormías en la misma cama con mi papá, porque te hubiera achicharrado el aura», concluyó Daniela. Dormir con Richard, aunque sucedió cuando él estaba enfermo y en una cama salpicada de pulgas, la reconfortó hasta lo más profundo. Tuvo la certeza de que ese hombre era para ella, lo había intuido hacía algún tiempo, tal vez antes de llegar a Nueva York y por eso había aceptado su invitación, pero se paralizó por la aparente frialdad de él. Richard era un nudo de contradicciones y sería incapaz de dar el primer paso, ella tendría que tomarlo por asalto. Podía ser que él la rechazara, pero eso no sería tan grave, había superado penas mayores; valía la pena intentarlo. Les quedaban unos cuantos años de vida y quizá podría convencerlo de que los gozaran juntos. La sombra de un cáncer recurrente la rondaba; sólo contaba con su presente precioso y fugaz. Quería aprovechar cada día, porque los tenía contados y seguramente eran menos de lo que esperaba. No había tiempo que perder.

—Cayó junto a la escultura de Picasso —dijo Richard—. Era pleno mediodía. La vieron de pie en la ventana, la vieron saltar, la vieron estrellarse en el pavimento entre las hojas. Yo maté a Anita, como maté a Bibi. Soy culpable por borracho, por negligente, por quererlas mucho menos de lo que merecían.

—Ya es hora de que te perdones, Richard, llevas mucho tiempo expiando esa culpa.

—Más de veinte años. Y todavía siento el último beso que le di a Anita antes de dejarla sola con su pesadumbre, beso que apenas la rozó, porque me quitó la cara.

—Son muchos años con el alma en invierno y el corazón cerrado, Richard. Eso no es vida. Y el hombre cauteloso de todos esos años no eres tú. En estos últimos días, cuando saliste de la comodidad en que estabas instalado, pudiste descubrir quién eres realmente. Puede que haya dolor en eso, pero cualquier cosa es mejor que estar anestesiado.

En la práctica de meditación, que lo había mantenido sobrio durante años, Richard había tratado de aprender los fundamentos zen, estar atento al momento presente, comenzar de nuevo con cada respiración, pero la habilidad de poner la mente en blanco se le escapaba. Su vida no era una sucesión de momentos separados, era una historia enmarañada, una tapicería cambiante, caótica, imperfecta, que había ido tejiendo día a día; su presente no era una pantalla límpida, estaba atestado de imágenes, sueños, recuerdos, vergüenza, culpa, soledad, dolor, toda su jodida realidad, como le dijo a Lucía en susurros esa noche.

—Pero entonces llegas tú y me das permiso para afligirme por mis pérdidas, reírme de mis torpezas y llorar como un mocoso.

—Ya era hora, Richard. Basta de revolcarse en las penas del pasado. El único remedio para tanta desgracia es el amor. No es la fuerza de la gravedad la que mantiene el universo en equilibrio, sino la fuerza adhesiva del amor.

—¿Cómo he vivido tantos años solo y desconectado? Me lo vengo preguntando desde hace días.

—De puro tonto que eres. ¡Mira qué manera de perder tiempo y vida! Te habrás dado cuenta de que te quiero, ¿no? —se rió ella.

—No entiendo cómo puedes quererme, Lucía. Soy un tipo ordinario, te vas a aburrir conmigo. Y además acarreo el peso agobiante de mis faltas y omisiones, un saco de piedras.

—Ningún problema. Tengo músculos para echarme tu saco a la espalda, lanzarlo al lago congelado y hacerlo desaparecer para siempre junto al Lexus.

—¿Para qué he vivido, Lucía? Antes de morir tengo que averiguar para qué estoy en este mundo. Es verdad lo que dices, he estado tanto tiempo anestesiado, que no sabría por dónde comenzar a vivir de nuevo.

—Si me dejas, te puedo ayudar.

—¿Cómo?

—Se empieza con el cuerpo. Te propongo que juntemos los sacos y durmamos abrazados. Yo lo necesito tanto como tú, Richard. Quiero que me abraces, sentirme segura y abrigada. ¿Hasta cuándo vamos a andar a tientas, temerosos, esperando que el otro dé el primer paso? Estamos viejos para eso, pero quizá todavía estamos jóvenes para el amor.

—¿Estás segura, Lucía? No podría soportar que…

—¿Segura? ¡No estoy segura de nada, Richard! —lo interrumpió ella—. Pero podemos intentarlo. ¿Qué es lo peor que nos puede pasar? ¿Sufrir? ¿Que no resulte?

—No nos pongamos en ese caso, no podría resistirlo.

—Te asusté… Perdona.

—¡No! Al contrario, perdóname a mí por no haberte dicho antes lo que siento. Es tan nuevo, tan inesperado, que no sé qué hacer, pero tú eres mucho más fuerte y clara que yo. Ven, pásate a esta cama, hagamos el amor.

—Evelyn está a medio metro de distancia y yo soy un poco escandalosa. Tendremos que esperar para eso, pero entretanto podemos acurrucarnos.

—¿Sabías que me lo paso hablándote en secreto como un

lunático? ¿Que a cada rato te imagino en mis brazos? Hace tanto tiempo que te deseo...

—No te creo en absoluto. Te fijaste en mí por primera vez anoche, cuando me metí de viva fuerza en tu cama. Antes pasabas de mí —se rió ella.

—Me alegra mucho que lo hicieras, chilena atrevida —dijo él, cruzando la breve distancia que los separaba para besarla.

Juntaron los sacos de dormir sobre una de las camas, calzando las cremalleras de ambos, y se abrazaron vestidos, como estaban, con inesperada desesperación. Es todo lo que Richard habría de recordar con claridad más tarde, el resto de esa noche mágica estaría preservado para siempre en una perfecta nebulosa. Lucía, en cambio, le aseguró que se acordaba hasta de los menores detalles. En los días y años siguientes se los iría contando poco a poco, siempre una versión diferente y cada vez más audaz, hasta lo increíble, porque no podían haber realizado tantas acrobacias como ella aseguraba sin despertar a Evelyn. «Así fue, aunque no lo creas; puede que Evelyn se hiciera la dormida y nos estuviera espiando», habría de sostener ella. Richard supuso que se besaron mucho y muy largamente, que se fueron quitando la ropa enredados en la estrechez de los sacos de dormir, que se exploraron mutuamente como pudieron sin hacer el menor ruido, sigilosos y excitados como chiquillos haciendo el amor a escondidas en un rincón oscuro. Recordaba, eso sí, que ella se le subió encima y él pudo recorrerla a dos manos, sorprendido de esa piel lisa y caliente, de ese cuerpo que apenas vislumbraba en la luz temblorosa de la vela, más delgado, dócil y joven de lo que se podía adivinar cuando estaba vestida. «Estos senos de corista son míos, Richard, me costaron bastante caros», le dijo Lucía al oído, sofocando la risa. Eso era lo mejor de ella, esa risa como agua clara que lo lavaba por dentro y arrastraba sus dudas cada vez más lejos.

Lucía y Richard despertaron ese martes con la luz tímida de la mañana en la tibieza de los sacos de dormir, donde estuvieron enterrados la noche entera en un nudo de brazos y piernas, tan juntos que no se sabía dónde empezaba uno y terminaba el otro, respirando acompasados, perfectamente cómodos en el amor que empezaban a descubrir. Las convicciones y defensas que los sostenían hasta entonces se desmoronaban ante la maravilla de la verdadera intimidad. Al asomar la cabeza los azotó el frío de la cabaña. Las estufas se habían apagado. Richard fue el primero en juntar valor para desprenderse del cuerpo de Lucía y enfrentar el día. Comprobó que Evelyn y el perro seguían durmiendo y antes de levantarse aprovechó esos minutos para besar a Lucía, que ronroneaba a su lado. Después se vistió, llenó de combustible las estufas, puso a hervir agua en el hornillo, preparó té y se lo llevó a las mujeres, que lo bebieron recostadas, mientras él sacaba a Marcelo a ventilarse. Iba silbando.

El día se anunciaba radiante. La tormenta era un mal recuerdo, la nieve había cubierto el mundo de merengue y la brisa helada arrastraba un hálito imposible de gardenias. Al salir el sol, el cielo finalmente despejado adquirió el color azulino de los nomeolvides. «Lindo día para tu funeral, Kathryn», murmuró Richard. Estaba alegre, lleno de energía, como un cachorro. Esa felicidad era tan nueva, que carecía de nombre.

La sondeaba cuidadosamente, la tocaba apenas y retrocedía, tanteando el territorio virgen de su corazón. ¿Había imaginado las confidencias de la medianoche? ¿Los ojos negros de Lucía tan cerca de los suyos? Quizá había inventado el cuerpo de ella entre sus manos, los labios juntos, el regocijo, la pasión y la fatiga en el lecho nupcial de un par de sacos de dormir, abrazados, de eso no tenía duda, porque sólo así pudo haber recogido su aliento dormido, su calor desafiante, las imágenes de sus sueños. Se preguntó de nuevo si eso era amor, porque era diferente a la pasión abrasadora por Anita, este sentimiento era como la arena cálida de una playa a pleno sol. ¿Sería este placer sutil y certero la esencia del amor maduro? Iba a averiguarlo, habría tiempo para eso. Volvió a la cabaña con Marcelo en brazos, silbando y silbando.

Las provisiones se habían reducido a unas sobras patéticas y Richard propuso que se fueran al pueblo más cercano a desayunar y de allí siguieran viaje a Rhinebeck. De la úlcera ni se acordaba. Lucía les había explicado que el Instituto Omega contaba con personal de mantenimiento durante la semana, pero si tenían suerte, ese martes todavía no habría nadie por el mal tiempo reciente. El camino estaría despejado y el trayecto les tomaría unas tres o cuatro horas; no había prisa por llegar. Reclamando por el frío, Lucía y Evelyn salieron arrastrándose de sus sacos y lo ayudaron a poner orden y cerrar la cabaña.

Evelyn, Richard, Lucía

En el Subaru, sin calefacción y con dos ventanillas a medio abrir, abrigados como exploradores del Ártico, Richard Bowmaster les contó a las mujeres que hacía unos meses había invitado a dar una conferencia en su facultad a un par de expertos en tráfico de trabajadores indocumentados. A eso se dedicaban Frank Leroy e Iván Danescu, según les había explicado Evelyn. Nada nuevo, dijo Richard, oferta y demanda existían desde que se abolió oficialmente la esclavitud, pero nunca el negocio había sido tan rentable como en la actualidad; era una mina de oro equivalente sólo al tráfico de drogas y armas. Mientras más duras las leyes y más exhaustivos los controles fronterizos, más eficiente y despiadada era la organización y más ganaban los agentes, como se denominaban los traficantes. Richard suponía que Frank Leroy conectaba a traficantes con clientes estadounidenses. Los tipos como él no se ensuciaban las manos, desconocían las caras y las historias de los migrantes que iban a dar como esclavos en la agricultura, la manufactura, la industria y los prostíbulos. Para él eran números, carga anónima que se debía transportar, menos valiosa que animales.

Leroy mantenía una fachada de hombre de negocios respetable. Su oficina en Manhattan estaba en plena avenida Lexington, como les había contado Evelyn, y desde allí llevaba sus asuntos con clientes dispuestos a emplear esclavos, cultivaba la amistad de políticos y autoridades complacientes, lavaba dinero y resolvía los problemas legales que se presentaran. Igual que le había conseguido un carnet tribal a Evelyn Ortega, podía obtener papeles de identidad falsos al precio justo, pero las víctimas de tráfico humano no los necesitaban, existían bajo el radar, invisibles, silenciadas, en las sombras de un mundo sin leyes. Su comisión debía ser alta, pero quienes movían carga en gran escala la pagaban para ir sobre seguro.

—¿Crees que Frank Leroy realmente intenta matar a su mujer y su hijo, como te dijo Cheryl? ¿O serían sólo amenazas? —le preguntó Richard a Evelyn.

—La señora le tiene miedo. Cree que puede inyectarle una sobredosis de insulina a Frankie o asfixiarlo.

—¡Ese hombre debe de ser un monstruo si su mujer piensa eso de él! —exclamó Lucía.

—También cree que la señorita Kathryn pensaba ayudarlo.

—¿Eso te parece posible, Evelyn?

—No.

—¿Qué motivo podría tener Frank Leroy para matar a Kathryn? —preguntó Richard.

—Por ejemplo, que Kathryn hubiera averiguado algo sobre él y lo estuviera chantajeando… —especuló Lucía.

—La señorita estaba encinta de tres meses —los interrumpió Evelyn.

—¡Vaya! Esto es una tremenda sorpresa, Evelyn. ¿Por qué no nos lo dijiste antes?

—Yo trato de no pasar chismes.

—¿Estaba embarazada de Leroy?

—Sí. Me lo dijo la señorita Kathryn. La señora Leroy no lo sabe.

—Podría ser que Frank Leroy la matara porque ella lo estaba presionando, aunque parece un motivo muy débil. Pudo haber sido accidental... —sugirió Lucía.

—Tendría que haber sido el jueves por la noche o el viernes por la mañana, antes de irse a Florida —dijo Richard—. Eso significa que Kathryn murió hace cuatro días. Si no fuera por la temperatura bajo cero...

Llegaron al Instituto Omega a eso de las dos de la tarde. Lucía les había descrito una naturaleza exuberante, un bosque de arbustos, coníferas y árboles antiguos, pero muchos habían perdido el follaje y el paisaje era menos tupido de lo esperado. Si había vigilancia o personal de mantenimiento serían vistos fácilmente, pero decidieron correr el riesgo.

—Esta propiedad es enorme. Estoy segura de que vamos a encontrar el lugar ideal para dejar a Kathryn —dijo Lucía.

—¿Hay cámaras de seguridad? —preguntó Richard.

—No. ¿Para qué iban a tener cámaras de seguridad en un lugar como este? Aquí no hay nada que robar.

—Me alegro. Y después, ¿qué haremos contigo, Evelyn? —le preguntó Richard en el tono paternal que desde hacía dos días empleaba con ella—. Tenemos que ponerte a salvo de Leroy y de la policía.

—Le prometí a mi abuela que así como me fui, así iba a volver —dijo la muchacha.

—Pero saliste escapando de la Salvatrucha. ¿Cómo vas a volver a Guatemala? —dijo Lucía.

—Eso fue hace ocho años. Una promesa es una promesa.

—Los hombres que asesinaron a tus hermanos están muertos o presos, probablemente. Nadie vive tanto en esa pandilla, pero sigue habiendo mucha violencia en tu país, Evelyn. Aunque nadie se acuerde de la venganza hacia tu familia, una chica joven y linda como tú está en una posición muy vulnerable. Lo entiendes, ¿verdad?

—Evelyn también corre peligro aquí —intervino Richard.

—No creo que la arresten por indocumentada. Hay once millones de inmigrantes en la misma situación en este país —dijo Lucía.

—Tarde o temprano van a encontrar el cuerpo de Kathryn y se va a desencadenar una investigación a fondo conectada con los Leroy. En la autopsia verán que estaba embarazada y con una prueba de ADN se puede probar que era de Frank Leroy. Se sabrá de la desaparición del automóvil y de Evelyn.

—Por eso tiene que irse lo más lejos posible, Richard —dijo Lucía—. Si la encuentran la acusarán de robar el automóvil y podrían relacionarla con la muerte de Kathryn.

—En ese caso los tres estaríamos fregados. Somos cómplices de ocultar pruebas, nada menos que deshacernos de un cadáver.

—Vamos a necesitar un buen abogado —apuntó Lucía.

—Ningún abogado, por genial que sea, nos sacaría de este lío. A ver, Lucía, desembucha. Estoy seguro de que ya tienes un plan.

—Es sólo una idea, Richard… Lo más importante es poner a salvo a Evelyn donde ni Leroy ni la policía la encuentren. Anoche llamé a mi hija y a ella se le ocurrió que Evelyn puede desaparecer en Miami, donde hay millones de latinos y donde sobra trabajo. Puede quedarse allí hasta que se calmen las aguas y una vez que estemos seguros de que nadie la busca, podría regresar con su madre a Chicago. Entretanto Daniela ha ofrecido alojarla en su apartamento.

—¡No estarás pensando comprometer a Daniela en esto! —exclamó Richard, escandalizado.

—¿Por qué no? A Daniela le encanta la aventura y cuando supo en lo que nos hemos metido lamentó no estar aquí para echarnos una mano. Estoy segura de que tu padre haría lo mismo.

—¿Le contaste por teléfono a Daniela?

—Por whatsapp. Cálmate, hombre, nadie sospecha de nosotros, no habría razón para que investigaran nuestros celulares. Además, con whatsapp no hay problema. Una vez que dejemos a Kathryn, vamos a poner a Evelyn en un avión a Miami. Daniela la estará esperando.

—¿Avión?

—Puede volar dentro del país con su carnet tribal, pero si es arriesgado, la mandamos en un bus. El viaje es largo, día y medio, creo.

Entraron al Instituto Omega por Lake Drive y pasaron frente a los edificios de administración en un panorama blanco de absoluto silencio y soledad. Nadie había estado allí desde el comienzo de la tormenta, el camino no había sido despejado con máquinas, pero el sol había derretido buena parte de la nieve, que corría en arroyos sucios. No había huellas recientes de vehículos. Lucía los guió a la cancha deportiva, porque recordaba que había una caja para guardar pelotas del tamaño adecuado para poner el cuerpo, allí estaría a salvo de coyotes y otros depredadores. A Evelyn, sin embargo, le pareció un sacrilegio poner a Kathryn en una caja de pelotas.

Siguieron hasta la orilla de un lago angosto y largo, cuya extensión Lucía había recorrido en kayak en sus visitas al Instituto. Lo encontraron congelado y no se atrevieron a pisarlo. Richard sabía lo difícil que puede ser calcular el grosor del hielo a simple vista. En la playa había un cobertizo, botes y un embarcadero. Richard propuso amarrar a la rejilla del Subaru una de las canoas livianas y conducir por el delgado camino que bordeaba el lago en busca de un sitio alejado. Podrían dejar a Kathryn en la canoa en la orilla opuesta, cubierta con una lona. En unas cuantas semanas, con el deshielo, la canoa flotaría en el lago hasta que la encontraran. «Un funeral en el agua es poético, como una ceremonia vikinga», agregó.

Richard y Lucía estaban tratando de soltar la cadena de una de las canoas, cuando Evelyn los detuvo con un grito y señaló un grupo de árboles cercanos.

—¿Qué hay? —preguntó Richard, pensando que se trataba de un vigilante.

—¡Un jaguar! —exclamó Evelyn, demudada.

—No puede ser, Evelyn. Aquí no existen esos animales.

—Yo no veo nada —dijo Lucía.

—¡Jaguar! —repitió la muchacha.

Y entonces les pareció ver en la blancura del bosque la silueta de un animal grande, amarillo, que dio media vuelta y desapareció de un salto en dirección a los jardines. Richard les aseguró que sólo podía tratarse de un venado o un coyote; en esa región nunca hubo jaguares y si hubo otros felinos grandes, como pumas o linces, fueron exterminados hacía más de un siglo. Fue una visión tan fugaz, que ambos dudaron de su existencia, pero Evelyn, transfigurada, echó a andar tras los pasos del supuesto jaguar como si no tocara el suelo, liviana, etérea, diminuta. No osaron llamarla, en caso de que alguien pudiera oírlos, y la siguieron pisando como pingüinos para evitar un resbalón en la fina capa de nieve.

Evelyn pasó flotando con alas de ángel por el camino frente a la oficina de administración, la tienda, la librería y la cafetería, siguió hasta bordear la biblioteca y la sala de conferencias y dejó atrás los grandes comedores. Lucía recordaba el Instituto en plena temporada, verde y lleno de flores, pájaros de pecho colorado y ardillas doradas, visitantes moviéndose en cámara lenta en la danza contenida del taichí en el jardín, otros deambulando entre clases y conferencias con faldas de la India y sandalias de fraile, los empleados recién salidos de la adolescencia, olorosos a marihuana, en sus carros eléctricos cargados de bolsas y cajas. El panorama de invierno era desolado y hermoso, la blancura fantasmagórica contribuía a la impresión de inmensidad. Los edificios estaban cerrados y las ventanas tapadas con paneles de madera, sin signos de vida, como si nadie los hubiera ocupado desde hacía cincuenta años. La nieve absorbía los sonidos de la naturaleza y el crujido de las botas, iban detrás de Evelyn como se anda en los sueños, sin ruido. El día estaba claro y todavía era temprano, pero les parecía estar envueltos en una neblina teatral. Evelyn pasó de largo el área de las cabinas y enfiló a la izquierda por un sendero que culminaba en una empinada escalera de piedra. Ascendió los peldaños sin vacilar ni prestarle atención al hielo, como si supiera exactamente adónde iba, y los otros dos la siguieron a duras penas. Pasaron una fuente congelada y un Buda de piedra y se encontraron en lo alto de la colina con el santuario, un templo de madera estilo japonés, cuadrado, rodeado por terrazas cubiertas, el corazón espiritual de la comunidad.

Comprendieron que era el sitio escogido por Kathryn. Evelyn Ortega no podía saber que allí se encontraba el santuario y en la nieve no había huellas del animal, que sólo ella veía. Era inútil buscar una explicación y, como en tantos otros momentos, Lucía se rindió ante el misterio. Richard alcanzó a dudar de su razón por unos instantes, antes de encogerse de hombros y entregarse también. En los últimos dos días había perdido confianza en lo que creía saber y en la ilusión de estar en control; había aceptado que sabía muy poco y controlaba mucho menos, pero esa incertidumbre ya no lo asustaba. Lucía le había dicho en su noche de confidencias que la vida se manifiesta siempre, pero se manifiesta mejor si la recibimos sin resistencia. Evelyn, guiada por una intuición inapelable o por el espectro de un jaguar escapado de una selva recóndita, los llevó directamente al lugar sagrado donde Kathryn descansaría tranquila, amparada por espíritus buenos, hasta que estuviera lista para continuar su último viaje.

Evelyn y Lucía esperaron bajo el techo de la terraza, sentadas en un banco cerca de dos estanques helados, que en vera-

330

no albergaban peces tropicales y flores de loto, mientras Richard iba en busca del automóvil. Había un empinado camino de acceso para vehículos de mantenimiento y jardinería, que el Subaru, con neumáticos de nieve y tracción de cuatro ruedas, pudo subir.

Sacaron a Kathryn cuidadosamente del automóvil, la tendieron sobre la lona y la llevaron en andas hasta el santuario. Como la sala de meditación estaba cerrada con llave, escogieron el puente entre los estanques para preparar el cuerpo, que seguía rígido en posición fetal, con los grandes ojos azules abiertos de asombro. Evelyn se quitó la piedra de Ixchel, la diosa-jaguar, que le había dado la curandera del Petén ocho años atrás, su amuleto de protección ancestral, para colgárselo al cuello a Kathryn. Richard quiso impedírselo, porque era arriesgado dejar esa prueba, pero desistió al comprender que sería casi imposible relacionarla con su dueña. Cuando encontraran el cuerpo, Evelyn estaría muy lejos. Se limitó a limpiarla con un pañuelo de papel empapado en tequila.

Por instrucciones de la muchacha, que asumió con naturalidad su papel de sacerdotisa, improvisaron algunos ritos funerarios elementales. En esos momentos se cerró un círculo para Evelyn, que no había podido decir palabra en el entierro de su hermano Gregorio y estuvo ausente en el de Andrés. Sintió que al despedir a Kathryn solemnemente honraba también a sus hermanos. En su aldea la agonía y el fallecimiento de un enfermo se encaraban sin aspavientos, porque la muerte es un umbral, como el nacimiento. Apoyaban a la persona para que cruzara al otro lado sin miedo, entregando su alma a Dios. En caso de muerte violenta, crimen o accidente, se requerían otros ritos para convencer a la víctima de lo sucedido y pedirle que se fuera y no volviera a espantar a los vivos. A Kathryn y al niño que llevaba adentro les faltó hasta el velorio más simple, tal vez no se habían enterado de que estaban muertos. Nadie había lavado, perfumado y vestido a Kathryn con su mejor ropa, nadie le había cantado ni se había puesto luto por ella, no sirvieron café, prendieron velas ni trajeron flores, tampoco hubo una cruz negra de papel para señalar la violencia de su partida. «Me da mucha pena la señorita Kathryn, que no tiene ni tan sólo un cajón o un lugar en el cementerio; pobre patojito sin nacer, que no tiene un juguete para el cielo», dijo Evelyn.

Lucía mojó un paño y limpió la sangre seca de la cara de Kathryn, mientras Evelyn rezaba en voz alta. A falta de flores, Richard cortó unas ramas y se las puso entre las manos. Evelyn insistió en dejarle también la botella de tequila, porque en los velorios siempre había licor. Limpiaron las huellas digitales de la pistola y la dejaron junto a Kathryn. Quizá esa sería la prueba contundente contra Frank Leroy. El cuerpo de Kathryn sería identificado como el de su amante, la pistola que disparó la bala estaba registrada a su nombre y podrían probar que él era el padre del feto. Todo apuntaba en su contra, pero no lo condenaba, porque el hombre tenía una coartada: estaba en Florida.

Cubrieron a Kathryn con el tapiz, juntaron las cuatro esquinas de la lona, envolviéndola cuidadosamente, y amarraron el bulto con las cuerdas que Richard tenía en el auto. Como todos los edificios del Instituto, el santuario carecía de cimientos, estaba elevado del suelo sobre pilotes, eso dejaba un espacio debajo donde pudieron deslizar a Kathryn. Pasaron un buen rato recogiendo piedras para tapar la entrada.

Con el deshielo de la primavera el cuerpo inevitablemente comenzaría a descomponerse y el olor revelaría su presencia.

—Recemos, Richard, para acompañar a Evelyn y despedir a Kathryn —le pidió Lucía.

—No sé rezar, Lucía.

—Cada uno lo hace a su manera. Para mí rezar es relajarme y confiar en el misterio de la existencia.

—¿Eso es Dios para ti?

—Llámalo como quieras, Richard, pero danos la mano a Evelyn y a mí y formemos un círculo. Vamos a ayudar a Kathryn y su niñito a subir al cielo.

Después Richard les enseñó a Lucía y Evelyn a hacer bolas de nieve y colocarlas unas encima de otras para formar una pirámide con una vela encendida en el centro, como había visto hacer a los niños de Horacio en Navidad. Esa frágil lámpara, hecha de una llama vacilante y agua, proyectaba una delicada luz dorada entre círculos azules. Ningún rastro quedaría de ella en pocas horas, cuando se consumiera la vela y se derritiera la nieve.

Epílogo

Brooklyn

Richard Bowmaster y Lucía Maraz habían archivado a conciencia lo publicado sobre el caso de Kathryn Brown, desde que apareció su cuerpo en marzo, hasta un par de meses más tarde, cuando pudieron dar por cerrada la aventura que les cambió la vida. El descubrimiento del cadáver en Rhinebeck provocó especulaciones sobre un posible sacrificio humano cometido por miembros de un culto de inmigrantes en el estado de Nueva York. Ya se sentía en el aire la xenofobia contra los latinos desencadenada por la odiosa campaña presidencial de Donald Trump. Aunque pocos lo tomaban en serio como candidato, su alarde de construir una muralla como la de China para cerrar la frontera con México y deportar a once millones de indocumentados empezaba a echar raíces en la imaginación popular. Resultó fácil darle una explicación macabra al crimen. Varios detalles del hallazgo apuntaban a la teoría del culto: la víctima había sido amortajada en posición fetal, como las momias precolombinas, en un tapiz mexicano ensangrentado, con una imagen del Diablo tallada en una piedra colgada al cuello y una botella con una calavera pintarrajeada en la etiqueta. El tiro a quemarropa en la frente tenía trazas de ser una ejecución. Y había sido colocada en el santuario del Instituto Omega como una burla a la espiritualidad, según manifestaron algunos periódicos propensos al escándalo.

Varias iglesias cristianas hispanoparlantes emitieron enfáticos desmentidos negando la existencia de cultos satánicos en sus comunidades. Pronto, sin embargo, «la virgen sacrificada», como la llamó un tabloide, fue identificada como Kathryn Brown, una fisioterapeuta de Brooklyn, de veintiocho años, soltera y encinta. De virgen, nada. También se supo que la estatuilla de piedra no representaba a Satanás, sino a una deidad femenina de la mitología maya, y la calavera era una ilustración recurrente en las botellas de tequila más comunes. Entonces el interés del público y de la prensa disminuyó hasta desaparecer del todo y para Richard y Lucía fue más difícil seguirle la pista al caso.

La noticia de *The New York Times* de la última semana de mayo, que Richard Bowmaster confirmó con otras fuentes, tenía poco que ver con Kathryn Brown. Se centraba en una red de tráfico humano que abarcaba México, varios países de Centroamérica y Haití. El nombre de Frank Leroy se mencionaba en el reportaje entre otros cómplices y su muerte apenas mereció un par de líneas. El FBI se había ocupado del caso de Kathryn Brown, aunque le correspondía al Departamento de Policía, por la relación de la joven con Frank Leroy, quien fue arrestado brevemente, como el principal sospechoso del crimen, y puesto en libertad bajo fianza. El FBI llevaba varios años atando cabos en una vasta investigación de tráfico humano y le interesaba echarle el guante a Leroy por eso, más que por la suerte de su desdichada amante. Conocían la participación de Frank Leroy, pero las pruebas para detenerlo eran insuficientes; el hombre se había protegido muy bien contra esa eventualidad. Sólo al relacionarlo con el asesinato de Kathryn Brown fue posible allanar su oficina y su casa y confiscar suficiente material para acorralarlo.

Leroy escapó a México, donde tenía contactos y donde había vivido su padre tranquilamente durante años en calidad de prófugo. Esa podría haber sido también su suerte, a no ser por un agente especial del FBI infiltrado en la red. Ese hombre era Iván Danescu. Debido a él, más que a otros, se pudo desenredar la madeja criminal en Estados Unidos y sus conexiones con México. Su nombre nunca hubiera sido revelado al público si estuviera vivo, pero pereció en el asalto a una hacienda de Guerrero, uno de los centros de detención de las víctimas, donde estaban reunidos varios jefes. Iván Danescu acompañó a los militares mexicanos en una operación heroica, como decía la prensa, para liberar a más de cien prisioneros, que aguardaban su turno para ser transportados y vendidos.

Richard leyó otra versión entre líneas, porque había estudiado la forma de operar de los carteles y de las autoridades. Si algún cabecilla era arrestado, por lo general escapaba de la prisión con aterradora facilidad. La ley resultaba eternamente burlada, porque desde la policía hasta los jueces se doblegaban mediante amenazas o corrupción y quien se resistiera terminaba asesinado. Muy rara vez se lograba extraditar a los culpables que operaban impunemente en Estados Unidos.

—Te aseguro que los militares entraron a la hacienda a matar, con respaldo del FBI. Así hacen en las operaciones contra los narcos y no veo por qué iba a ser diferente en este caso. Les debe haber fallado un plan por sorpresa y hubo una batalla a tiros. Eso explicaría la muerte de Iván Danescu por un lado y Frank Leroy por otro —le dijo Richard a Lucía.

Llamaron a Evelyn a Miami, quien no se había enterado de la noticia, y acordaron que ella viajara a Brooklyn, porque estaba obsesionada con la idea de volver a ver a Frankie. Hasta entonces no se había atrevido a llamar a Cheryl. Lucía debió convencer a Richard de que con la muerte de Frank Leroy ya no había peligro para Evelyn y que tanto la chica como Cheryl merecían tener alguna clausura a lo que les había ocurrido. Se ofreció para hacer el primer contacto y, fiel a su teoría de que lo mejor es ir directo al grano, llamó de inmediato por teléfono a Cheryl y le pidió cita, porque tenía algo importante que comunicarle. Ella le colgó, asustada. Lucía le dejó una nota en el buzón de la casa de las estatuas: «Soy amiga de Evelyn Ortega, ella confía en mí. Por favor, recíbame; tengo noticias de ella para usted». Agregó su número del celular y en el sobre puso las llaves del Lexus y de la casa de Kathryn Brown. Esa misma noche Cheryl la llamó.

Una hora más tarde Lucía fue a verla, mientras Richard la esperaba en el automóvil con la úlcera saltona por los nervios. Habían decidido que era mejor que él no se presentara, porque Cheryl se sentiría más tranquila a solas con otra mujer. Lucía comprobó que Cheryl era como la había descrito Evelyn, alta, rubia, casi masculina de aspecto, pero más avejentada de lo que esperaba. Representaba muchos más de los años que tenía. Estaba agitada, temerosa y a la defensiva, temblaba cuando la hizo pasar a la sala.

—Dígame de una vez cuánto quiere y terminemos con esto de inmediato —le dijo con la voz entrecortada, de pie, con los brazos cruzados.

Lucía tardó medio minuto en entender lo que estaba oyendo.

—Por Dios, Cheryl, no sé qué está pensando. No he venido a hacerle chantaje, cómo se le ocurre. Conozco a Evelyn Ortega y sé lo que pasó con su automóvil. Seguramente sé mucho más que usted sobre ese Lexus. Evelyn quiere venir personalmente a explicárselo, pero sobre todo quiere ver a Frankie, lo echa mucho de menos, adora a su hijo.

Y entonces Lucía vio una asombrosa transformación en la mujer que tenía delante. Fue como si la coraza que la protegía se desmoronara a pedazos y en pocos segundos quedara expuesta una persona sin esqueleto, sin nada que la sostuviera por dentro, hecha sólo de dolor y miedo acumulados, tan débil y vulnerable, que Lucía apenas pudo resistir el impulso de abrazarla. Un sollozo de alivio le partió el pecho a Cheryl y cayó sentada en el sofá, con la cara entre las manos, llorando como un crío.

—Por favor, Cheryl, cálmese, todo está bien. Lo único que Evelyn ha querido siempre es ayudarla a usted y a Frankie.

—Lo sé, lo sé. Evelyn era mi única amiga, yo le contaba todo. Se fue cuando yo más la necesitaba, desapareció con el automóvil sin decirme ni una palabra.

—Creo que usted no sabe toda la historia. No sabe lo que había en la cajuela del auto...

—Cómo no voy a saberlo —replicó Cheryl.

El miércoles anterior a la tormenta de enero, cuando Cheryl estaba separando las camisas de su marido para la lavandería, vio una mancha de grasa en la solapa de su chaqueta. Antes de agregarla a la pila de ropa le revisó los bolsillos por rutina y descubrió una llave colgando de una argolla dorada. El comején de los celos le advirtió de que pertenecía a la casa de Kathryn Brown y eso confirmó sus dudas sobre su marido y esa mujer.

Al día siguiente por la mañana, cuando Kathryn estaba haciéndole los ejercicios, Frankie sufrió una crisis de hipoglucemia y se desmayó. Cheryl lo reanimó con una inyección y pronto los niveles se normalizaron. Nadie era culpable del incidente, pero el asunto de la llave la tenía predispuesta contra Kathryn. La acusó de maltratar a su hijo y la despidió en el acto. «No me puedes echar. A mí me contrató Frank. Sólo él puede despedirme y dudo que lo haga», replicó la joven, altanera, pero cogió sus cosas y se fue.

Cheryl pasó el resto del jueves con el estómago en un puño esperando a su marido, y por la tarde, cuando él llegó, fue innecesario explicarle nada, porque ya lo sabía. Kathryn lo había llamado. Frank la cogió por el cabello, la arrastró al dormitorio, se encerró con un portazo que dejó las paredes vibrando y le mandó un puñetazo al pecho que le cortó el aire. Al verla luchando por respirar, temió que se le hubiera ido la mano, le propinó una patada y se fue furioso a su pieza, tropezando en el pasillo con Evelyn, quien aguardaba temblando la oportunidad de socorrer a Cheryl. Le dio un empujón y siguió de largo. Evelyn corrió a la habitación y ayudó a Cheryl a recostarse, la acomodó con almohadas, le dio calmantes y le puso compresas de hielo en el pecho, temiendo que tuviera costillas fracturadas, como le sucedió a ella cuando fue asaltada por los pandilleros.

Frank Leroy salió el viernes muy temprano en un taxi, antes de que el resto de la casa despertara, para tomar su vuelo a Florida. Todavía no habían cerrado el aeropuerto, como harían un par de horas más tarde por la tormenta. Cheryl se quedó el día entero en cama, atontada con tranquilizantes y cuidada por Evelyn, en un silencio taimado, sin lágrimas. En esas horas tomó la decisión de actuar. Detestaba a su marido y sería una bendición que se fuera con la Brown, pero eso no iba a ocurrir de manera natural. El grueso de los haberes de Frank Leroy estaba en cuentas fuera del país a las que ella nunca tendría acceso, pero lo que había en Estados Unidos estaba a nombre suyo. Así lo había determinado él para protegerse en caso de problemas legales. Para Frank la mejor salida era eliminarla, y si no lo había hecho todavía era por falta de incentivo inmediato. También debía deshacerse de Frankie, porque no pensaba cargar con él. Se había enamorado de Kathryn Brown y de pronto tenía urgencia de ser libre. Cheryl no sospechaba que había una razón aún más poderosa, la amante estaba embarazada. Eso lo descubrió con los resultados de la autopsia, en marzo.

Pensó que debía enfrentar a su rival, porque con su marido era inútil tratar de llegar a algún acuerdo; sólo se comunicaban para lo trivial e incluso eso provocaba violencia, pero la Brown sería más razonable cuando comprendiera las ventajas de su ofrecimiento. Iba a proponerle que se quedara con su marido, le daría el divorcio y le garantizaría su silencio a cambio de seguridad económica para Frankie.

Salió el sábado al filo del mediodía. El dolor del golpe en el pecho y la corona de espinas que sentía en las sienes desde la paliza del jueves habían aumentado, tenía dos vasos de licor y una dosis alta de anfetaminas en el estómago. A Evelyn le dijo que iba a su terapia. «Recién están despejando las calles, señora, mejor se queda aquí tranquila», le pidió. «Nunca he estado más tranquila, Evelyn», le contestó, y se fue en el Lexus. Sabía dónde vivía Kathryn Brown.

Al llegar comprobó que el automóvil de la mujer estaba en la calle, eso indicaba que pensaba salir pronto, si no lo hubiera puesto en su garaje para protegerlo de la nieve. En un impulso, Cheryl tomó de la guantera la pistola de Frank, una pequeña Beretta semiautomática, calibre 32, y se la echó al bolsillo. Tal como había supuesto, la llave era de la puerta de la casa y pudo entrar sin ruido.

Kathryn Brown estaba saliendo con un bolso de lona al hombro, vestida con su ropa de gimnasia. La sorpresa de hallarse de súbito frente Cheryl le arrancó un grito. «Sólo quiero hablarte», dijo Cheryl, pero la otra la empujó hacia la puerta, insultándola. Nada estaba resultando como lo había planeado. Sacó la pistola del bolsillo de su chaquetón y apuntó a Kathryn con la intención de obligarla a escuchar, pero lejos de retroceder, la joven la desafió a risotadas. Cheryl le quitó el seguro a la pistola y la empuñó a dos manos.

—¡Bruja estúpida! ¿Crees que me puedes asustar con tu jodida pistola? ¡Vas a ver cuando se lo cuente a Frank! —le gritó Kathryn.

El tiro salió solo. Cheryl no supo cuándo apretó el gatillo y, tal como le prometió a Lucía Maraz cuando se lo contó, ni siquiera apuntó. «La bala le dio en medio de la frente por casualidad, porque estaba escrito, porque era mi karma y el de Kathryn Brown», le dijo. Fue tan instantáneo, un acto tan simple y limpio, que Cheryl no registró el ruido del disparo ni el retroceso del arma en sus manos, ni pudo comprender por qué la mujer cayó hacia atrás ni qué significaba el hoyo negro en su cara. Tardó más de un minuto en reaccionar y darse cuenta de que Kathryn no se movía, agacharse y comprobar que la había matado.

Cada gesto suyo a continuación fue en estado de trance. A Lucía le explicó que no se acordaba con detalle de lo que hizo, aunque no dejaba de pensar en lo sucedido ese sábado maldito. «Lo más urgente en ese momento era decidir qué iba a hacer con Kathryn, porque cuando Frank la descubriera iba a ser terrible», le dijo. La herida sangró muy poco y las manchas quedaron sobre el tapiz. Abrió el garaje de la casa y metió el Lexus. Gracias a una vida de atletismo y ejercicio, y gracias a que su rival era pequeña, pudo arrastrar el cuerpo sobre el tapiz, donde había caído, e introducirlo a la fuerza en la cajuela del automóvil, junto a la pistola. Puso la llave de Kathryn en la guantera. Necesitaba tiempo para escapar y disponía de cuarenta y ocho horas antes de que su marido volviera. Hacía más de un año que le daba vueltas en la mente la fantasía de acudir al FBI a denunciarlo a cambio de protección. Si las series de televisión contenían algo de verdad, podrían darle una nueva identidad y hacerla desaparecer con su hijo. Antes que nada debía tranquilizarse, el corazón le iba a explotar. Se dirigió a su casa.

Durante la investigación de la muerte de Kathryn Brown, en marzo, a Cheryl Leroy la interrogaron superficialmente. El único sospechoso era su marido, cuya coartada de hallarse jugando al golf en Florida resultó inútil, porque el estado del cadáver no permitía determinar el momento de la muerte. Quizá Cheryl, perturbada por la culpa, se habría delatado sola si la hubieran interrogado en los días que siguieron a la muerte de la joven, pero eso no ocurrió hasta dos meses más tarde, cuando su cuerpo fue encontrado en el Instituto Omega y se conoció su relación con los Leroy. En esos meses Cheryl alcanzó a hacer las paces con su conciencia. Se había acostado un sábado a fines de enero a descansar con un dolor de cabeza que la cegaba y despertó unas horas más tarde con la noción aterradora de haber cometido un crimen. La casa se hallaba a oscuras, Frankie dormía y Evelyn no estaba por ninguna parte, lo cual nunca antes había ocurrido. Casi había enloquecido imaginando posibles explicaciones para la desaparición fantástica de Evelyn, el automóvil y el cadáver de Kathryn Brown.

Frank Leroy regresó el lunes. Ella había pasado esos dos días en un estado de pavor absoluto y de no ser por el deber hacia su hijo, se hubiera tragado todos los somníferos que tenía y habría terminado de una vez con su vida miserable, como le confesó a Lucía. Su marido reportó la desaparición del Lexus para cobrar el seguro y acusó a la niñera de haberlo robado. No encontró a su amante e imaginó muchas razones para eso, menos que hubiera sido asesinada; lo sabría más tarde, cuando su cuerpo fue encontrado y a él lo acusaron del crimen.

—Creo que Evelyn hizo desaparecer la evidencia, para protegernos a Frankie y a mí —le dijo Cheryl a Lucía.

—No, Cheryl. Ella creía que su marido mató a Kathryn el viernes y que se fue a Florida como coartada, sin imaginar que alguien iba a usar el Lexus. El frío preservaría el cuerpo hasta el lunes, cuando él volviera.

—¿Cómo? ¿Evelyn no sabía que fui yo? Entonces, por qué…

—Evelyn sacó el Lexus para ir a la farmacia cuando usted estaba dormida. Mi compañero, Richard Bowmaster, chocó con ella. Así es como él y yo terminamos involucrados en esto. Evelyn pensó que cuando su marido regresara sabría que ella usó el auto y había visto el contenido de la cajuela. Le tenía terror a su marido.

—Es decir… Usted tampoco sabía lo que pasó —murmuró Cheryl, demudada.

—No. Yo tenía la versión de Evelyn. Ella cree que Frank Leroy la iba a eliminar, porque tenía que callarla. También temía por usted y por Frankie.

—¿Y ahora qué va a pasar conmigo? —preguntó Cheryl, aterrada por lo que había confesado.

—Nada, Cheryl. El Lexus está al fondo de un lago y nadie sospecha la verdad. Lo que hemos hablado queda entre nosotras. Se lo diré a Richard, porque merece saberlo, pero no hay necesidad de que lo sepa nadie más. Frank Leroy ya le hizo suficiente daño.

A las nueve de la mañana de ese último domingo de mayo, Richard y Lucía estaban en la cama tomando café con Marcelo y Dois, la única de los cuatro gatos con quien el perro hizo amistad. Para Lucía era temprano, qué necesidad había de madrugar en domingo, y para Richard era parte de la amable decadencia de vivir en pareja. Era un día radiante de primavera y pronto irían a buscar a Joseph Bowmaster para llevarlo a almorzar; por la tarde irían los tres a esperar a Evelyn a la terminal de buses, porque el viejo insistía en conocerla. No le perdonaba a su hijo que no lo hubiera invitado a participar en la odisea de enero. «A ver cómo nos habríamos arreglado contigo en silla de ruedas, papá», le repetía Richard, pero para Joseph era una excusa, no una razón; si pudieron cargar con un chihuahua, bien podían haberlo llevado a él.

Evelyn había salido treinta y dos horas antes de Miami, donde en los meses que llevaba había empezado a hacerse de una existencia más o menos normal. Todavía vivía con Daniela, pero pensaba independizarse pronto; trabajaba cuidando niños en una guardería y atendiendo mesas en un restaurante por las noches. Richard la estaba ayudando, porque tal como decía Lucía, en algo hay que gastar el dinero antes de irse al cementerio. Concepción Montoya, la abuela en Guatemala, había usado muy bien los giros que Evelyn le había enviado regularmente, primero desde Brooklyn y después desde Miami. Había reemplazado su choza por una vivienda de ladrillo con una pieza agregada, donde vendía la ropa usada que le mandaba su hija Miriam desde Chicago. Ya no iba al mercado a ofrecer sus tamales, sólo a comprar provisiones y conversar con sus comadres. Evelyn le calculaba unos sesenta años de edad, aunque no podía probarlo, pero en los ocho años desde la muerte de sus dos nietos y la ausencia de Evelyn había envejecido por la pena, como se podía apreciar en un par de fotografías que le tomó el padre Benito, en las que aparecía

346

con su vestimenta más elegante, la misma que había usado durante treinta años y seguiría usando hasta su muerte: la gruesa falda a telar azul y negro, el huipil bordado con los colores de su aldea, la faja en tonos de rojo y naranja en la cintura y el pesado y colorido tocado en equilibrio sobre la cabeza.

Según el padre Benito, la abuela seguía muy activa, pero se había achicado, secado y arrugado, parecía un monito, y como andaba siempre murmurando oraciones a media voz, la creían loca. Eso la favorecía, porque ya nadie le exigía que pagara cuota. La dejaban en paz. Cada dos semanas Concepción hablaba con su nieta por el celular del padre Benito, porque se negaba a tener uno propio, como le había ofrecido Evelyn. Era un aparato muy peligroso que funcionaba sin enchufe ni baterías y daba cáncer. «Véngase a vivir conmigo, mamita», le había rogado Evelyn, pero para Concepción esa era una pésima idea, qué iba a hacer ella en el norte, quién alimentaría entretanto a sus gallinas y regaría sus plantas, podían meterse extraños y ocuparle la casa, una no puede descuidarse. Visitar a la nieta sí, pero ya se vería cuándo. Evelyn comprendía que ese momento nunca iba a llegar y esperaba que algún día su propia situación le permitiera darse una vuelta por Monja Blanca del Valle, aunque fuera sólo por pocos días.

—Tendremos que contarle a Evelyn la verdad sobre lo que pasó con Kathryn —le dijo Richard a Lucía.

—¿Para qué vamos a complicar las cosas? Con que lo sepamos tú y yo, basta. Por lo demás, ya no importa nada.

—¿Cómo que no importa? Cheryl Leroy mató a esa mujer.

—Supongo que no estarás pensando en que debe pagar por su crimen, Richard. Cheryl Leroy no era dueña de sus actos.

—Eres una influencia fatal en mi vida, Lucía. Antes de conocerte yo era un hombre honesto, serio, un académico irreprochable… —suspiró él.

—Eras un plomazo, Richard, pero fíjate como igual me enamoré de ti.

—Nunca pensé que acabaría obstruyendo la justicia.

—La ley es cruel y la justicia es ciega. Lo único que hicimos con Kathryn Brown fue inclinar un poco la balanza hacia la justicia natural, porque estábamos protegiendo a Evelyn, y ahora tenemos que hacer lo mismo con Cheryl. Frank Leroy era un bandido y pagó por sus pecados.

—Es irónico que no lo pudieran agarrar por los crímenes cometidos y tuviera que salir escapando por el crimen que no cometió —dijo Richard.

—¿Ves? A eso me refiero con lo de justicia natural —dijo Lucía besándolo ligeramente en los labios—. ¿Me estás queriendo, Richard?

—¿Tú qué crees?

—Que me adoras y no te explicas cómo puedes haber vivido tanto tiempo sin mí, aburrido y con el corazón hibernando.

—En medio del invierno aprendí por fin que había en mí un verano invencible.

—¿Eso se te acaba de ocurrir?

—No. Es de Albert Camus.

Agradecimientos

La idea de esta novela nació en la Navidad de 2015 en una casa de ladrillos oscuros en Brooklyn, donde nos habíamos reunido un pequeño grupo a tomar el primer café de la mañana: mi hijo Nicolás y mi nuera Lori, su hermana Christine Barra, Ward Schumaker y Viviane Fletcher. Alguien me preguntó qué iba a escribir el 8 de enero, que se nos venía encima, la fecha en que he comenzado todos mis libros a lo largo de treinta y cinco años. Como yo no tenía nada pensado, ellos empezaron a lanzar ideas y así se fue formando el esqueleto de este libro.

Me ayudaron en la investigación Sarah Kessler, como siempre, Chandra Ramírez, Susanne Cipolla, Juan Allende y Beatriz Manz.

Roger Cukras fue la inspiración para el romance de la pareja madura de Lucía y Richard.

Mis primeros lectores y críticos fueron mi hijo Nicolás, mis editoras Johanna Castillo y Nuria Tey, mis agentes Lluís Miguel Palomares y Gloria Gutiérrez, el fiero lector de la agencia Balcells, Jorge Manzanilla, mi hermano Juan, y mis estupendas amigas Elizabeth Subercaseaux y Delia Vergara. También, por supuesto, Panchita Llona, mi madre, quien a los noventa y seis años no ha soltado el lápiz rojo con que ha corregido todos mis libros.

A todos ellos y a varias otras personas que me han apoyado emocionalmente en la vida y en la escritura durante estos últimos dos años, que no han sido fáciles para mí, les debo estas páginas.